Kate Bono

AYNIL

The Love-Cloud

Bibliografische Information der Deutschen Nationalbibliothek: Die Deutsche Nationalbibliothek verzeichnet diese Publikation in der Deutschen Nationalbibliografie; detaillierte bibliografische Daten sind im Internet über http://dnb.dnb.de abrufbar.

© *2018 Kate Bono*

Lektorat/ Fotografie/ Cover: **Kate Bono**
vector by: mrs.kato ID #100316380 fotolia.com

Korrektur & Beratung: **Ilona Fassbender, Chris Richter**
Illustration: **Cheyenne Klimaschewski, Skodster**
weitere Mitwirkende: **Raik T.**

Herstellung und Verlag:
BoD – Books on Demand, Norderstedt

2. Auflage August 2018
Aktualisierte Originalausgabe aus Juni 2016
ISBN: 978-3-7412-1084-6

für
Cheyenne & Sheila
weil Ihr die Liebe meines Lebens seid

Vorwort

Fast alles hängt mittlerweile in einer Cloud, ob wir nun die Daten von unserem privaten Handy oder einem Unternehmen hoch laden. Also habe ich ein paar Lovestories in die *Cloud* „AYNIL" *geladen*. Allerdings auf altmodische Weise: als Buch ☺

Die Idee dazu kam mir, bei einer Begegnung im Tattoostudio. Der Typ hatte in Sekunden einen Eindruck hinterlassen, dabei weiß ich rein gar nichts von ihm. Ich ging danach sofort ein Notizbuch kaufen, setzte mich an den Rhein und kritzelte meine ersten Sätze. Mir war auf einmal vollkommen klar, dass ich ein „LoveStoryBook" schreiben will, an so was hatte ich vorher nie gedacht. Bisher habe ich mehrere Bücher angefangen (und plane sie auch irgendwann fertig zu stellen ;) – über schiefgelaufene Dates, über mein Leben... und ich hab auch schon einige Blogs geschrieben. Doch als ich begann mich mit Lovestories zu beschäftigen wurde mir klar, dass sich bei mir selbst und in meinem Freundes- und Bekanntenkreis verrückte, total schöne, mysteriöse oder verwirrende Lovestories ereigneten, so dass ich hier ein paar von ihnen in Kurzgeschichten gepackt habe. In allen Geschichten steckt eine Menge Realität, aber ich verrate nicht wie viel oder wie wenig ich noch hinzuerfunden habe. Alle Namen sind ausgetauscht und frei erfunden, nicht jede Geschichte hat ein Happy End – wir sind eben nicht beim Film...

Da jede Story ihren Ursprung bei realen Personen hat, die mich dazu inspiriert haben, gibt es auch persönliche Widmungen. Ich habe die Liebe schon gefunden und auch wieder verloren. Ich fand heraus, dass sich Liebe nicht nur in „Verliebtsein" äußert, sondern auch als Liebe zu meinen Kindern oder zu Freunden. Es ist anders, aber es ist Liebe. Ich habe bis heute den Glauben daran nie verloren. Liebe verändert sich auch irgendwie immer. Außerdem gibt es tolle Paare, die ich bewundere und an denen ich sehe:

ALL **Y**OU **N**EED **I**S **L**OVE

Viel Spaß beim Lesen

Kapitelverzeichnis

I.	Just a Tattoo…	9
II.	Just a SMS…	27
III.	Just a Dream…	55
IV.	Es gibt keine Zufälle	67
V.	Am Arsch der Welt – Teil I – SIE	84
VI.	Am Arsch der Welt – Teil II – ER	99
VII.	I need a doctor	108
VIII.	Das Urlaubsdesaster	142
IX.	An Irish Love Story	195
X.	Just a few words more…	210
XI.	Als mein Herz heilte	213
XII.	Thank You	228
XIII.	Begriffserklärungsfußnotenseiten	230

Kapitel I

Just a Tattoo...

Sie hätte fast vergessen nach dem stressigen Vormittag im Büro noch beim Tattoostudio vorbei zu fahren. Eigentlich wollte sie nur nach Hause. Heute war nicht ihr Tag, sie hatte verschlafen und dementsprechend sah sie auch aus. Die Haare etwas verwirrt zum Zopf zusammen gebunden, sie konnte sich nicht erinnern, wann sie das letzte Mal im Büro Turnschuhe getragen hatte, dazu noch ihre alte schwarze Sweatshirtjacke. Heute hatten sie allerdings auch keinen Publikumsverkehr im Haus, also war das nicht ganz so tragisch.
Ihre Parkplatzbestellung beim Universum sorgte dafür, dass fast direkt vor dem Haus des Memento noch ein Parkplatz frei war. Sie musste ja nur kurz rein und ihre Anzahlung leisten. Luke, bei dem sie den Termin haben würde, war auch direkt vorne an der Anmeldung und nahm die 50 Euro entgegen.

´Noch drei Monate, oh Mann so lange´, dachte sie, doch allein der Gedanke, dass sie sich endlich trauen würde, versetzte sie in gute Laune. Luke gab ihr die Bestätigung für die Anzahlung. Als sie sich den Geldbeutel in ihre Handtasche steckend zum Gehen abwandte, stieß jemand mit Schwung die Tür auf und trat ins Studio. Luke rief ihr zum Abschied hinterher sie solle die Vorlagen beim Termin nicht vergessen, während ihr Blick auf einen ziemlich cool tätowierten Arm fiel. Im Vorbeigehen wan-

derte ihr Blick vom Arm nach oben und sie blickte in ein sehr sympathisches Gesicht. Allerdings ging das alles ziemlich schnell und mit einem möglichst coolen lockeren: "Adios Amigos", verließ sie das Studio. Die Gedanken nur noch beim zukünftigen Stichtag.

Die Sonne schien an diesem ziemlich kalten Februartag, als er sich gerade einen Parkplatz suchte, um zu seinem nächsten Termin beim Memento zu gehen. Dieses Mal wollte er sich am Rücken weiter tätowieren lassen. Es war Feierabendverkehr und die Hölle los, doch er hatte unerwartet Glück, direkt vor dem Studio war einer frei. Er betrat das Gebäude und ging die Treppe hoch, nahm dabei zwei Stufen auf einmal und stieß locker die Tür auf. Da sah er sie. Sie drehte sich gerade lachend herum, Luke stand am Tresen und hatte mit ihr geredet. Sie hatte ihn bestimmt gar nicht richtig wahr genommen und rauschte mit einem fröhlich coolen: "Adios Amigos", an ihm vorbei durch die Tür. ‚*Wow!*'

Erst als Luke ihn lachend anquatschte, ob er dort so angewurzelt stehen bleiben wollte, wurde ihm bewusst, dass sie ihm den Atem geraubt hatte.

"Wer war das?", fragte er Luke.

"Na, eine Kundin, die gerade ihre Anzahlung für´s Tattoo gemacht hat!"

"Nein, das meine ich nicht... wie heißt sie, wer ist sie?"

„Mimimimimi!" Luke äffte ihn belustigt nach und ging in den Behandlungsraum. "Jetzt komm schon, dein Tattoo wartet!"

Er atmete tief durch und wie in Zeitlupe ging er hinter dem Tätowierer her und legte sich mit dem Bauch nach unten auf die Liege.

"Was weißt du über sie? Ich mein, wenn sie sich tätowieren lassen will, weißt du doch wie sie heißt!"

"Ja, das weiß ich, aber ich sag es dir nicht." Luke zog sich seine schwarzen Einmalhandschuhe geräuschvoll schnappend über und lachte kopfschüttelnd.

„Junge, was ist los mit dir? Du hast sie fünf Sekunden gesehen und gehst ja voll ab. Bestimmt ist sie verheiratet und hat siebzehn Kinder!"

Dann blickte er seinen Kumpel an, dachte kurz nach und grinste. *‚Was ein Spiel!'*

"Okay, ich sag dir was. Ihr Termin ist am 13.05. um 14:30 Uhr. Mach was draus!"

Die Zeit zog sich wie Kaugummi. Für zwei Menschen, derselbe Tag, derselbe Termin, doch aus zwei völlig unterschiedlichen Gründen. Und einer der beiden, wusste nicht mal, wie wichtig es dem anderen Menschen zu sein schien, dass dieser Tag kam. Beide hatten sich den Tag groß im Kalender angemalt. Eigentlich jeden Tag fragte er sich selbst, ob er noch alle Tassen im Schrank hatte.

Er schwärmte für eine Frau, die er überhaupt nicht kannte, nur Sekunden gesehen hatte und die vielleicht wirklich verheiratet war oder ihn total ätzend fand.

Nur seinen besten Kumpels hatte er es verraten, die sich seit dem über ihn lustig machten. Am schlimmsten wurde es, als seine Ex wieder Annäherungsversuche startete. Das hatte ihm sonst echt gefallen, sie war ihm vorher sogar recht wichtig und er wäre nicht abgeneigt gewesen, die sechs Jahre wieder aufleben zu lassen. Doch er konnte nicht. Wegen ihr, dieser Unbekannten. Und das verwirrte ihn total.

´Ich riskiere meinen Arsch für etwas, was ich nicht mal greifen kann´, dachte er und wurde immer wieder wütend darüber, doch er konnte nicht anders. Er fühlte sich wie besessen.

Der April war für ihn der schlimmste Monat, irgendwie schien er gar nicht vorbei zu gehen. Der Februar nach dieser Begegnung schien noch relativ schnell dahin zu fliegen, doch der März war grauenhaft lahm. Das schlechte Wetter frustrierte ihn noch zusätzlich – und jetzt der April, so schön die Sonne auch schien, er hätte kotzen können. Ständig fuhr er in diesen Wochen des Wartens extra durch die Strasse in der sich das Tattoostudio befand, in der Hoffnung sie zu sehen.

,*Ob sie hier in der Nähe wohnt? Oder wo könnte sie denn wohnen? Was sie wohl arbeitet? Ob sie nicht doch mit ihrem Freund oder Mann gerade im Urlaub ist?*'

All solche idiotischen Überlegungen startete sein Kopf immer und immer wieder. Er konnte in der Stadt nicht einkaufen gehen, ohne dass er hoffte, sie irgendwo zu sehen – nicht erst Mitte Mai, sondern hier und jetzt sofort.

Die Leute um ihn herum bemerkten, dass er seltsam geworden war; es wussten ja nicht alle, was los ist. Er war oft schlecht gelaunt und auch wenn sie es gewusst hätten, sie hätten es nicht verstanden. Seine wenigen Kumpels, denen er es erzählt hatte, wurden zwischendurch richtig sauer, weil er sich verhielt wie ein besessener Vollidiot. Aber er konnte nicht anders. Seine Gedanken waren jeden Tag bei ihr, dazu kam diese nicht zu bändigende Ungeduld. Das machte ihn fast wahnsinnig.

,*Vielleicht hab´ ich ja gar nicht richtig hingekuckt und jetzt beim zweiten Mal würde ich sie total hässlich finden?*' - Aber auch dieser Gedanke beruhigte seinen Kopf nicht. Er war wie wild darauf, sie wieder zu sehen.

Der 13.05. in diesem Jahr bedeutete für ihn gerade die Welt. So wie er sich auf diesen Tag freute, so graute es ihm auch davor.

,*Vielleicht lacht sie mich einfach nur aus!*'

Der Tattootermin war endlich da und sie beendete ihren Arbeitstag im Büro heute etwas früher, um pünktlich im Studio zu sein. Sie hatte sich das Motiv mindestens tausend Mal angeschaut und es lange Zeit ausgearbeitet, bis es perfekt war. Jetzt würde es passieren, ihr langersehntes Tattoo. Jeder einzelne Tag zog sich wie Kau-

gummi, als hätte er hundert Stunden und sie war so unglaublich aufgeregt.

Ihr Leben war fröhlich, das Chaos der vergangenen Jahre hatte sich gelegt und sie genoss jeden Tag. Auch wenn ihr der Mann an ihrer Seite fehlte, auf den sie schon so lange wartete.

"Du wirst sehen, irgendwann steht er vor dir und BOOM, das isser", munterten sie ihre Freundinnen ständig auf. Der Satz war fast immer derselbe. Sie glaubte nur nicht mehr wirklich dran; aber das Universum konnte sie doch nicht immer und ewig warten lassen? Das Singleleben war schön und gut, aber da fehlte einfach der Eine. Sie glaubte an das Besondere, an den ‚SoulMate'. Es musste ihn doch einfach irgendwo geben und irgendwie würden sie sich finden.

Ein sonniger, strahlender Tag und ein Parkplatz direkt vor der Tür wurde gerade frei, als sie angefahren kam.

"Danke Universum!", sang sie vergnügt.

´Der perfekte Tag´, dachte sie sich und betrat freudestrahlend das Studio; eine halbe Stunde zu früh. Luke wartete schon auf sie, sein letzter Termin war nicht gekommen und so schien er ganz froh zu sein, dass sie schon da war. Sie konnte sich direkt auf den schwarzen Lederstuhl setzen und die Endphase begann. Luke bequatschte mit ihr das Tattoo.

Es roch nach Desinfektionsmittel und im Studio dröhnte wie immer lautstarke Metal-Musik –sie dachte nur daran, wie nervös und aggro sie selbst werden würde, wenn sie das den ganzen Tag hören müsste.

´Kein Wunder, dass hier alle so massiv tätowiert sind,´ dachte sie scherzhaft. In den benachbarten Räumen beobachtete sie, wie die Kollegen von Luke ihre Kunden tätowierten. Ein großer Typ bekam am Bein wohl etwas Neues, ein Mädel etwas auf die Rippen. Diese Stelle schien wohl höllisch weh zu tun, denn das Mädchen schrie bei jedem Buchstaben und ihre Freundin lachte

sich darüber schepp. Auch Luke machte sich darüber lustig: „Wenn die bei Allem so quiekt..."

Doch dann konzentrierte er sich und ihre gesamte Aufmerksamkeit waren auf ihren Unterarm gerichtet. Luke begann mit seiner Arbeit.

´Endlich,´ dachte sie aufgeregt und beobachtete den Tätowierer, wie er die Nadelmaschine auf die Haut aufsetzte. Lauter als gewollt, reagierte sie auf die ersten Nadelstiche: "Scheiße, tut das weh!"

Es war schon kurz vor zwei, einen Parkplatz zu finden war an diesem Tag fast unmöglich. Er wurde immer ungeduldiger und unruhiger. Die Nervosität kam sicher daher, dass er ihr gleich gegenüber stehen würde.

‚*Was für ein Quatsch. Sie weiß ja nicht mal was von mir! Sie weiß nichts und sie ahnt nichts. Also beruhig dich Junge!'*

Sie würde in über einer halben Stunde erst zum Termin kommen, da würde er locker in der Sofaecke sitzen und in Tattoo-Magazinen kramen. Seine Gedanken überschlugen sich.

‚*So rein zufällig würde ich da sitzen. So total unauffällig.'*

Er hatte sich mindestens eine Millionen Mal ausgemalt, wie es sein könnte – was er sagen sollte, wie er sie anquatschen könnte. Er hatte jedes Mal festgestellt, dass alles was er tun oder sagen würde, auch wirklich alles, völlig idiotisch klang und sich auch so anfühlte. Er könnte ihr ja schlecht sagen: "Hey, ich hab dich vor drei Monaten hier in zwei Sekunden so toll gefunden, dass ich bis jetzt gewartet habe um dich wiederzusehen!" – was für eine Idiotie. Egal welcher Satz, egal welche Herangehensweise, es kam ihm einfach völlig falsch vor und vor allem: total lächerlich. Vielleicht sollte er sich erstmal Einen antrinken – und dann nach Alk stinkend vor ihr stehen und lallen:

"Haaallloooo du pisst aber schöööön!"

Er musste lachen, als er sich vorstellte, wie sie lachen und sich mit Luke über ihn lustig machen würde:
"Ey, der Idiot hat drei Monate auf dich gewartet!"
Diese inneren Dialoge machten ihn noch reif für die Klapsmühle. Kurz überlegte er, ob er nicht doch nach Hause fahren sollte, weil ihm alles jetzt noch lächerlicher vorkam. Mit einem Blick in den Rückspiegel checkte er seine Haarfrisur und sprach sich selbst Mut zu:
"Alter, scheiß dir mal nicht in die Hose und reiß dich zusammen. Du gehst da jetzt rein und vielleicht siehst du sie und da ist gar nichts mehr!"
Wie gerufen fand er einen Parkplatz. Am Arsch der Welt, aber egal. Es war immer noch eine halbe Stunde bis zu ihrem Termin, als er wieder die Treppen zum Studio hoch sprang, wieder zwei Stufen auf einmal nehmend. Wie immer stieß er locker die Tür auf und betrat das Memento, wo ihm Sheila direkt entgegen kam und ihn umarmte, die Piercerin vom Memento und beste Freundin seiner Exfreundin.
"Hey was geht? Hast du heut 'nen Termin?"
"Nee, ich muss mit Luke noch mal über ein neues Motiv quatschen." Eine unauffällige Ausrede, um sich Luke vorher noch mal zu krallen. Sheila zeigte auf Lukes Raum: "Ei geh rein, er hat grad 'nen Kunden!"
Sein Magen fühlte sich flau an. Nervös ging er um den Tresen herum, um Luke zu begrüßen. Der Tätowierer saß über ein Bein gebeugt und stach den letzten Rest eines Maori-Motivs. Irgendwie hatte er gedacht sie säße vielleicht schon dort. Aber sie war noch nicht da.
"Servus, alles gut?", begrüßten sich die Männer. Luke ging nichtsahnend auf sein Gefasel mit dem Motiv ein: "Kein Problem, wenn ich hier gleich fertig bin, hab' ich ein paar Minuten bis der nächste kommt und dann können wir's uns ankucken!"
Seine Nervosität stieg noch weiter, als Luke den *nächsten* Kunden erwähnte – er wusste wer es sein würde und

seine Freude und Aufregung ließ ihm das Herz fast aus der Brust springen. *'Wie sie wohl heute aussehen wird?'*
Er wusste immer noch nicht, wie er sie ansprechen sollte, holte sich einen Kaffee und lehnte sich locker an die Wand. Die Männer hielten Smalltalk, bis der Kunde von Luke gegangen war.

"Und, welches Motiv, wo ist die Frage?", Luke blickte ihn fragend an. Mit einem unsicheren Blick auf die Tür, um sicherzustellen, dass sie nicht gerade kam während er Luke die Wahrheit sagen würde, zog er den Tätowierer etwas zur Seite.

"Ey, ich bin nicht wegen dem Motiv hier. Du weißt doch, damals, hab ich sie gesehen und du hast mir gesagt, dass sie heute den Termin hat. Deshalb bin ich hier… halt' mich für bescheuert, aber ich muss sie einfach wiedersehen!"

Kaum hatte er den Satz beendet, schlug ihm der Tätowierer fast schon mitleidig auf die Schulter.

"Alter, das tut mir echt leid, aber wir haben den Termin vorverlegt, sie war letzte Woche schon da…"

"Das is nich' dein Ernst!", schoss es lauter aus ihm heraus, als geplant und ihm blieb fast das Herz stehen. Doch die Augen von Luke und sein entschuldigender Blick sagten alles.

„Alter, ich hab doch nicht dran gedacht, dass du sie ernsthaft treffen willst!"

Es war, als wäre die Zeit stehen geblieben und als hätte ihm Luke in die Magengrube geschlagen. Er drehte sich um und krallte seine rechte Hand in seine Haare, holte tief Luft und überlegte. Seine Gedanken überschlugen sich erneut.

"Kannst du mir ihre Handynummer geben?", er blickte Luke bittend an.

"Vergiss es, das kann ich net machen, Datenschutz und so.", es machte Luke einfach tierischen Spaß seinen Kumpel so zu ärgern. So verzweifelt hatte er ihn in all den Jahren noch nie gesehen. Auch wenn er es für absolut idiotisch hielt und nicht verstehen konnte, wie eine Unbekannte in ein paar Sekunden so etwas mit einem Kerl anrichten konnte, so interessierte ihn der Datenschutz in diesem Fall genaugenommen reichlich wenig. Luke zeigte auf das Terminbuch, in dem Sheila gerade blätterte und stupste seine Kollegin an: "Schlag mal letzte Woche Dienstag auf und gib ihm die Nummer von dem 11:30 Termin."

Sheila zog den Mundwinkel und eine Augenbraue hoch: "Muss ich das verstehen?", fragte sie neugierig. Sie hatte die Unterhaltung zwangsläufig aus dem Nachbarraum mitbekommen und verstand nicht ansatzweise, von was die beiden da redeten. Luke schüttelte den Kopf und hielt ihr etwas ungeduldig eine Visitenkarte für die Handynummer hin.

"Alter, viel Glück!", klopfte er ihm noch auf die Schulter und ging kopfschüttelnd weg. Sheila schrieb widerwillig die Nummer auf und beobachtete den verwirrten Kerl, den sie sonst immer eher als *Mister Obercool* kannte. Skeptisch gab sie ihm die Karte mit der Nummer.

"Was willst du damit?", fragte sie ihn, doch er hatte keinen Bock irgendwas erklären zu müssen. Was er am allerwenigsten bräuchte, war eine tratschfreudige Sheila und seine eifersüchtige Exfreundin. Das gäbe bloß unnötiges Theater.

"Frag nich, garnix, ich muss da nur was klären!", damit verließ er das Memento. Unten an der Strasse angekommen blieb er stehen, atmete er tief durch und blickte das erste Mal auf die Karte mit *ihrer* Nummer.

"Fuck!", entflog es ihm, als er sah, dass zwar die Nummer, aber kein Name drauf stand. „Sheila!", schimpfte er. ‚*Scheiße! Anzurufen is' ja noch bescheuerter, als sie im Tattoostudio einfach anzuquatschen. Vor allem wo das Sekundentreffen schon über zwei Monate her ist*', er überlegte, ob er noch einmal Sheilas Neugier füttern müsste oder es besser lassen sollte.

‚Was bringt denn die Nummer, wenn ich nicht mal weiß, ob es auch SIE es ist, die dran geht?', und bei der Frage: „Wen willst du sprechen?", könnte er ja schlecht sagen: „Die, die vor einigen Wochen und die, die eigentlich dann und dann einen Termin zum Tätowieren hatte und dann aber..."

„Bullshit.", schimpfte er ein weiteres Mal, steckte die Nummer in seine Jackentasche und lief frustriert in Richtung Stadtmitte. *‚Erstmal nachdenken,'* er war so enttäuscht und wie vor den Kopf geschlagen, dass er ihr heute nicht gegenüber stehen konnte. Sich über Wochen auf so etwas vorzubereiten und dann klappte es nicht, war gerade zuviel für ihn. "Was für eine Scheiße!"
Alles kam ihm wie eine Seifenblase vor, die zerplatzt war. Wütend kickte er eine leere Schachtel Kippen über den Bürgersteig und dachte jetzt nur noch, was für ein Vollidiot er gewesen war. Eine Runde am Wasser entlang würde seinen Kopf klären, er musste das alles erstmal verstehen und ordnen.

A*bsolut genial. Sie betrachtete stolz ihr neues Tattoo und freute sich, dass sie es nun endlich durchgezogen hatte. Eine Woche war es nun her und brauchte noch Pflege, aber sie fand es total schön. Ständig musste sie es begutachten und konnte sich kaum satt sehen.*

"Mama, kannst du mich zu Natalie in die Stadt fahren oder soll ich den Bus nehmen?", fragte ihre kleine Tochter. Nach einem Blick aus dem Fenster in strahlenden Sonnenschein war die Antwort klar: "Hey, klar, ich fahr dich. Dann lauf ich ne Runde am Rhein, is' ja so cooles Wetter."

Die beiden schnappten ihre Sachen und parkten in der Nähe vom Rhein, wo auch die Freundin ihrer Tochter wohnte. Wie immer zog sie ihre Kleine zum Abschied an sich, was der Teenager total uncool fand.

"Keinen Körperkontakt bitte! Mom, das ist peinlich!", *lachend liefen beide in verschiedene Richtungen.*

Ein wundervoller Tag, der Wind war mittlerweile endlich warm, die Sonne strahlte und heute, mitten in der Woche, war es am Rhein auch nicht zu voll. Mit einem Griff in die Tasche holte sie ihre Kopfhörer raus, stöpselte sie in ihr Handy und startete die Playlist. Sie lief mit schnellem Schritt in Richtung Deutsches Eck und genoss die Sonne, die Luft und ihre Lieblingsmusik auf den Ohren. Sie nahm zwei Stufen auf einmal, als sie die Treppe zum Kaiserdenkmal hinauf rannte, um auf den Aussichtsbereich zu gelangen. Der Ausblick war wie immer traumhaft und man hatte das Gefühl, man stünde auf einem riesigen Schiff. Links die Mosel, rechts der Rhein. Einfach bombastisch. Oben angekommen schloss sie die Augen, nahm ein paar tiefe Atemzüge und ließ den Wind über ihr Gesicht streifen, die Sonne kitzelte ihre Nase.

Der Wind in seinem Gesicht tat ihm gut, während er hinaus aufs Wasser blickte. Er war gerade am Ende des Deutschen Ecks angekommen, da wo die Mosel in den Rhein floss. Seine Gedanken wurden ruhiger.

‚*Einfach alles nur eine wahnsinnige Aktion.*' Er musste über sich selbst lachen. Das Ganze war schade heute, aber seine Mutter würde sagen: "Alles hat seinen Sinn!", und so sah er es gerade auch. Dass sie heute nicht aufeinander getroffen sind, sollte einfach nicht sein. Er drehte sich um, schwang sich hoch aufs Geländer, um sich darauf zu setzen. Während er nach seinen Headphones für sein Handy kramte, beobachtete er die Menschen rundherum.

Eltern mit Kindern, Menschen aus verschiedenen Ländern, Paare in verschiedenen Altersklassen und eine Klasse mit Teenagern stürmte gerade in seine Richtung. Sein Blick erhob sich hoch zur Statue, er betrachtete fast beiläufig die Menschen, die dort wuselten. Manche auf dem Aussichtsbalkon, viele auf den Treppenstufen. Überall wurden Fotos geknipst und endlich hörte der dämliche Akkordeonspieler auf zu spielen. Er hasste Akkordeonspieler – und dieser hier spielte nicht nur schlecht, sondern auch gruselig furchtbare Lieder. Allerdings hatte er sowieso gerade seine Kopfhörer gefunden und ließ sich Metal in den Gehörgang dröhnen. Damit konnte er abschalten und klar denken.

Er dachte an seine erste Begegnung mit ihr und überlegte heute das erste Mal in Ruhe, warum sie so eine magische Wirkung auf ihn gehabt haben könnte. Und es kam ihm heute so unglaublich unwirklich vor, dass er es selbst nicht mehr verstehen konnte, wie er die ganzen Wochen so verrückt nach ihr gewesen war. Er beschloss, dass er sie nicht anrufen würde, es war einfach auf einmal so weit weggerückt. Einen Moment lang blickte er noch auf die Visitenkarte des Memento und die Nummer der Unbekannten. Dann begann er sie langsam in klitzekleine Stücke zu zerreißen und ließ sie vom Wind vor sich hinrieseln.

‚Zeit das Hirngespinst loszuwerden!', er war überzeugt, dass ein Bier ihm helfen würde, sprang vom Geländer und schlenderte Richtung Biergarten an der Mosel. Immer noch hämmerte laute Musik in seinen Ohren, er blickte umher und beobachtete im Gehen wieder die ganzen Touristen um sich herum.

Zwischen den Menschen auf der Treppe sah er plötzlich eine Gestalt die Treppe hinunter kommen. Es war eher ein Tanzen, als ein Laufen, es sah amüsant aus. Und dann erkannte er sie.

„Das gibt's doch nicht!", ihn hätte fast der Schlag getroffen, als er sie im letzten Moment erkannte, wie sie die Treppen heruntergesprungen kam und dann um die Ecke hinter der Mauer des Denkmals verschwand. Einen kurzen Moment blieb er wie angewurzelt stehen, zweifelte, ob sie das wirklich war. Damals hatte sie einen Zopf getragen, doch heute waren die Haare offen und sie lächelte nicht. Viel zu schnell hatte sie sich weggedreht und er beobachtete sie, wie sie um die Ecke der Mauern bog. Plötzlich war es, als wenn ihn etwas gestochen hätte und er lief mit schnellem Schritt los – in die Richtung, in die sie verschwunden war.

Als er um die Ecke kam, war es als wenn eine Reisegruppe mit tausend Leuten sie verschluckt hätte. Wo kamen die nur alle auf einmal her? Er wurde langsamer und blickte sich hektisch um. Egal wie er sie anquatschen würde oder wie sie reagieren würde, er musste sie sehen, er musste sie ansprechen, er musste sie kennen lernen. Das konnte kein Zufall sein. Sein Herz schlug bis zum Hals. ‚Wohin ist sie verschwunden?'

"Scheiße Mann!", fluchte er. Sein Blick wanderte umher und suchte nach dem Mädel, dem Einen, welches ihm seit Wochen den Kopf verdrehte. Die Musik dröhnte zu laut in seinen Ohren, er zog unruhig die Stöpsel raus, als würde er dadurch hören können wo sie hingelaufen war. Er war mittlerweile schon einige Meter am Fluss entlang gelaufen und wahrscheinlich zum völlig falschen Ziel. Vom Eck gingen einige Wege in alle möglichen Richtungen und er hatte die am Rhein genommen. Ihm kam es vor, als wären viel mehr Menschen unterwegs heute, als an irgendeinem anderen Tag. Als wäre sie tatsächlich verschluckt worden.

Etwas außer Atem kam er an den großen Steinstufen an, wo es zum Fluss hinunter ging. Dort beschloss er umzudrehen und noch mal zurück zu gehen, vielleicht war sie ja in den Biergarten gegangen. Doch irgendetwas in ihm zögerte. Er ging ans Geländer der riesigen steinernen Stufen, die bis zum Wasser hin führten. Er blickte von oben die Steinreihen entlang, an einigen Mädchen vorbei, die sich gerade zum Gehen verabschiedeten, an zwei alten Omas mit ihren kläffenden Hunden und dann, sah er sie: Im Schneidersitz, die Augen geschlossen, das Gesicht zur Sonne gehoben, mit einem Lächeln auf den Lippen. Sie war wunderschön und ihre Haare reflektierten das Licht und schimmerten. Sie sah so unwirklich aus, er hatte sie damals ja nur wenige Sekunden gesehen und in den ganzen Wochen war ihr Gesicht und ihr ganzes Dasein immer mehr verblasst. Er wusste nur eins ganz sicher: Dass sie eine wahnsinnige Ausstrahlung hatte und genau das sah er auch jetzt wieder.

Die Zeit blieb stehen, die Menschen um ihn herum waren nur noch wie Hintergrundgeräusche. Er spürte den Wind, er hörte die Wellen, doch er sah nur sie und genoss Ihre Nähe, froh sie endlich zu sehen.

Als der Player auf Chillmusik umsprang, beschloss sie, sich unten irgendwo in die Sonne zu setzen. Sie verließ die Aussichtsplattform, tanzte die Stufen hinunter und ging auf die Suche nach einem guten Platz zum Chillen. Sie liebte das Rheinufer. Sie schlängelte sich geübt durch die Touristen, es schien als wäre gerade ein neuer Schwung Reisegruppen angekommen. Daran musste man sich hier gewöhnen: Viele Menschen, viele Fremde und es war immer was los am Eck, eigentlich in der ganzen Stadt. Sie versuchte immer im Takt ihrer Musik zu laufen, einfach so. Weil es ihr Spaß machte. Sie musste manchen Fahrradfahrern ausweichen. Manchmal gingen Familien oder Freunde, die zusammen gehörten, in einer Reihe und ließen einen nicht durch, so dass man einen Bogen laufen musste, um nicht komplett blockiert zu werden. Sie hatte meist einen schnellen Schritt, das hatte sie von ihrem Dad. Der rannte auch immer so, als wenn er verfolgt werden würde.

Dann war sie angekommen, die großen Stufen der Treppe direkt am Rhein vor dem Schloss hinuntergesprungen und hatte sich auf einen ihrer Lieblingsplätze gesetzt. Sie zog ihre Beine in den Schneidersitz, setzte sich aufrecht hin, atmete tief durch und hob ihren Kopf zur Sonne. Es war so wundervoll, dass der Winter endlich vorüber war und man in der Sonne sitzen konnte. Sie hatte die Menschen um sich herum fast vergessen, doch irgendwie spürte sie etwas. Als wenn sie jemand beobachtete. Um das herauszufinden wandte sie schnell ihren Kopf hoch zu den Geländern und da sah sie ihn.

Einen sympathischen Kerl, der sie direkt anblickte. Ihr rutschte fast das Herz in die Hose.
´Bleib ganz cool, atme tief durch,´ sie musste lächeln, aber es war ihr peinlich und sie senkte den Blick. Warum wurde sie so nervös, es war ein fremder Typ. Allerdings ein sehr gut Aussehender. ‚Warum beobachtet der mich? Vielleicht war das nur Zufall und er hat mich gar nicht gemeint?'

Abrupt drehte sie plötzlich unerwartet ihren Kopf. Ihm sprang fast das Herz aus der Brust, während sie ihn direkt anblickte. Als hätte sie gespürt, dass er sie beobachtete und ihn dabei ertappt, wie er sie stalkte. Sie schaute erst fragend, lächelte ihn dann an, senkte ihren Blick und schaute verlegen wieder weg. Natürlich erkannte sie ihn nicht, woher auch. Er war ihr sicherlich nicht so aufgefallen, wie sie ihm. *Was sollte er jetzt tun? Ob er einfach hingehen sollte?* Bevor er lange darüber nachdenken konnte, bewegte er sich schon so lässig wie möglich zur Treppe, um nach unten zu gehen.

***U**nsicher blickte sie erneut nach oben zum Geländer, um es herauszufinden – doch enttäuscht stellte sie fest, dass er nicht mehr da oben stand. Frustriert schaute sie weiter das ganze Geländer entlang und verdrehte ihren Kopf, doch der Kerl war weg. Sie atmete schnaubend aus. ´Zu schön, um wahr zu sein,´ dachte sie sich, streckte ihre Beine lang und lehnte sich enttäuscht nach hinten. Die Sonne blendete sie, genervt zog sie sich die Sonnenbrille vom Kopf auf die Nase. Sie wollte gerade lieber in Selbstmitleid versinken, da sie sich schon wieder einen Sommer lang allein als Single vorstellen musste.*
´Wo ist der blöde Typ denn jetzt hin und kann ich nicht mal...´, der Gedanke blieb ihr im Gehirngang stecken und sie wurde total nervös, als sie ihn plötzlich nur noch wenige Schritte auf sich zukommen sah.

´Er kommt zu mir? Kommt der zu mir? Geht der auf mich zu? Kenn ich den? Kennt der mich? Kann ich weglaufen? Tief ein- und ausatmen, bleib ganz cool, oder tu zumindest so.´ Als er fast direkt neben ihr stand, setzte er sich einfach hin, ohne ein Wort und schaute sie lächelnd an. ´Ob ich ihn kennen müsste?´, ihr Blick wurde skeptisch und fragend.

Der Moment, in dem er zu ihr ging, verging wie in Zeitlupe - schon wieder. Immer wenn es mit ihr zu tun hat, bleibt die Zeit stehen und alles wird unwirklich und magisch. So etwas hatte er noch nie erlebt. Als er sich setzte, blickte sie ihn an. Sie hatte leider die Sonnenbrille aufgezogen, so dass er ihre Augen nicht sehen konnte, aber sie lächelte ihn an. Er wusste nicht was er sagen sollte, die Worte waren wie Seifenblasen und zerplatzten sofort, wenn er sie aussprechen wollte. Für Sekunden war Magie zwischen ihnen. Bis sie endlich die Sonnenbrille von der Nase zog, sich die Stöpsel aus den Ohren zog und ihn lächelnd anblickte.

‚*Es fühlt sich seltsam an, es fühlt sich an, als würden wir uns kennen, er fühlt sich nicht wie ein Fremder an und doch kenn ich ihn ganz sicher nicht'.*
Es war für Sekunden Stille zwischen den beiden, bis sie die Stille durchbrach und ihm ein lockeres "Hi", mit einem fragenden Blick zuwarf.
´Oh Mann, mehr fällt mir wohl gerade nicht ein,´ dachte sie und wurde rot.

Das "Hi" und der fragende Gesichtsausdruck waren deutlich – es enthielt in den zwei Buchstaben so viele Fragen ohne Antworten. Er grinste zurück und das einzige was ihm einfiel war ebenfalls ein: "Hi".
Ihr Lächeln wurde noch offener, schüchtern senkte sie ihren Blick. Als wären tausend Worte in der Luft, füllte

sich die Stille und er wusste, dass er etwas sagen musste. Doch erneut kam sie ihm zuvor.
"Kennen wir uns?", fragte sie und ihr Blick fiel auf seinen tätowierten Arm. An ihrem Gesichtsausdruck, der von überrascht zu kurzem Nachdenken wechselte, sah er, dass sie verstand.

Sie erinnerte sich zwar nur, dass sie ihn vor einiger Zeit einmal im Vorbeigehen im Tattoostudio gesehen hatte, aber was er jetzt hier machte und warum sie sich so vertraut vorkamen, war ihr irgendwie unheimlich und doch aufregend. Als er anfing zu reden, lief ihr bei seiner warmen Stimme ein wohliger Schauer über den Rücken, als ginge er ihr durch und durch.
"Ich habe dich gesucht und jetzt hab ich dich gefunden. Es klingt wahrscheinlich total bescheuert aber ich habe eine Weile ungeduldig warten müssen, dich wieder zu sehen." Seine Stimme war so warm und ging ihr direkt ins Herz und sein Blick so tief, als würde sie ihm direkt in die Seele blicken können.
´Wow, was war das – so etwas hab ich lange nicht gespürt... ach was, das kenne ich überhaupt nicht.´ In ihr schrien ihre Freunde und schlugen die Alarmglocken: "Sei nicht so euphorisch, schau ihn dir erstmal an, warte erstmal ab!" – dennoch fühlte sie, dass hier etwas ganz Besonderes im Gange war.

So lange zu warten hatte sich gelohnt, er war froh, dass er sich davon nicht hatte abbringen lassen. Sein Herz hatte über seinen Verstand gesiegt und das war auch gut so. Die Magie zwischen sich spürten beide so intensiv, hier trafen sich zwei passende Seelen am richtigen Ort, zur richtigen Zeit.

Das Eis war gebrochen. Plötzlich war es keine peinliche Stimmung mehr, die beiden fanden ein Thema nach dem anderen, um darüber zu reden. Sie lachte über seine

Erzählung, wie er sie gesucht hatte und war fasziniert von seiner Stimme, wie er sprach und sie mochte sein Lachen.

Er lachte über ihre Art mit der Situation umzugehen. Sie war so offen, so unkompliziert, so erfrischend. Sie sprachen so lange, bis sie ihre Tochter holen musste, doch es würde nicht das letzte Treffen werden...

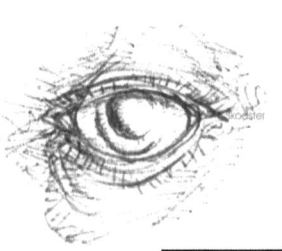

this story is dedicated to the "UnknownMan2013" im Tattoostudio
Wegen dir... entstand dieses Buch

skizze „eye" by skodster

Kapitel II

Just a SMS...

Silke war in Eile. Das Projekt war gerade abgesagt worden und sie musste ihrem Kollegen schnell mitteilen, dass er sich nicht auf den Weg nach Bonn machen musste. Sie zückte ihr Handy während sie an die rote Ampel fuhr und begann eine Nachricht zu schreiben. Mit abwechselnden Blicken zwischen Ampel, Verkehr und Display tippte sie hektisch:

> Ruben, müssen umplanen, Projekt abgesagt, treffen am Standort in einer Stunde, Gruß Silke

Als die Ampel auf Grün sprang, fluchte sie, weil sie die SMS noch nicht abgeschickt hatte. Zwischen Gangschaltung, anderen Autos und den Straßenschildern blickte sie zwischendurch immer wieder aufs Handy und klickte sich durch die Kontakte. Da, endlich, *Ruben Köhler*. Ausgewählt und auf *Senden* geklickt. Auf nach Koblenz.

Tom blickte auf seine Uhr, er joggte seit zwanzig Minuten, er hatte noch weitere zwanzig dann musste er nach Hause, um sich für seinen Termin fertig zu machen. Er war relaxt, sein Leben lief einzigartig. Er hatte Erfolg im Beruf, die Frauen konnte er sich aussuchen und diese wechselte er je nach Lust und Laune. Eine feste Bindung kam für ihn nicht in Frage. Tom war schon immer ein

Lebemensch, ein ‚*Hallodri*', wie sein Vater ihn schimpfte. Aber was soll's, der Erfolg zeigte ihm, dass alles richtig war und das bereits seit über zehn Jahren. Sein Handy meldete sich mit einer SMS. *Ob der Termin absagen würde?* Er holte es aus seiner Gürteltasche und blickte auf die Kurzmitteilung. Er blieb abrupt stehen und war überrascht. Die Nummer war ihm unbekannt, den Text verstand er nicht. Als er den Namen der Absenderin las, wusste er nicht ob er grinsen oder die Stirn runzeln sollte – es wurde ein Gemisch aus beidem irgendwie.

Silke... ob es DIE Silke war? Er wurde nervös, schüttelte dann aber den Kopf, als wenn es nur ein Versehen gewesen war und wurde wieder ganz cool, wie immer.

Silke... vielleicht war es auch irgendeine andere Silke.

‚*Nachfragen hilft vielleicht*, dachte er sich und tippte eine Antwort:

> Hey Silke. Bin zwar nicht Ruben.
> Aber in 2 Stunden hätte ich Zeit.
> Tom!

Irgendwann bemerkte er, dass er wartend auf sein Handy glotzte. Wieder schüttelte er den Kopf, über sich selbst und dass *diese Silke* ihn gerade durcheinander brachte - wie damals. ‚*Mann, war das lange her...*'

‚*Ach was, wer weiß welche Silke. Woher sollte sie überhaupt meine Nummer haben...*' Tom begann sich wieder in Bewegung zu setzen, er musste sich beeilen, um nach Hause zu kommen. Während er in Richtung seiner Wohnung joggte, gingen ihm all die Erinnerungen von damals durch den Kopf.

Silke und er waren etwas über zwei Jahre zusammen gewesen. Es war seine erste und auch einzige langjährige Beziehung. Doch er hatte sich zu jung gefühlt, zu eingeengt. Ständig hatte es Ärger gegeben. Silke war so eifersüchtig und zielstrebig. Sie studierte, arbeitete nebenbei, um sich alles zu finanzieren und er hatte nur seine Musik und seine Kumpels im Kopf. Einen festen Job hatte er nicht, schlief bis Mittags, schlug sich die Nächte mit Partys um die Ohren und das gefiel ihm. Damals hatte er sie bewundert und ja, er hatte sie sehr geliebt, deshalb war er bei ihr geblieben und dachte, dass sich irgendwann alles wieder einpendeln würde. Silke und er gehörten zusammen, dessen war er sich damals sicher gewesen. Wenn sie sich aufregte, konnte er sie immer wieder besänftigen. Als sie irgendwann anfing über zusammen ziehen zu reden, von Zukunft und Heiraten sprach, blockte er es immer wieder ab und schob es auf die lange Bank. *Seine Unabhängigkeit aufgeben? Das könnte er doch noch mit fünfzig,* dachte er damals. Er war zu dem Zeitpunkt gerade Anfang zwanzig, jetzt war er Ende dreißig und auch, wenn er selbst mittlerweile zielstrebig und erfolgreich war, einen festen Job und ein geregeltes Leben hatte, so war er immer noch unabhängig und frei. Das war ihm wichtig.

‚*Was soll's?*' Warum sollte er sich all diese Gedanken machen? Wieder schüttelte er den Kopf, jagte die Gedanken weg, konzentrierte sich mental auf seinen Termin und lief weiter.

Ihr Handy klingelte und Silke kramte danach in ihrer Tasche. Sicher rief Ruben an.
"Ruben?", nahm sie den Anruf entgegen.
„Silke, ich steh im Stau auf der 48, da is wohl ein Unfall, ich brauch noch länger als gedacht." – Silke war irritiert.
"Bist du auf dem Weg nach Bonn?", fragte sie.
"Ja, bin ich, klar – wir haben doch das Projekt gebucht, warum fragst du so?"
"Ruben, ich hatte dir eine SMS geschickt, hast du die nicht gelesen? Das Projekt fällt aus, ich bin schon auf dem Weg von Bonn zurück, lass uns in einer Stunde am Standort treffen." Ruben wusste nichts von einer SMS,

meinte, dass er sich jetzt auf den Weg zurück machen würde und legte auf. Silke ärgerte sich.

‚*Diese blöden Handys, warum war die SMS denn nicht rausgegangen?*' Sie warf es in ihre Handtasche, drehte die Musik so laut, dass sie ihre eigene Stimme beim Singen kaum mehr hörte und fuhr auf die Autobahn Richtung Koblenz.

Als Tom zuhause ankam, blickte er noch mal auf sein Handy. ‚*Komisch, warum antwortete sie denn nicht.*' Er prüfte, ob die Antwort überhaupt im Ausgang stand, und das tat sie. Vielleicht hatte sie seine Antwort missverstanden, vielleicht war es eine doofe Idee, vielleicht sollte er sich einfach keine Gedanken machen, was interessierte es ihn eigentlich. Er warf das Handy auf sein Bett und ging duschen, in einer halben Stunde musste er in der Stadt sein.

Aber auch in der Dusche konnte er nicht aufhören, darüber nachzudenken, was damals passiert war. Er ließ das eiskalte Wasser über sein Gesicht strömen. Aufgeheizt durch's Laufen, ließ er sich abkühlen. Tom versuchte auch seine Gedanken abzukühlen.

Silke... - sie hatte ihn damals ziemlich verletzt. Er wollte sie nie wieder sehen, geschweige denn Kontakt mit ihr haben. Sie hatte ihn eiskalt verlassen, sich einen anderen geschnappt und den Typen sogar schon nach kurzer Zeit geheiratet. Tom ärgerte sich über sich selbst, dass er die SMS beantwortet hatte und hoffte nun, dass sie sich nicht melden würde. Es beruhigte ihn, dass keine weitere Rückmeldung gekommen war – wahrscheinlich war es tatsächlich irgendeine andere Silke und sie hielt es nicht für nötig sich noch mal zu melden. Warum sollte seine Ex seine Handynummer auch so lange Zeit mit sich herumschleppen, nur um sich über zehn Jahre später aus Versehen zu vertippen.

‚*Völliger Blödsinn.*'

Tom trocknete sich ab, zog sich an und merkte, dass er nur widerwillig auf sein Handy blickte, um es einzustecken. Keine Antwort.

‚Gut so, is' besser so.' Die Wut von damals kochte in ihm auf. Er dachte wirklich er wäre drüber weg. Es war so lange her, warum griff ihn das jetzt immer noch so an? Ob es nun *seine* Silke war oder nicht. Es brachte ihn durcheinander und das war nicht gut. Warum hatte er ihr auch, so cool wie er immer tat, diese SMS geschickt? In Wirklichkeit wollte er sie doch gar nicht sehen, er hatte völlig unüberlegt gehandelt.

Tom warf seine Jacke über die Schulter und machte sich auf den Weg in die Stadt.

‚Ich sollte Claudia anrufen, zur Ablenkung!', grinste er und lenkte sich tatsächlich ab mit dem Gedanken an die rassige Dunkelhaarige, die ganz unkompliziert und immer gerne für kleine Abenteuer zu haben war.

"**R**uben, sorry, es hat doch länger gedauert," begrüßte Silke ihren Kollegen, als sie endlich angekommen war. Die beiden setzten sich sofort über die Unterlagen und planten das Meeting mit den Projektträgern.

"Silke, ruf doch mal den Schmickler an, der müsste doch die neuen Termine haben." Flink holte sie ihr Handy aus der Tasche und sah, dass sie eine SMS bekommen hatte. Sie öffnete die Nachricht und brauchte einen Moment um die Worte zu verstehen.

"Ach du Scheiße!", entwischte es ihr. Noch bevor sie Ruben seine Frage beantwortete, warum sie so geschockt klang, klickte sie durch die Kontakte und suchte Rubens und Toms Nachnamen. Beide standen direkt untereinander, sie hatte die SMS für Ruben an Tom geschickt. An ihren Ex - Tom. Das war noch nie passiert.

Ihr wurde schwindelig, so dass sie aufstehen und auf die Toilette gehen musste, um sich kaltes Wasser ins Gesicht zu spritzen. Ruben kam ihr hinterher.

"Hey, alles okay? Du wurdest ganz blass, was ist los?" Doch Silke konnte ihm gar nicht antworten, alles drehte sich. Es war Silke peinlich, dass sie diese *ScheissSMS* aus Versehen an Tom geschickt hatte. Jetzt wusste er, dass sie seine Nummer immer wieder, seit über zehn Jahren, mit in ihre neuen Handykontakte übernommen hatte. Sie hätte auch nie im Leben ernsthaft gedacht, dass der Kerl immer noch dieselbe Nummer hatte. Sie hatte ihre Nummer bestimmt zehn Mal gewechselt in all den Jahren. Vor allem wegen Tom, hatte sie es damals getan, als er sie terrorisiert hatte. Aber so wirklich loslassen konnte sie ihn nicht, deshalb behielt sie seine Nummer und seinen Namen in jedem Handy. Sie hatte es allerdings fast vergessen.

Rainer, ihr Ehemann, ging ihr plötzlich durch den Kopf und auch die zwei Jahre mit Tom - vor allem das Drama um die Trennung damals. Rasendschnell zog alles an ihr vorbei und ihr Herz klopfte wie wahnsinnig. Ihr war schlecht, doch der Schwindel verschwand langsam.

"Sorry Ruben, hatte gerade irgendwie Kreislaufprobleme. Ich hab vergessen zu frühstücken und dann der Stress mit der Fahrt nach Bonn und gleich wieder zurück. Alles okay!" Sie trocknete ihr Gesicht und schob Ruben, der sie zweifelnd anschaute, wieder zurück ins Büro.

"Lass uns weiterarbeiten!"

Aber das ging nicht. In ihren Gedanken wiederholte sich die SMS, die Tom ihr geschickt hatte, wieder und wieder. Ruben bemerkte das.

"Silke, wenn es dir nicht gut geht, fahr doch nach Hause. Ich mach den Rest hier alleine und wir wären ja heute eh auf dem Projekttag gewesen, also können wir auch morgen weitermachen." Silke sah ihn dankend an, packte ihre Sachen und setzte sich in ihr Auto. Auch dort atmete sie tief ein und aus, umklammerte das Lenkrad und ließ ihren Kopf überfordert von dem Gedankenkarussell dagegen sinken.

‚Tom…', sie schaute wieder auf ihr Handy und las die SMS nun bestimmt schon zum hundertsten Mal.

Aber in 2 Stunden hätte ich Zeit.

‚Ob er das ernst meint? Was soll ich nur tun? Ob er mir verziehen hat? Wie es ihm wohl geht?' Silke merkte, dass sie sich irgendwie freute, dass Tom sich gemeldet hatte und doch hatte sie Angst. Sie hätte nie gedacht, dass er überhaupt mit ihr reden würde. Silke startete den Motor und machte sich auf den Weg zu ihrer Freundin Alex, sie musste mit ihr reden, sie kannte die Geschichte und hatte immer einen guten Rat auf Lager.

"Mensch Silke, was für ne Überraschung, hast du frei heute?" Ihre Freundin öffnete ihr die Tür. Sie hatte sich vor kurzem den linken Knöchel gebrochen und war zuhause. Die Frauen umarmten sich und noch bevor sie saß, sprudelte bereits die SMS-Geschichte aus Silke heraus.

"Alex, was soll ich nur tun? Gerade jetzt wo ich dachte, Rainer und ich sollten einen Neustart versuchen… das bringt mich total durcheinander… Soll ich antworten oder…" – Alex unterbrach sie, setzte sich vor sie hin und nahm beruhigend ihre Hand.

"Mein Gott, Silke, du bist eine erwachsene Frau, fast vierzig – jetzt reg dich mal nicht auf. Komm runter! Da ist ein Ex von vor üüüüüber zehn Jahren, der dir witzigerweise zu verstehen gegeben hat, dass er es gut fand, dass du ihm geschrieben hast und hey, es ist so lange her, da ist doch sicherlich Gras drüber gewachsen!"

Ihre Freundin hatte Recht, das wusste Silke irgendwie schon, aber dennoch hatte sie ein komisches Gefühl. Sie hatte Tom nun verdammt lange nicht gesehen und nicht gehört. Sie war seit dreizehn Jahren verheiratet und von Tom genauso lange getrennt. Sie waren damals Anfang zwanzig und jetzt erwachsene Menschen.

Doch Silke hatte nie jemandem erzählt, dass sie nie aufgehört hatte Tom zu lieben.

Die Heirat mit Rainer war vom Verstand her das Beste was sie hatte tun können und ein bisschen auch reiner Trotz. Sie hatte irgendwie gehofft, Tom würde um sie kämpfen und irgendwie wollte sie sich an jemanden binden, der sich auf ein Familienleben mit ihr einlassen würde, dem sie vertrauen könnte und genau so ein Mann war Rainer. Ein wundervoller, liebevoller Mann, der alles für Silke tat und das unermüdlich seit dreizehn Jahren. Ja natürlich liebte sie Rainer, sie war ihm unendlich dankbar für alles, doch es war eine andere Liebe, eine freundschaftliche Liebe.

Tom war aber immer ein Teil ihrer Gedanken, nahezu jede Woche mehrfach, ausnahmslos. Während ihrer Beziehung war es nie leicht zwischen den beiden. Silke studierte, ging arbeiten um sich die Wohnung und das Studium zu finanzieren. Und dann war da Tom, der in den Tag hinein lebte, die Nächte mit seiner Band unterwegs war, ein Frauenschwarm. Sie hatte ihm nie richtig vertraut, jede Nacht, in der sie lernen oder arbeiten musste und nicht mit auf seine Auftritte fahren konnte, raubten ihr den letzten Nerv. Ihre Eifersucht konnte sie nicht verbergen, es gab oft Streit zwischen den beiden. Silke konnte nicht verstehen, dass Tom nicht an seine Zukunft dachte und sich nicht um Studium oder einen festen Job kümmerte. Sie hatte das Gefühl ihn ändern zu müssen, ihm zu zeigen was richtig für ihn wäre. Als er ablehnte, mit ihr zusammen zu ziehen, spürte sie, dass ihre und seine Ansichten auseinander gingen.

„Bleib doch mal locker, ich will mein Leben genießen! Setzt Du mir hier die Pistole auf die Brust? Das kannste vergessen!", waren seine letzten Worte zu diesem Thema gewesen. Silke konnte ihren innerlichen Druck jedoch nicht zügeln und ihr Verstand siegte schamlos über ihre

Gefühle. Es hatte ihr das Herz zerrissen, wenn sie sich vorgestellt hatte, dass sie und Tom ihre Beziehung beenden würden. Anderseits musste sie Tom deutlich zeigen, dass es so nicht weitergehen konnte.

So machte sie von einem Tag auf den anderen Schluss, in der Hoffnung ihn dazu zu bringen, sich zu ändern. Doch der Schuss ging nach hinten los. Tom reagierte nicht wie gedacht. Er kam nicht wie ein räudiger Hund zu ihr gekrochen, ihr schwörend sich zu ändern – sondern Tom wurde wütend und meinte, sie würde sich schon wieder einkriegen, dann würden sie halt eine Beziehungspause machen, bis sich Silke wieder normalisiert hätte.

Tom führte sein Leben weiter wie bisher, nur ohne Silke. Die hingegen saß zuhause, über ihren Büchern oder ging ihrem Job nach, welchen sie immer mehr hasste und hörte von ihren Freunden immer nur, wie wild Tom war. Dass es ihm wohl nichts ausmachen würde, dass Schluss wäre. Silke war so enttäuscht, sie hatte echt gedacht, dass Tom mehr an ihr liegen würde.

Und dann lernte Silke Rainer kennen. Anfangs war es nur ein Freund, doch Rainer kümmerte sich so rührend um Silke, er machte von Anfang an keinen Hehl daraus, dass er sie begehrte und las ihr jeden Wunsch von den Augen ab. Rainer war das krasse Gegenteil von Tom – Rainer stand mitten im Leben, er war ein ruhiger, treuer, liebevoller Mann – und Silke fühlte, dass sie schon nach kurzer Zeit mehr als nur Freundschaft für Rainer fühlte. Sie mochte ihn wirklich gerne und anfangs dachte sie, dass sie Tom damit vielleicht eifersüchtig machen könnte, denn sie liebte Tom noch immer und hoffte, dass er sich für sie ändern würde.

Er war außer sich vor Wut, als Tom hörte, dass Silke bereits einen Neuen hatte. Einen *Bänker*, einen stocksteifen, ekelerregenden Kerl. Doch Tom hatte nicht vor sich zu ändern. Für ihn hatte Silke mit ihrer Liebe abgeschlossen, es gab kein Zurück mehr. Ein paar Mal schrieb Tom ihr noch bitterböse SMS und wenn er zuviel getrunken hatte, rief er sie auch mitten in der Nacht an, um sie zu beschimpfen. Bis sie ihre Nummer änderte. Als er später hörte, dass sie heiraten würde, brach es ihm endgültig das Herz.

Er ging einen Pakt mit sich selbst ein: Nie wieder eine ernsthafte Beziehung einzugehen oder sich zu verlieben. `*Love Sucks*`, war sein Leitspruch.

Noch bis kurz vor der Hochzeit hatte Silke darauf gewartet, dass Tom kämpfen würde. Selbst am Tag der Hochzeit, wünschte sie sich, dass er dort erscheinen und sie von der Heirat abhalten würde. Doch als der Standesbeamte seine letzten Worte sprach, starb in ihr die Hoffnung. Dafür erwachte der Wille Rainer lieben zu lernen und ihm eine gute Ehefrau zu sein. Bis vor Kurzem war es eine wundervolle, harmonische Ehe. Silke hatte bis heute ein schlechtes Gewissen Rainer gegenüber, weil sie am Tag der Hochzeit an Tom, statt an Rainer dachte. Dafür dass ihr Ex tagtäglich ein Teil ihrer Gedanken war und sie jeden Tag wusste, dass egal was Rainer machen würde, er den Platz von Tom in ihrem Herzen niemals einnehmen könnte.

"Komm wir trinken erstmal ein Glas Sekt, zur Aufheiterung!", unterbrach Alex den nachdenklichen, traurigen Blick ihrer Freundin. "Du machst dir viel zu viele Gedanken. Warum regst du dich wegen einer einzigen und sogar witzigen SMS so auf? Ist doch toll, du kannst Tom wiedersehen und hey, liegst du mir nicht die ganzen Jahre in den Ohren, dass du nicht aufhören kannst an ihn zu denken?" Alex hielt Silke das Glas Sekt unter die Nase, die einen kläglichen Versuch startete zu lächeln. Alex konnte nicht verstehen, warum Silke so ein Drama draus machte.

"Tom, wer ist eigentlich Tom?"

"Babe, holst du mir ein Glas Wasser?" säuselte Claudia Tom ins Ohr, sie hatte sich an ihn gekuschelt und beide hatten einen heißen Nachmittag hinter sich.

"Klar doch, Süße!", Tom sprang auf. Der Sex hatte ihm gut getan, seinen Kopf wieder klar gemacht.

‚Silke, wer war denn Silke?'

Locker goss er das Wasser in ein Glas und ging wieder zurück zu der hübschen Braut in seinem Bett. Erschöpft schlief er kurz darauf ein.

Als er ein paar Stunden später wieder aufwachte, war Claudia bereits weg. Die Frau war einfach perfekt – keine Probleme, keine Laberei – und er hatte seine Ruhe. Er nahm sein Handy und überprüfte, ob es Empfang hatte. Man weiß ja nie, vielleicht kam Silkes Antwort ja einfach nicht an.

"*Oh Mann,*" schimpfte er mit sich selber und klatschte sich die Hand vor die Stirn. Da war es schon wieder, er wartete immer noch auf eine Antwort von Silke. Genervt stand er auf und stellte sich wieder unter die Dusche. Er würde ins Fitnesscenter gehen, noch weiter auspowern.

Die Flasche Sekt war mittlerweile leer und es war später Nachmittag. Angesäuselt ging es Silke direkt besser. Als ihr Handy klingelte war ihr sofort wieder schlecht, weil sie fast schon Angst davor hatte, mit Tom in Kontakt zu treten. Aber als sie sah, dass es Rainer war, war sie erleichtert. Allerdings war ihr typisch schlechtes Gewissen wieder da, noch schlimmer als vorher – denn jetzt hatte sie nicht nur an Tom gedacht, sie hatte sogar Kontakt mit ihm. Naja, nicht so richtig, aber irgendwie ja schon.

"Silke??" rief es aus dem Handy. Silke hatte völlig vergessen, dass sie den Anruf bereits angenommen hatte.

"Oh Rainer, sorry! Mir ist das Handy fast aus der Hand gefallen," sie hörte Alex kichern und hielt sich den Zeigefinger vor die Lippen, damit Alex still war.

"Hi Schatz," sagte Rainer, "wo bist du denn? Schon aus Bonn zurück oder noch da?" – Oh Shit, Silke hatte völlig vergessen, dass sie Rainer nicht mal Bescheid gesagt hatte, wo sie war. Das hatte es noch nie gegeben. Er würde sofort merken, dass was nicht stimmte. Alles war doch immer so abgesprochen, es passierte nichts was sie Rainer nicht mitteilte. Er wusste immer wo sie war und sie wusste immer wo er war.

"Schatz, ich bin bei Alex, das in Bonn ging schneller als gedacht und da es Alex nicht so gut ging, bin ich direkt zu ihr, um sie zu trösten." – Sie war über sich selbst erschrocken. Noch nie hatte sie ihren Mann belogen. Ihre Freundin hatte die Augenbrauen hochgezogen und schaute sie sowohl vorwurfsvoll als auch belustigt fragend an. Warum hatte sie gelogen? Sie hatte doch nichts Verbotenes getan, außer ihm vergessen zu sagen, dass Bonn ausgefallen war...

...und außer, dass sie total durch den Wind war, weil sich ihr Ex Tom gemeldet hatte.

Rainer erzählte ihr, dass er eingekauft hatte und kochen würde: „Wann kommst Du denn nach hause?"

Silke überlegte kurz, ob sie mit dem Sekt intus überhaupt fahren könnte, aber in einer Stunde ginge das sicher. "Ich werde so um 18 Uhr zuhause sein, okay? Kussieee!", damit verabschiedete sie sich wie immer.

Und dann plötzlich schien ihr Verstand auszusetzen. Ihr Herz klopfte wie wild und in ihrem Kopf überschlug sich alles. *Das muss wohl der Sekt sein*', dachte sie, *,und die Aufregung weil ich Rainer belogen habe'*. Ihr wurde heiß und sie blickte Alex an, die sie skeptisch beobachtete.

Alex war verwundert über ihre Freundin, die immer so reserviert, so klar, so vernünftig war. Silke war kein Mauerblümchen, aber sie war halt irgendwie steif und konservativ, das völlige Gegenteil von Alex, die eher unabhängig und frei blieb, statt sich von irgendwelchen gesellschaftlichen Aspekten einengen zu lassen.

"Silke, was hast du vor?", fragte sie, als Silke ihr Handy nahm und begann darauf rumzutippen.

"Ich schreibe ihm jetzt! Ich muss das tun! Ich platze sonst innerlich!", sie tippte und löschte und begann immer wieder von vorn. Jedes Mal kam ihr der Beginn der SMS ziemlich blöd vor.

    Hi Tom... |

„Nee!"

    Lieber Tom... |

„Neeee!", verzweifelt blickte sie zu Alex: "Alex, jetzt hilf mir doch Herrgottnochmal! Die zwei Stunden sind um, wie antworte ich denn jetzt darauf und was soll ich schreiben? Ich muss um 18 Uhr zuhause sein und...", Alex nahm ihr das Handy aus der Hand, bevor Silke reagieren konnte.
"Süße, lass es jetzt einfach. Du bist angetrunken, durcheinander und ich glaube nichts, was du Tom tippen würdest, wäre jetzt eine gute Idee!"
Ihre Freundin hatte Recht, enttäuscht ließ sie den Kopf hängen. "Gib mir irgendwas zu essen und eine Flasche Wasser bitte. Ich muss nüchtern werden, bevor ich nach Hause fahre."
Nach ein paar weiteren Gesprächen mit Alex, spürte Silke innerlich fast schon so etwas wie Freude, dass Tom sich gemeldet hatte. Alex hatte ihr die positive Seite gezeigt, hatte ihr Hoffnung gemacht, dass sich jetzt vielleicht alles klären ließe mit Tom. Ob sie nun wieder zusammen kamen oder nicht – hier bestand jetzt endlich die Hoffnung, dass Silke mit Tom vielleicht alles klären konnte, was zwischen ihnen stand und sie all die Jahre nicht losgelassen hatte. Tief in Silke keimte die Hoffnung auf eine zweite Chance. Sie hatte Tom immer geliebt,

auch wenn so viele Jahre vergangen waren. Unsicher, aber irgendwie glücklich, durcheinander, aber irgendwie aufgeregt, verabschiedete Silke sich von ihrer Freundin und fuhr nach Hause. Alex hatte ihr geraten, erstmal ein paar Tage darüber zu schlafen, bevor sie reagieren sollte.

Tom hatte sich im Fitnessstudio ausgepowert, war noch mit ein paar Jungs was trinken und legte sich ziemlich spät in dieser Nacht ins Bett. Er merkte sofort, dass er nicht schlafen können würde und nahm sein Handy. Er rief die SMS von Silke auf und las sie durch. Wieder und wieder. Tom scrollte zu seiner Antwort und dann noch einmal zu ihrer SMS. Dann starrte er zur Decke. Was sollte er nur denken. Es ging ihm auf den Sack, dass diese beschissene SMS vom Vormittag ihm derart den Tag versaut hatte. Fast schon wütend startete er eine zweite Antwort an Silke und schickte sie auch sofort ab, bevor er's sich noch anders überlegen würde. Dann schaltete er sein Handy aus und knallte es auf seinen Nachttisch.
"Leck mich!", sprach er zum Handy, als könnte Silke ihn hören und drehte sich zur Seite, um Schlaf zu finden. Keinen einzigen Gedanken würde er ab sofort mehr an sie verschwenden, nahm er sich fest vor.

Silke hatte bei Alex noch schnell ein paar Stücke Baguette in sich hineingeschoben und fast eine ganze Flasche Wasser getrunken, damit der Sekt nachließ. Sie kaute gerade noch auf einem scharfen Bonbon, um auch den letzten Atemzug Alkohol auszulöschen, als sie zuhause angekommen die Tür aufschloss.
"Hey Schatz, ich bin in der Küche!", rief Rainer direkt. Silke dachte sofort genervt: *„Ja klar, wo sollst du denn sonst sein!'* – sie war erschrocken über ihre abwertenden Gedanken. In letzter Zeit war ihre Ehe etwas schwierig und zuhause war immer bedrückte Stimmung. Rainer

hatte seinen Job verloren, er hatte auf den falschen Geschäftspartner gesetzt und es stehen noch einige Gerichtsverfahren an. Seit dem hatte ihr Mann beschlossen, eine Pause einzulegen und nicht zu arbeiten. Silke verdiente gut, allerdings musste sie damit nun ihren Mann durchfüttern, was ihr nicht sonderlich gefiel.

‚Das hätte ich damals bei Tom auch haben können‘, schoss es ihr durch den Kopf. *‚Wow, herzlichen Glückwunsch, willkommen im Frustrationsmodus!‘*

Silke atmete tief ein und aus, zog die Schultern hoch und betrat mit einem aufgesetzten Lächeln die gemeinsame Küche. Ihr Ehemann küsste sie und sprudelte sofort los, was er heute beim Spazierengehen durch den Wald alles erlebt hatte. Stundenlang musste er wohl Vögel, Bäume, Ungeziefer und Waldesluft beobachtet haben, so wie er es beschrieb. Er fragte heute gar nicht erst danach, wie es ihr ging oder wie es Alex ging und warum sie bei ihr war. Es war Silke ganz recht, immerhin hatte sie ihn belogen und wusste jetzt gar nicht recht, was sie ihm erzählten sollte. Er war goldig, wie er begeistert wie ein Kind, von seinem Tag erzählte. Während sie aßen und Rainer weiterhin über die Waldeslust sinnierte, flogen Silkes Gedanken wieder zu Tom. Sie forschte nach, was in ihr vorging und was mit ihr los war. Sie war noch nie so genervt von Rainer, wie heute. Als sie gegessen hatten, setzten sich beide auf die Couch und schauten sich einen Film an, von dem Silke nicht wirklich viel mitbekam.

‚Wie Tom jetzt wohl aussieht? Was er so macht? Ob er immer noch so ein Lebemensch ist und nichts auf die Reihe bekommt? Am Ende ist er verheiratet…‘, als dieser Gedanke in ihren Kopf schoss, schnürte es ihr die Kehle zu und sie hatte einen Kloß im Hals.

‚Unsinn, warum stört es mich, wenn er verheiratet wäre, ich bin ja auch verheiratet.‘ Und doch war es ein komisches Gefühl all diese Gedanken durchzugehen. Mit der

Entschuldigung, dass es ihr nicht gut ging, ließ sie Rainer alleine vor dem TV und ging schlafen.

Durch den Sekt am Nachmittag, wurde sie ziemlich schnell vom Schlaf übermannt und wachte erst mitten in der Nacht wieder auf. Rainer schlief tief und fest und schnarchte lautstark neben ihr. Silke ging ins Bad und suchte ihre Ohropax, als ihr einfiel, noch einmal die SMS von Tom zu lesen. Sie schlich ins Wohnzimmer, wo ihr Handy lag und sah, dass eine neue SMS eingegangen war. Aufgeregt öffnete sie die Nachrichten und ihr stockte der Atem bei dem, was sie las:

> Pass auf Silke! Die 2 Stunden sind um! Ich hab keine Zeit mehr für dich! Lass mich einfach in Ruhe, war ne dumme Idee und bitte: lösch meine Nummer! Tom

Silke sank geschockt und enttäuscht auf den Boden vor dem Sofa und starrte wie gelähmt auf Toms Worte.
All die Erinnerungen, all die Aufregung durch die SMS, all die Enttäuschung und all die Jahre schienen sich durch ihren Kopf zu hämmern. Sie begann zu weinen, fühlte sich verletzt und vor den Kopf gestoßen. Als wäre das Boot ohne sie losgefahren, das Boot zu Tom und sie könnte nicht hinterher schwimmen, weil die See so stürmisch war. Dieses Bild hatte Silke im Kopf: saß am Ufer und heulte allen Schmerz von damals bis heute aus sich hinaus, bis sie irgendwann da am Boden eingekauert einschlief.

"Schatz, was machst du denn da?", besorgt weckte Rainer sie am nächsten Morgen. Er hatte Silke nicht vermisst im Bett, denn wenn er stark schnarchte, wanderte sie immer aus ins Gästezimmer. Aber als sie auch dort nicht war, als er sie für die Arbeit wecken wollte, und er sie jetzt hier so liegen sah, dachte er im ersten Moment sie wäre bewusstlos oder Schlimmeres. Er hob ihren Kopf und nahm sie in die Arme. Silke wurde langsam wach und fühlte ein hämmerndes Dröhnen im Kopf.

"Ich fühl mich krank!", sagte Silke und Rainer blickte sie skeptisch an.

"Sag mal, hast du geweint?", fragte er. Silke wollte auf keinen Fall, dass Rainer wusste, dass sie geheult hatte.

Wie sollte sie ihm das nur alles erklären.

"Nein, nein, ich wollte aufstehen und bin irgendwie zusammengeklappt. Kreislauf nehme ich an," schon wieder belog sie ihren Mann. Er würde ihr glauben, denn nach so vielen Jahren würde er nicht denken, dass sie ihn angelogen hatte.

"Soll ich dir einen Arzt rufen oder dich ins Krankenhaus fahren?" Rainer war total besorgt und half ihr, sich aufs Sofa zu setzen. Die Kopfschmerzen waren so schlimm, dass Silke ihr Gesicht verzog. "Nein, nur ein Migräneanfall. Schatz, holst du mir die Tabletten und ich leg mich gleich wieder ins Bett. Ruf nur kurz im Büro an." Sie meldete sich krank, verzog sich ins Bett und Rainer ließ sie in Ruhe.

Silke blickte zur Decke, als die Kopfschmerzen dank dem Medikament besser wurden. *Warum war das nur passiert.*' Ihr Leben hatte sowieso gerade einen Knacks bekommen. Alles war die ganzen Jahre so perfekt gelaufen. Tom war nur ein nebliger Gedanke gewesen, den sie jeden Tag mit einer Menge Ablenkung abdeckte.

Doch jetzt fühlte es sich an wie ein Scherbenhaufen. Rainer und seine Arbeitslosigkeit, ihre Ehe lief seit Wochen nicht mehr so toll, und jetzt hat diese *eine* blöde SMS alles kaputt gemacht. Ihre Gedanken an Tom würden nie wieder so sein wie vorher.

Ich hab meinen Ehemann belogen, fehle an der Arbeit...' Niedergeschlagen drehte sie sich auf die Seite, schaute auf ihr Handy in der Hand, welches sie die ganze Zeit warm hielt, als würde es ihr Halt und Geborgenheit geben.

‚*Tom...*' Er hatte ihr geschrieben. ‚*Warum hatte er erst so positiv, doch jetzt so negativ reagiert?*' Silke konnte es nicht wirklich verstehen. Warum sollte genau das mit der falsch gesendeten SMS passieren, wenn es jetzt so furchtbar auseinander ging? Sie versuchte nachzuvollziehen, was passiert war:

´*Tom... hatte meine versehentliche SMS bekommen... er war bestimmt geschockt, weil ich überhaupt noch seine Nummer habe... dann antwortet er aber total locker und bietet sogar ein Treffen an...*´

Bei diesem Gedanken hüpfte ihr Herz. Sie wurde total aufgeregt, als sie richtig realisierte, dass sie ihn hätte treffen können. Wenn sie nicht total bescheuert ausgerastet wäre und mit Alex soviel Sekt getrunken hätte, den sie nicht vertrug.

"Scheisse," flüsterte sie in die Stille des Schlafzimmers.

Vielleicht hatte er gewartet und als keine Antwort kam...

‚*Oh nein, ja natürlich!*', ihr wurde gerade klar, was wohl passiert war.

Tom und sie sind damals völlig verstritten auseinander gegangen. Er muss derart verletzt gewesen sein, dass er sie aus Wut mit furchtbar fiesen SMS und Anrufen bombardiert hatte – außer sich vor Wut. Und Silke konnte ihn gerade sogar sehr gut verstehen: Er war derjenige, der damals von ihr abgelehnt wurde. Jetzt schrieb sie ihm aus Versehen, er antwortete total locker und freundlich und von ihr, genau die, die ihn damals so abserviert hatte, kommt gar nichts mehr. Silkes Herz klopfte vor Aufregung. Sie konnte ihn verstehen und sie war sich gerade absolut sicher: wenn er so wütend wurde, hatte sie noch Hoffnung, es war ihm nicht egal.

`*Ich muss kämpfen, ich muss ihn sehen, ich muss...*`
Völlig überdreht setzte sie sich auf, öffnete ihre Nachrichten und startete eine neue Antwort an Tom. Eine gefühlte Ewigkeit starrte sie auf die ersten zwei Buchstaben, die

sie getippt hatte, weil sie nicht wusste, was sie schreiben sollte, um ihn zu besänftigen:

    Hi |

Tom hatte bereits seinen halben Arbeitstag hinter sich, als er zur Mittagspause mit einem Kollegen ins Ultrablatt was essen ging. Er hatte heute so wenig Gedanken wie möglich an Silke oder die Sache mit den SMS verschwendet. Darauf, seine Gefühle zu unterdrücken, war er jahrelang trainiert.

"Liebe ist was für Weichbirnen, oder?", sprach er seinen Kollegen Mick an, als sie ins Lokal traten. Mick, der normalerweise auch eher lockere Bekanntschaften pflegte, sah ihn grinsend an: "Tut mir leid, Kollege, aber ich glaub ich muss passen!"

Mick lachte und schnappte sich einen Stuhl an einem freien Tisch. Mit fragendem Blick setzte sich Tom zu ihm und bohrte nach: "Was meinst du?". Mick grinste immer noch: "Nunja, du erinnerst dich doch noch an Cheyenne?" Tom überlegte kurz und runzelte die Stirn. Namen von Micks Frauen merkte er sich selten. Er war froh, wenn er seine eigenen Weiber sortieren und benennen konnte. Er schüttelte ahnungslos den Kopf.

"Na, jedenfalls waren wir vor zwei Wochen zusammen im Urlaub und Junge...", Mick machte eine Spannungspause. "Ich glaub mich hat´s erwischt! Die Frau ist weltklasse und ich kann mir sogar vorstellen, sie für eine lange Zeit an meiner Seite zu haben!" – Tom lachte und fragte, ob Mick ihn verarschen wollte.

Doch sein Kollege schien das wirklich ernst zu meinen und seine eigene Reaktion sprach Bände.

"Ach was, wir sprechen uns in den typischen drei Monaten noch mal, dann hast du doch schon die Nächste am Start," forderte Tom ihn heraus. Mick lehnte sich lässig zurück.

"Wir werden sehen, Tom, wir werden sehen. Und du – mein Freund – wirst auch nicht ewig der freie Vogel bleiben."

Tom war genervt von dieser neuen bekloppten Liebesüberzeugung seines Freundes. Er wischte das Thema vom Tisch und sie sprachen über berufliche Dinge, bis sein Handy klingelte. Tom warf einen kurzen Blick drauf, sah eine Nummer die er nicht eingespeichert hatte. Er ärgerte sich im selben Moment, dass er Silkes Nummer nicht abgespeichert hatte, denn er wusste nicht, ob es die Selbe von gestern oder eine neue war. Er ging immer dran – sei es, dass es Geschäftspartner waren, oder eine seiner weiblichen Bekanntschaften. Tom starrte immer noch drauf, als ihm Mick das Handy aus der Hand nahm und selbst einfach dran ging.

"Guten Tag! Wie immer wird unter allen Anrufern, die ihren Namen und ihre Adresse drauf sprechen, eine Kiste Sekt verlost, bitte piepen sie laut nach dem Ton," witzelte Mick und Tom nahm ihm erbost das Handy wieder weg. Wenn das ein Geschäftspartner war, konnte Tom solche Späße überhaupt nicht leiden. Doch als er das Telefon an sein Ohr hielt, war der Anruf bereits weg. Tom schüttelte genervt den Kopf, obwohl er wegen diesen immer wieder blöden Ideen von Mick bereits wieder lachen musste.

"Mensch, wenn das wichtig war!", schimpfte Tom, „Ich ruf mal zurück!" Er wählte die Rückruftaste und wartete gespannt. Es klingelte mehrfach.

Tom hatte nicht darüber nachgedacht. Was wäre, wenn es wirklich Silke gewesen war. Er überlegte kurz, ob er auflegen sollte, doch da sprang schon die Mailbox an und er hörte Silkes Stimme. Er schloss die Augen, sie klang älter als damals, aber immer noch rauchig und so sympathisch. Er klickte den Anruf weg. Auf die Mailbox sprechen wollte er nun nicht. So wütend wie gestern war er auch nicht mehr auf sie. Und nach seiner SMS wunderte es ihn, dass sie angerufen hatte.

Tom hasste es, wenn ihn jemand anrief und wenn er direkt in der nächsten Sekunde zurück rief, gingen die Leute nicht dran.

Was machten die – riefen an, verzweifelten, weil er nicht dran ging und warfen das Handy weg?

Er wusste nicht, was er denken sollte, doch Mick unterbrach ihn, die Mittagspause sei um.

Silke hatte keine passenden Worte für die SMS gefunden und hatte Hals-Über-Kopf entschieden, einfach bei Tom anzurufen. Damals war er es, der sie bombardiert hatte – wenn auch auf gemeine Art und Weise. Und sie hatte ihn abgeblockt. Heute musste sie da durch, wenn es sein musste. Versuchen es zu klären, egal mit welchem Ergebnis. Und selbst wenn es so wäre, dass Tom all seine Wut an ihr auslassen würde. Hauptsache damit ging es beiden besser.

Bereits als es klingelte, schlug ihr das Herz bis zum Hals und sie befürchtete, kein Wort herauszubekommen. Dann hörte das Klingeln auf und es startete eine fremde Männerstimme: "Guten Tag! Wie immer wird unter allen Anrufern....", Silke legte auf. Das war nicht Tom und im Hintergrund war Krach einer Gastronomie zu hören. Sie war verwirrt, hatte sie die falsche Nummer gewählt? Sie starrte auf ihr Handy, als es plötzlich klingelte. Sie starrte weiterhin darauf und las *TOM*. Sie las den Namen und ließ es klingeln und starrte weiter, unfähig den Anruf anzunehmen.

"Nimm ab, nimm schon ab!", schimpfte sie mit sich selbst, doch sie konnte einfach nicht. Eben war sie noch so mutig, doch jetzt reagierte ihre Hand einfach nicht. Dann hörte das Klingeln auf – ihre Mailbox ging nach ein paar Mal dran.

‚*Ob er drauf sprechen würde? Ob er eine Nachricht hinterlassen würde? Ob er sauer wäre?*' Just in dem Moment ärgerte sie sich über ihre eigene Feigheit. Sie hatte vorher noch anrufen wollen, jetzt rief er zurück und sie ging nicht dran.

"Ich bin so eine dumme Kuh!", schimpfte sie erneut und sprang aus dem Bett. Nervös und etwas hilflos stand sie da. Silke nahm noch einmal das Handy und rief noch einmal dieselbe Nummer an. Es war doch alles egal, jetzt oder nie. Mit verkrampfter Hand hielt sie aufgeregt das Handy ans Ohr, schloss die Augen, die andere, leere Hand zur Faust geballt um sich selbst Mut zu machen.

"Ja?". klang es am anderen Ende jetzt normal und nicht wie eben. Sie hoffte einfach, dass es jetzt Tom war. Im Hals hatte sie wieder einen dicken Kloß, aber sie riss sich zusammen.

"Hi, hier ist Silke! ...Tom? ...bitte, leg nicht auf," presste sie heraus. Es entstand Stille, die nur im Hintergrund durch verschiedene Stimmen nicht ganz so schrecklich war. Nach einer Pause, die wie eine Ewigkeit zu dauern schien, antwortete Tom endlich.

"Hallo Silke!"

Silke atmete die Stimme in sich hinein. Sie krallte sich mittlerweile mit beiden Händen am Telefon fest. Hatte sogar die Luft angehalten, unsicher was sie jetzt sagen sollte.

Tom war stehen geblieben, unsicher, wie er reagieren sollte. Gestern hätte er sie in der Luft zerreißen können und war so wütend gewesen. Doch sie jetzt am Telefon zu haben, löste eine innere Ruhe in ihm aus, die er nicht erwartet hätte.

"Was gibt´s?", fragte er betont cool und desinteressiert und wartete, was Silke sagen würde.

"Schön dich zu hören...", hauchte sie, ihre Stimme klang unsicher und dünn. Er wusste nicht, was er darauf sagen sollte. Mick war ein paar Meter weiter vorgelaufen, drehte sich jetzt aber rum und fuchtelte fragend mit den Armen, er solle sich beeilen. Tom wusste, er musste weiter und lief etwas schneller hinter Mick her.

"Du, Silke, ich muss los, tut mir leid. Also – was gibt´s?", fragte er etwas barscher, als er es beabsichtigt hatte. Silke begann zu stammeln: "Oh, tut mir leid... ich wollte dich nicht... können wir uns sehen?" – Diese direkte Frage kam überraschend, das hätte er nicht erwartet. Er zog die Luft zwischen den Zähnen ein, weil er sich nicht sicher war, ob das eine gute Idee war. Mick drängelte ihn über die Strasse, die Ampel war gerade auf Grün gesprungen. Tom war überfordert, Menschen rempelten ihn an, er war genervt.

"Silke, ich ruf dich an, wenn ich Zeit habe, momentan ist's schlecht!" Silke reagierte mit einem bröckelnden: "Ja, is okay, kein Problem, meld dich einfach!" Sie beendeten das Gespräch.

Während er von Mick durch die Menschenmenge gezogen wurde und sie das Büro fast erreicht hatten, rückte das Telefonat erstmal in den Hintergrund. Tom wollte sich jetzt nicht damit befassen, am Besten gar nicht mehr darüber nachdenken. Er steckte das Handy weg. Später würde er sich damit auseinander setzen, was er genau will oder auch nicht. Wütend wie gestern, war Tom nicht mehr. Das stand fest. Eher war es, als wäre es eine Genugtuung, dass er Silke auf die Warteliste gesetzt hatte. Das gab ihm innere Ruhe. Irgendwie freute er sich aber auch, dass er Silkes Stimme gehört hatte. Er schüttelte die Gedanken weg und ging mit Mick zum geplanten Meeting.

Ein paar Tage später war Silke wieder in ihrem Alltagstrott angekommen. Die Gedanken an Tom waren schön, sie waren da wie immer. Er war ihr so nah gewesen, doch er hatte sie bis heute nicht zurück gerufen. Sie konnte ihn verstehen, sie hatte ihn damals so verletzt.

Warum sollte er nach so vielen Jahren jetzt sofort parat stehen, um sich mit ihr zu treffen. Es wird schon alles seinen Sinn haben. Silke lächelte bei dem Gedanken daran, wie schön die Zeit mit Tom gewesen war und hakte es einfach als wundervolle Erinnerung ab.

Rainer und sie lebten momentan eher wie Freunde zusammen, die sich ab und an mal stritten. Rainer ging ihr ziemlich auf den Keks, da er durch seine Arbeitslosigkeit ständig zu hause hing und nun begann, wie eine Putzfrau das Haus ordentlich halten zu wollen. Sie durfte nicht mal gemütlich ihre Schuhe ausziehen und irgendwo stehen lassen, da hielt er ihr bereits eine Moralpredigt.

Sie saß auf dem Klo, als ihr Handy vibrierte.

`Ich kann doch jetzt nicht dran geh´n! Auf dem Klo!!!´, war ihr erster Gedanke, ‚Sieht doch keiner!´, der zweite. Vielleicht war es Alex – ohne drauf zu kucken, nahm sie den Anruf an.

"Silke?" – hörte sie eine Stimme, die sie im Moment nicht zuordnen konnte. "Ja? Wer ist da?"

"Tom...", klang es von der anderen Seite der Leitung.

Silke hielt die Luft an. ‚Verdammt,´ dachte sie.

"Tom?!", wiederholte sie laut. Sie wusste jetzt nicht, was sie schlimmer fand: dass es Tom war oder dass sie am Klo saß.

`Wie gut, dass es kein Videoanruf oder Facetime ist!`

"Silke, willst du immer noch, dass wir uns treffen?", fragte Tom und Silkes Herz machte einen Sprung.

"Jaja, natürlich ja!", schoss es viel zu aufgeregt aus ihr heraus. Immer noch mit nacktem Hintern, Hose heruntergezogen auf dem Klo sitzend. Sie musste sogar fast kichern, sie war schon leicht hysterisch wegen der Situation.

"Gut," sagte Tom in ruhigem, neutralem Ton. "Wie wäre es direkt heute? Lass uns spazieren gehen, statt uns in irgendein Bistro oder so zu setzen. Ist das okay für dich?"

Silke war es total recht, wer wusste schon, wie das Gespräch verlaufen würde, in einem Lokal wäre alles vielleicht etwas verklemmt. In ihrem Kopf hämmerte es los, an welchem Ort sie sich treffen könnten, doch ihr fiel überhaupt nichts ein. Tom hatte jedoch die Idee, dass sie sich im Park der Festung treffen sollten. Oben an der frischen Luft, in der Sonne. Das Wetter war traumhaft an diesem Tag.

Silke stimmte zu und sie verabredeten sich für eine Stunde später an der großen Plattform. Warum auch immer er genau auf diesen Ort gekommen war, wusste Tom selbst nicht.

Silke saß noch eine Weile grinsend, lächelnd, glücklich und aufgeregt auf ihrer Stelle, bis eine Kollegin an die Tür klopfte: "Hallo? Mal fertig da drin oder dauert das noch länger?"

Völlig peinlich erwischt, zuckte Silke zusammen und drückte die Spülung. Sie hatte sich gerade mit ihrer ehemaligen großen Liebe verabredet – auf dem Klo sitzend – mit nacktem Hintern.

'Das darf ich auch keinem erzählen!'

Sie erzählte es wenig später Alex, die sich darüber köstlich amüsierte. Silke blickte an sich hinunter, sie war heute jetzt nicht unbedingt für ein Date gekleidet, aber nach Hause fahren, sich duschen und stylen war jetzt auch nicht mehr drin.

‚In einer Stunde… nein, in weniger als einer Stunde muss ich bereits oben sein!' Ihr blieb noch weniger Zeit, als sie gedacht hatte.

‚Warum hatte er denn so einen Platz ausgewählt? Um schnell weglaufen zu können? Ob er überhaupt kommen würde?' Wieder flogen tausend Fragen durch ihren Kopf. Sie beruhigte sich mit dem Gedanken, dass sie nichts zu verlieren hatte.

‚Rein gar nichts.' Sie hatte Tom schon verloren. Damals, vor über zehn Jahren. Ihn jetzt wieder treffen zu können war einfach ein wunderschönes Geschenk und

sie erwartete eigentlich nichts, außer ihm zu begegnen und Frieden mit ihm schließen zu können.

Aufgrund des schönen Wetters war viel los oben auf der Festung, doch Parkplätze gab es noch genug. Silke hatte sich nur etwas frisch gemacht. Sie fühlte sich etwas unwohl in ihrem Arbeitsoutfit. Überhaupt wurde sie mit jedem Meter, den sie der Festung näher kam, nervöser und nervöser. Ihr Herz klopfte ihr diesmal nicht bis zum Hals, sondern es fühlte sich an, als sei es ihr in die Hose gerutscht. Sie hatte das Gefühl sie müsste mit Durchfall auf die Toilette rennen – bei diesem Gedanken musste sie lachen, während sie aus dem Auto stieg, weil sie an das Telefonat mit Tom am Klo denken musste. Sie blickte auf ihre Uhr, sie war fast zu spät. Sie steigerte ihre Laufgeschwindigkeit und eilte über die Wiese zur großen Plattform. Ziemlich bald sah sie ihn in den Augenwinkeln. Seine Wirkung auf sie war dieselbe wie früher. Sie hätte ihn unter tausend Menschen hervorstechen sehen, seine Ausstrahlung war einfach phänomenal. Das hatte ihn früher auch schon für viele andere Frauen so attraktiv gemacht. Er saß auf einer Bank, lässig die Arme über die Lehne gelegt und die Sonnenbrille auf der Nase. Er hatte sie ebenfalls gesehen und Silke wusste nicht, ob sie lächeln, grinsen, lachen oder ernst kucken sollte. Tom jedenfalls blickte sie ernst an, er lächelte nicht. Das ließ Silkes Knie weich werden und sie wurde unsicher.

‚*Vielleicht wird er mich mit Vorwürfen überschütten und wir streiten uns?*' Wieder wurde ihr übel und sie spürte Kopfschmerzen hinter ihren Schläfen aufsteigen. Dann stand Tom auf, fuhr sich durch die Haare, nahm seine Sonnenbrille ab und begann sie anzulächeln. Silke hatte das Gefühl, sie würde durch Wackelpudding laufen und ihre Beine wären wabbelige alte Salzstangen. Die Geräusche der Umgebung verschwammen und das Herz klopfte wie wild vom Bauch bis zu ihrem Hals. Nur wenn sie Glück hat, würde sie die letzten Meter bis zu Tom überhaupt überleben.

Dann stand sie vor ihm. Wusste nicht, was sie sagen sollte, außer: "Hi, da bin ich!"

Tom grinste sie an: "Ja, das sehe ich."

Das Knistern zwischen den Beiden hätte man farbig anmalen können. Beide standen weiterhin lächelnd voreinander und blickten sich neugierig voller Offenheit in die Augen. Keiner von beiden wollte oder musste etwas sagen. Bis Silke die Augen niederschlug und spürte wie tiefe Ruhe in ihr einkehrte. Hier zu sein, in seiner Nähe, daran hatte sie dreizehn Jahre gedacht; sich gewünscht, der Augenblick würde kommen.

Tom machte noch einen Schritt auf sie zu, strich ihr wie früher eine Strähne aus dem Gesicht.

"Lass uns spazieren gehen!"

Wie selbstverständlich gingen sie los, so vertraut, als hätten sie nie auch nur einen Tag ohne einander verbracht. Sie liefen auf die Plattform zu, liefen die Schrägen Stück für Stück nach oben und redeten. Sie sprachen über ihre gemeinsamen Erinnerungen von früher, über die Trennung, wurden zwischendurch traurig, diskutierten und lachten. Die Beiden sprachen über die Gegenwart und auch Vergangenheit. Alles vermischte sich, alles wurde zu einer Geschichte, die sich zwei Reisende durch die Zeit erzählten.

All die Wut und Verletzungen, die Trauer und der Schmerz, schienen wie weggefegt zu sein. Was zählte war nur ihre Zweisamkeit – wie zwei Freunde, die sich nach so vielen Jahren etwas zu erzählen hatten. Es fühlte sich so rein, so nah, so klar an – beide fühlten, dass dies der Anfang eines neuen Kennenlernens war.

Wie es damals aufgehört hatte, war plötzlich unwichtig und es war nicht notwendig, sofort wieder zusammen zu sein oder ob es überhaupt funktionieren würde.

Wichtig war jetzt nur, das hier und jetzt – der Beginn eines neuen Anfangs – sie blickten gemeinsam von ganz oben auf das sonnenverwöhnte Koblenz, atmeten die Luft, saugten die Worte des anderen auf und genossen die Nähe, die sie all die Jahre so vermisst hatten. Beide vergaßen alles um sie herum. Silke hatte die Augen geschlossen, ließ die Sonne auf ihr Gesicht strahlen und spürte, wie sich Tom neben ihr bewegte. Sie hatte Angst, dass es gleich vorbei sein würde, denn sie könnten hier nicht ewig stehen bleiben. Ihr Herz klopfte wieder bis zum Hals, sie traute sich nicht die Augen zu öffnen. Silke spürte, wie sich Tom dicht hinter sie stellte und sie sanft zu sich drehte. Es fühlte sich an wie in Zeitlupe, wie in einem Film, die Knie wurden ihr weich.

Tom strich ihr wieder die Strähnen aus ihrem Gesicht und nahm Silke sanft in den Arm. Diese Nähe, die Wärme, egal was passiert war, er mochte nicht mehr daran denken. Wie sehr hatte er sie vermisst, er wusste nun, dass seine Liebe zu ihr nie vergangen war, denn dieses tiefe Gefühl hatte er schon sehr lange nicht mehr gehabt und bei keiner anderen, außer bei ihr. Er küsste sie sanft auf die Wange und flüsterte ihr ins Ohr:

„Ich lass dich nie wieder gehen, das kannst du vergessen!"

Silke drückte Tom fest an sich und legte ihren Kopf auf seine Brust. Das waren Worte genug…

Dedicated to W.
ihrer großen Liebe und dem gemeinsamen Sohn,
er ist mittlerweile schon über ein Jahr alt ;)

Kapitel III

Just a Dream...

Alles ist so traumhaft schön. Marc und ich sind frisch verheiratet. Nach einer wunderschönen, harmonischen, jahrelangen Beziehung hat er mir einen Antrag gemacht und ich hab natürlich ‚Ja' gesagt. Ich bin so unendlich verliebt und liebe jede Sekunde mit ihm. Wir sind in unseren Flitterwochen und ich spüre den Sand unter meinen Füßen, während wir Hand in Hand am Strand entlang gehen. Seine Nähe fühlt sich so wundervoll an und wir lachen unendlich glücklich, während wir uns mit Wasser bespritzen und uns küssend in den Sand fallen lassen... Ich liebe ihn so sehr... Ich bin endlich angekommen...

Plötzlich riss mich etwas aus dem Sand und ich fand mich in meinem Bett wieder, blickte auf den Mann neben mir, sein Gesicht mir zugewandt, er schlief noch tief und fest. Ich brauchte einen Moment, um zu begreifen: Das ist mein Freund, mit dem ich seit drei Jahren zusammen bin. ‚*Aber es ist nicht Marc!*' Ich war erschrocken, denn mein Freund kam mir so fremd vor, ich wurde aus einer Realität gerissen, die wie ich gerade feststellte, nur ein Traum war. Ich war irritiert. ‚*Was war passiert?*' Verstört drehte ich mich in die andere Richtung und wünschte mir nur eins: Wieder zurück in den Sand, zu Marc.

‚*Oh Gott, was passiert hier?*'

Mein Herz klopfte wie wild und mir stiegen die Tränen in die Augen. Eine tiefe Traurigkeit übermannte mich, aber ich war auch geschockt. Ich hatte doch Jahre voller Erinnerungen in mir. Ich wusste wie Marc und ich uns kennen gelernt haben. Ich sah unsere gemeinsame Wohnung und unseren Einzug, ich sah uns heiraten und ins Flugzeug steigen... All das war doch so WAHR – aber wo war es hin? Ich hatte auch die Erinnerung an die Beziehung mit Steffen, ich wusste, dass auch das hier wahr ist – ich lag mit meinem Freund im Bett, in unserer gemeinsamen Wohnung und ich kannte diesen Marc nur flüchtig...

Vor über zwei Jahren, als ich gerade frisch mit Steffen zusammen war, hatten wir mit seiner großen Clique in Berlin Silvester gefeiert, wo Steffen eigentlich her kommt. Marc hatte damals seine Freundin dabei, mit der ich mich super verstanden hatte. Er war nie Thema für mich gewesen und ich hatte ihn auch kaum in Erinnerung... Aber dieser Traum, aus dem ich gerade erwacht war, war in meinem Kopf so real, dass ich gerade nichts verstand. Steffen kuschelte sich an mich und mein ganzer Körper spannte sich an, widerwillig durch seinen Körper berührt zu werden. Es fühlte sich so falsch an. Ich stieß die Bettdecke zurück, stand so schnell auf, wie ich konnte und rannte ins Bad. Hinter mir hörte ich Steffen ein: "Hey, alles okay?", rufen. Ich schloss die Tür ab und schaute in den Spiegel – wenigstens kam mir mein Gesicht noch bekannt vor. Ich blickte auf meine Hände, eigentlich sollte der Ring von Marc am Finger glitzern. Doch da war es leer. Ich spürte einen Stich im Herzen und mir wurde kotzübel. "Was zum...", flüsterte ich sehnsüchtig. Tränen rannen meine Wangen hinunter. Ich verstand die Welt nicht mehr. Wie konnte das sein? Wie konnte ich so realistisch träumen und dann in so einem Alptraum aufwachen? Der Gedanke löste sofort Schuldgefühle in mir aus – denn Steffen war ja kein Alptraum. Unsere Beziehung war total schön, wir lachten und unternahmen viel zusammen. Er war ein wundervoller Mann und Freund. Alles lief total gut und ich hatte bisher keinerlei Sehnsucht nach einem anderen Mann verspürt. Mir fehlte nichts.

Ich hielt mein komplettes Gesicht unter den Wasserstrahl am Waschbecken und versuchte mir die Erinnerungen an den Traum und Marc aus dem Kopf zu spülen, doch das ging nicht. Ich rubbelte mein Gesicht extrem fest, als könnte ich es wie MakeUp wegwischen und musste mir erstmal einen Kaffee machen. In der Küche traf ich auf Steffen, der mich besorgt anblickte.
"Guten Morgen mein Schatz, was ist los? Schlecht geschlafen?", er nahm mich wie immer in den Arm und küsste mich auf die Stirn.
"Ja, irgendwie hab ich voll den Scheiss geträumt und dann musste ich einfach schnell aufs Klo rennen!", lächelte ich ihn an und drehte mich möglichst unauffällig von ihm weg, um mir einen Kaffee zu machen.
"Willst du mir davon erzählen? Was war denn so schrecklich?", fragte mich Steffen, wie immer so verständnisvoll und fürsorglich.
"Ach, Monster, Morde, Zombies… all so'n Mist!", antwortete ich möglichst oberflächlich und übertrieben theatralisch. Steffen lachte mich aus und klatschte mir auf den Hintern: "Tja, nicht jeder kann Horrorfilme kucken, ohne dass es Spuren hinterlässt, du solltest lieber Komödien kucken, statt immer diesen anderen Schrott!"
Puh, ich war raus aus der Sache und lachte möglichst locker mit.

Den ganzen Tag im Büro dachte ich an Marc und meinen Traum. So etwas hatte ich schon lange nicht mehr erlebt und vor allem noch nie so extrem: Dass man träumt und am nächsten Morgen sicher ist, dass es Realität sei und es nicht in sein jetziges Leben integrieren kann. Es einfach nicht verarbeiten oder begreifen kann.

Ich konnte mich kaum konzentrieren und versuchte mich in meine Arbeit zu stürzen und nicht mehr an Marc zu denken. Ich versuchte nur an Steffen und unsere Erinnerungen zu denken. Ich versuchte es wirklich vehement, doch es brachte nichts. Immer wieder kamen Marc und unser gemeinsames Leben in meinen Kopf. Ständig verglich ich diese *„Steffen-Realität"*, mit der *„Marc-Reality"* in meinem Kopf. Ich war total verwirrt, aber ich konzentrierte mich auf das, was gerade passierte.

Steffen – wir waren seit drei Jahren zusammen. Ich wusste doch genau was wir alles erlebt hatten. Wir hatten uns kennen gelernt auf dem WorldCultureFestival in Berlin und sofort ineinander verliebt. Dann hatten wir das erste halbe Jahr eine Fernbeziehung geführt und schnell beschlossen, dass Steffen zu mir ins Rheinland zieht. Da er jobtechnisch unabhängig ist, ging das auch unproblematisch. Die Abschiedsfeier an Silvester haben seine Freunde für ihn in Berlin geschmissen. Die Party auf der ich dann auch Marc kennen gelernt hatte. Doch ich hab kaum mit ihm gesprochen, nur mit seiner Freundin einen getrunken, die war echt cool. Seitdem habe ich mit Steffens Freunden nicht mehr viel zu tun gehabt und auch nichts von ihnen gehört. Marc war nicht mal mein Typ... damals... jetzt sah das anders aus, denn die ganze *„SteffenWelt"* überwarf sich plötzlich mit dem *„MarcUniversum"*...

Marc – die Erinnerung, die für mich so wahr ist, wie die mit Steffen, beginnt damit, dass wir uns zufällig auf einem Event im Rheinland wieder trafen und sofort ineinander verliebten. Ich wusste, dass sowohl seine Beziehung mit seiner Freundin, als auch meine mit Steffen bereits Vergangenheit waren. Wie lange, das konnte ich jetzt nicht sagen, aber es war auch nicht wichtig. Marc und ich trafen uns ein paar Mal. Er lebte zu dem Zeitpunkt seit einiger Zeit bereits in Köln und ruckzuck beschlossen wir, dass ich nach Köln ziehe. Darauf folgten Urlaube, Hochzeit, Freunde, Feiern...

All das konnte doch nicht nur ein Traum sein? Das brachte mich wirklich um den Verstand. Ich hätte sogar Marcs Wohnung beschreiben können, ich wusste wie er roch und seine Stimme, wie sie klang. Ich wusste welches Auto er fuhr und wo er arbeitete, wie er küsste und wie er lachte...

Das kann doch alles nicht wahr sein, oder besser gesagt: das kann doch nicht alles aus einem Traum stammen...

Und doch konnte nur eine Realität die Wahre sein. Die mit Steffen, denn hier bin ich – jetzt und hier. Und ich weiß, dass Steffen und ich zusammen in einer Wohnung wohnen und bereits seit drei Jahren zusammen sind. Tatsächlich – zumindest in dieser Realität hier – wusste ich rein gar nichts über Marc, außer der kleinen Erinnerung an das Silvester damals.

`Aber du weißt wie er küsst, wie er sich anfühlt...`, schrie mein Kopf und ich hatte Lust mich zu betrinken, und zwar maßlos. Ich hatte Angst nach der Arbeit auf Steffen zu treffen. Wenn ich nach Hause kam, war er meistens schon da und hatte vielleicht sogar gekocht. Ich hoffte einfach, dass dieser Traum einfach wieder verfliegen würde und zwischen mir und Steffen wieder Normalität einkehren würde. Und so war es auch. Anfangs war es schwer für mich, weil ich die Erinnerung an Marc stets vor Augen und im Kopf hatte. Auch meine Liebe war zu Marc stärker verankert, als zu Steffen. Die Tage vergingen und Marc verblasste. Steffen hatte mir abgenommen, dass ich gerade etwas überarbeitet bin. Natürlich hatte er gemerkt, dass ich mich zurück gezogen und etwas verändert hatte. Aber nach einem langen Gespräch, konnte ich ihm erklären, dass alles okay sei und ich beruflich nur einfach viel zu viel im Kopf hätte.

Der Wind bläst mir ständig die Haare ins Gesicht, während Marc und ich Arm in Arm durch die Sonne am Rhein entlang laufen. Köln im Sommer ist einfach wunderschön. Marc drückt mich eng an sich. Er riecht so gut, tief atme ich seinen Geruch ein und blicke zu ihm hoch. Er ist nicht viel größer als ich, wenn ich so hohe Schuhe trage. Und doch, ist er groß genug, dass ich mich etwas auf die Zehenspitzen stellen muss, um ihm einen langen zärtlichen Kuss auf die Wange zu drücken. Er dreht sich zu mir um und schaut mir tief in die Augen, bevor er mich küsst. Ich versinke darin und in seinen Armen. 7 Monate sind wir jetzt verheiratet und ich wünsche mir noch weitere 70 Jahre mit diesem Mann. Sanft lösen wir uns voneinander, die Gesichter immer noch dicht aneinander, Marc streichelt mir über meine Wange und begann etwas zu sagen...

"Schatz, du musst aufstehen, der Wecker hat schon zweimal geklingelt!", hörte ich die Stimme...
„Die falsche Stimme...", total panisch öffnete ich meine Augen und blickte Steffen ins Gesicht. *„Der falsche Mann. Der falsche Mann, das ist der falsche Mann, das kann doch nicht sein!"* Schrie es so laut in mir, dass ich mich noch mehr erschreckte.
"Oh Scheisse!", rief ich und sprang wieder aus dem Bett ins Bad. Hoffentlich glaubte Steffen, dass es wegen dem Wecker sei.
„Ich werde wahnsinnig, ich werde noch total wahnsinnig"! Innerlich schrie alles in mir und schon wieder liefen mir Tränen das Gesicht hinunter. Ich vermisste Marc, und zwar wie die Sau. *„Verdammter Mist, wie soll ich nur damit umgehen?"*
Ich gab Steffen nur flüchtig einen Kuss und verschwand ins Büro. Erneut konnte ich mich kaum konzentrieren, denn ich dachte nur noch an Marc. An unseren Kuss, an Köln, an alles... und es fühlte sich so richtig an - so wahr. Das mit Steffen fühlte sich so falsch an. Mein Leben hier

und jetzt fühlte sich total falsch an. *„Was passiert nur mit mir? Was, wenn ich es Steffen erzähle? Was, wenn ich mit Steffen Schluss mache? Was, wenn ich Marc kontaktiere? Alles bescheuert, es ist nur ein Traum – ich bin schizophren, bestimmt..."*

Wieder einmal musste ich länger arbeiten, denn die Buchhaltung brauchte Unterstützung und so kam ich erst am späten Abend nach Hause. Als ich die Tür aufschloss rief Steffen bereits gutgelaunt aus dem Wohnzimmer: "Schatz, wir haben Besuhuuuch, bring noch mal zwei Bier mit, wenn du auch eins willst, dreiiiii!" Ich war erleichtert, so konnte ich in Ruhe duschen und nachdenken gehen, ohne groß mit Steffen reden zu müssen. Es tat mir so leid, ich mochte ihn so gerne... Ich merkte, dass ich nicht mal mehr sagen konnte, dass ihn liebte... *Wie furchtbar... War das das Ende?* Ich schnappte mir aus dem Vorratsraum drei Bier – Alkohol konnte mir mit Sicherheit helfen – und ging ins Wohnzimmer.

"Hi Mel!", begrüßte mich eine warme, bekannte, vertraute Stimme, die mir eiskalten Schauer über den Rücken laufen ließ. Als ich Marc erblickte, mit Steffen da unten auf dem Boden kauernd, die Playstationcontroller in der Hand, glitt mir eines der Biere aus den Fingern. Es platschte und klirrte. Ich war wie erstarrt im ersten Moment, senkte dann aber beschämt meinen Blick und kümmerte mich total überhektisch um die Scherben und das auslaufende Bier.

Steffen kam mir sofort mit Lappen und Kehrschippe* zu Hilfe. Marc brachte den Teppich und die Playstationspiele vor der sich am Boden ausbreitenden Flüssigkeit in Sicherheit.

"Scheiße verdammt", fluchte ich und hatte sofort derart schlechte Laune, das konnte ich nicht verbergen.

"Mensch, Schatz, ist doch nicht schlimm!", beruhigte mich Steffen. Marc witzelte: "So erschrocken, mich zu sehen?"

Er wusste ja gar nicht, wie nah er an der Wahrheit dran war. Ich konnte nicht mal antworten, blickte ihn nur kurz an. Ich blickte in seine Augen, die mir doch so vertraut waren. Suchte nach einem Zeichen, ob auch er das fühlte oder spürte, was ich wusste... Doch da war nichts. Einfach nur freundliche, fröhliche Augen. Die Augen eines Kumpels meines Freundes, der mich nur flüchtig kannte. Tränen schossen mir in die Augen, mein Herz stach und ich drehte mich weg.

"Mist, meine Hose ist nass und meine neuen Schuhe versaut wegen Deinem Scheiss Bier!", pflaumte ich Steffen ungerechtfertigt an und verließ das Wohnzimmer, um mich umzuziehen.

Wenig später tat es mir total leid, wie ich Steffen angefahren hatte. ‚*Reiss dich zusammen, Mel, weder Steffen noch Marc sind Schuld oder beteiligt, an Deinem Scheiss Alptraumleben.*´

Ich baute mir gedanklich eine Fassade, atmete tief durch und ging ins Wohnzimmer zurück, wo die beiden Männer fröhlich zockten.

"Es tut mir leid, Schatz, ich hab' 'nen harten Arbeitstag hinter mir...", entschuldigte ich mich bei Steffen und er lächelte mir zu. Er war noch nie nachtragend gewesen und so ein verständnisvoller Mensch. Warum konnte ich ihn nicht mehr lieben? Ich versuchte cool zu bleiben äußerlich, während ich innerlich hätte sterben können.

Wegen Marc. Ich liebte ihn so sehr...

`Aber ist das Liebe? Wie kann das Liebe sein, wenn alles nur im Traum real ist und hier rein gar nicht?`

Ich suchte nach einem belanglosen Thema für Smalltalk und sah, dass Marc einen Gips am Fuß hatte.

"Hey, was hast du denn gemacht?" – Ich setzte mich möglichst cool auf den nahestehenden Sessel und ließ die Frage so beiläufig wie möglich klingen. Marc und Steffen hatten gerade eine Runde des Spiels beendet und so sah Marc mir direkt in die Augen, als er antwortete.

"Beim Fußball, blöde Sache. Das Spielen kann ich mir abschminken!" Steffen zog ihn auf, dass er eben alt werden würde. Marc lachte und seine Blicke wechselten zwischen Steffen und mir. Bevor ich nachdachte fragte ich: "Wo ist denn Deine Freundin, wie hieß sie noch mal...?" – Marcs Miene zeigte, dass er nicht sehr begeistert von dem Thema war. Ich hätte mir am Liebsten auf die Zunge gebissen.

"Wir sind nicht mehr zusammen. Sie hat es vorgezogen, mit ihrem Chef durchzubrennen!"

Steffen unterbrach die kurz aufgekommene Stille.

"Marc wird im Sommer nach Köln ziehen!"

"Yes, dann sehen wir uns wieder öfter, Mann!", antwortete Marc wieder fröhlich und die beiden gaben sich High Five. Mir wurde schlecht.

Gerade eben noch, versank der Traum so langsam in einer Schublade, da die Wirklichkeit mir zeigte, dass Marc und ich nicht zusammen waren und er auch keinerlei magische Blickkontakte mit mir austauschte. Ich war mir gerade sicher, dass ich diese Kackträume einfach überwinden musste. Dieser Marc hier, war zwar derselbe, wie in meinem Traum, aber es war nullkommagarnichts zwischen uns. Gerade das zeigte mir doch, dass ich wohl ein Psycho sein musste...

Die Tatsache aber, dass er nach Köln zog, machte mir einfach Angst. Wie in meinem Traum, dort hatten wir uns kennen gelernt. Es ließ den Traum doch wieder näher heranrücken, aber es verwirrte mich total. Ich verabschiedete mich, dass ich sehr müde sei und ging ins Bett. Ich weinte mich regelrecht in den Schlaf, es fühlte sich alles so schrecklich an.

Am nächsten Morgen wachte ich traumlos auf. Auf in einen neuen Tag, ich musste das alles überwinden. Irgendwie würde mir schon etwas einfallen. Vielleicht nehme ich Baldrian oder so - für traumlosen Schlaf. Ich machte Frühstück und Steffen wenig später ebenfalls auf. Er umarmte mich und ich versuchte ihn wieder so zu lieben, wie vor der Träumerei mit Marc. Mein Herz reagierte zwar nicht, aber vielleicht konnte ich es mit dem Verstand schaffen. Ich drehte mich zu ihm um und küsste ihn.

Es war furchtbar! Ich fühlte mich, als würde man mich zwingen einen völlig Fremden zu küssen. Der Geschmack von Steffens Kuss schmeckte plötzlich wie... Ich konnte es nicht beschreiben, einfach ekelig und sein Geruch von seinem Kuss auf meinem Mund, widerte mich an. Ich drehte mich weg, machte einen Scherz und lenkte aufs Frühstück ab, damit er es nicht merken würde. Es tat mir so leid, aber ich konnte doch auch nichts dafür. Steffen hatte nichts bemerkt, er witzelte und erzählte mir von einem Traum, den er letzte Nacht hatte, in dem er durch ein Labyrinth voller Blumenkohl gerannt war. Er hasste Blumenkohl. Ohne lange zu überlegen, schoss es aus mir heraus: "Und ich hab geträumt, Marc und ich hätten geheiratet!" – Ich war geschockt, ich fühlte mich ertappt. Erschrocken blickte ich Steffen an, der mich auslachte und es gar nicht so ernst nahm, wie ich.

‚*Woher denn auch, Dummchen*', sagte ich mir, ‚*er weiß doch von gar nichts.*'

"Haha, von Marc, ihr habt geheiratet... soso, du träumst also von einem meiner Kumpels. Muss ich mir Sorgen machen?", witzelte er und klatschte mir wieder auf den Hintern. Lachend drehte er sich weg und setzte sich an den Frühstückstisch. Ich war erleichtert, dass ich es wenigstens irgendeinem Menschen auf irgendeine Art gesagt hatte. Es war ja nicht gelogen und vielleicht käme ich damit besser zurecht, wenn es Steffen wusste. Ich musste überlegen, ob ich ihm nicht noch mehr erzählen sollte... Obwohl das dann wahrscheinlich too much wäre.

Einige Tage später, hatte ich mich schon daran gewöhnt, dass ich in einigen Nächten meinem Doppelleben als Ehefrau von Marc nachging. Diese Nächte genoss ich sehr und morgens, wenn ich aufwachte, dachte ich mit einem glücklichen Gefühl daran, dass ich ihm wieder hatte nahe sein können. Das war besser, als mich darüber zu ärgern und es verdrängen zu wollen – denn es nutzte ja eh nichts. Ich ging an der Küche vorbei, in der Steffen saß und telefonierte. Als er mich sah, sagte er plötzlich amüsiert ins Telefon: "Ach übrigens Marc, meine Frau träumt nachts von dir und du hast sie sogar geheiratet! Muss ich mir Sorgen machen?"

Ich war froh, dass ich kein Bier in der Hand hatte, was mir hätte aus der Hand fallen können. Ich schimpfte mit Steffen, ich regte mich tierisch darüber auf, warum er Marc so etwas erzählt hatte. Steffen lachte mich aus und verstand überhaupt nicht, was daran so schlimm sein könnte. Es war mir peinlich; unangenehm und peinlich. Doch eine Stimme in mir sagte mir leise: *"Der Samen ist gesetzt!"* Ich hatte das Gefühl einfach nur zu verzweifeln.

Seit dem hatten die Träume aufgehört. Manchmal lag ich morgens wach und vermisste es. Ich vermisste Marc und unsere gemeinsame Zeit in meinen Träumen. Ich war lange Zeit traurig darüber, dass es so ist, wie es ist. Das Schlimme an der Sache war nur, dass die Gefühle für Steffen mittlerweile komplett verschwunden waren. Ich mochte ihn als Freund, doch alles Weitere konnte nicht mehr funktionieren. Nach einigen Wochen trennten Steffen und ich uns, für mich war es, als hätte ich zwei Männer verloren. In zwei Realitäten. Steffen hat es nicht verstanden, dass ich Schluss mache. „Warum? Es läuft doch alles gut? Hast du einen Anderen? du musst doch einen Anderen haben? Los, sag schon! Ich muss es wissen," aber ich konnte ihm doch nichts sagen. Ich konnte weder sagen, dass es nur ein Traum-Mann war, noch konnte ich erzählen, dass ich verliebt in seinen Kumpel war. Vielleicht hätte ich einen Mann erfinden sollen, damit es Steffen besser ginge und er mich hassen könnte.

Traurig lasse ich meine Beine in die Lahn baumeln, lausche den Vögeln und dem Wasser. Die Sonne scheint mir ins Gesicht und ich verstehe die Welt immer noch nicht.

Es ist jetzt fast ein Jahr her, seit dem ich von Steffen getrennt bin und seit dem die Träume aufgehört haben. Marc konnte ich nie vergessen, bis heute nicht. Aber ich habe gehört, er hat geheiratet. Wenigstens ist einer von uns beiden glücklich.

Dedicated to M.

*skizze „Dreamcatcher" by cheyenne

Kapitel IV

Es gibt keine Zufälle…

Du Blödmann!|

Schrieb ich in den Chat. Wie immer brachte Sam mich aus der Fassung und auch zum Lachen. Er war so unverschämt und ärgerte mich einfach zu gerne. Wir hatten uns online bei *Myspace* kennen gelernt. Eigentlich hatte ich nur nach Ideen für eine Website gesucht und surfte durch ein paar Profile und Sites, bis ich auf *MySpace* hängen blieb und mich anmeldete.

Irgendwann landete ich dort in einem Forum für Dummschwätzer und klinkte mich in eine Diskussion über sinnlosen Mist ein. Von Anfang an provozierte mich Sam machte sich lustig über mich. Er ärgerte mich am laufenden Band. Es fiel mir nicht leicht, als Mädel unter lauter Kerlen ernst genommen zu werden. Solche Aktionen von Sam machten es noch schwerer, cool rüber zu kommen.

Ich war froh, dass mich *DoctorGreen* immer mal beschützte und wenn Sam es mal wieder mit seinen Gemeinheiten übertrieben hatten, fuhr der Doc ihm über den Mund. Und ja, *DoctorGreen* – ich kannte seinen richtigen Namen nicht. Ich hieß dort *Snow*, alle nannten mich nur *Snow*. Kaum jemand nutzt seine richtigen Namen im Internet, wenn er schlau ist, oder? Naja, manchmal ist es auch cool, einfach anonym oder jemand anderes sein zu können.

Manchmal hatte ich das Gefühl Sam hasst mich, oder kann mich überhaupt nicht leiden. Andererseits kommt er immer wieder und pingt mich an oder schreibt irgendeinen blöden Spruch in mein Gästebuch.

Lange Zeit, also die ersten paar Wochen, habe ich Sam versucht zu ignorieren. Dachte, er beruhigt sich irgendwann oder vielleicht würde ein anderes Mädel auftauchen und dass er dann auf sie losgeht, weil ich langweilig werden würde. Aber das passierte nicht. Irgendwann bin ich total ausgeflippt, weil ich einen schlechten Tag hatte – Sam hackte auf mir rum, nachdem ich an dem Tag erfahren hatte, dass mein Freund eine andere hat und mir durch seinen Bruder mitteilen lässt, dass aus uns nichts wird.

´*Aus uns nichts wird!!!*`

Wir waren immerhin sieben Monate zusammen. Dieser Penner. Ich heulte den ganzen Nachmittag, nachdem sein Bruder David bei mir vorbei gekommen war, um mir das zu sagen. Adrian hatte ihn nicht mal geschickt, er wollte es einfach im Sand verlaufen lassen, aber David fand es *arschig* und wollte es mir schonend beibringen. Super, weil er dachte, dass er dann bei mir landen könne. `*Scheiss Kerle!*` Ich hab ihn angeschrien, als er mich am Sofa erst tröstend in den Arm genommen hatte und mich dann plötzlich küssen wollte. Meine ganze Wut habe ich rausgelassen, eigentlich auf Adrian, aber so hat es sein Bruder abbekommen. *Pech!*

‚*Mann, mein Leben lief echt Scheisse.*' Ich schaute meine kleine Tochter an und war so froh, dass sie da war. Wie sie da saß, in ihrem viel zu großen Schlafanzug, den Teddy im Arm und kuckte gespannt SpongeBob und Pätrick im TV. Ich war froh, dass sie nach dem Kindergarten bei einer Freundin gewesen war und ich sie erst hatte holen müssen, als sich die Spuren vom Heulen aufgelöst hatten. Leila hatte dennoch bemerkt, dass ich traurig war. *Krass, wie sensibel Kinder so sind.*

Naja und als dann Sam abends wieder so nonstop blöde Sprüche drückte, bin ich ausgetickt. Ich weiß gar nicht, was ich alles geschrieben habe, jedenfalls hab ich ihm eine lange Mail geschickt und ihm erzählt, wie scheiße es mir geht und wie mies es ist, dass er mich hier auch noch so runterputzt. Klar, ich hätte mich einfach abmelden können, aber es war für mich abends immer eine gute Ablenkung vom ganzen Tag und den Alltagssorgen. Da wollte ich Spaß haben und mich nicht mit so einem *Vollhonk* rumärgern müssen.

Ich ging früh ins Bett und schaltete die Kiste einfach aus, ohne den PC runter zu fahren. Soll man nicht, ich weiß, aber mir war alles egal. Am nächsten Abend hatte ich eine Antwort von Sam im Posteingang. Ich war mir sicher, dass er zurück kotzen würde. Dass er mich fragen würde, ob ich noch alle Tassen im Schrank hätte und was ihn meine Probleme interessieren sollten. Ich überlegte erst, es überhaupt zu lesen, aber dann packte mich die Neugier, wie er reagiert hatte.

> *Sam:* Hey Snow, es tut mir leid. Ehrlich! Können wir telefonieren? Ich würd mich gern persönlich bei dir entschuldigen! lg Sam

Seine Nummer stand am Ende der Mail. Ich war baff, war aber erstmal nicht in der Lage zu reagieren und irgendwie, traute ich ihm nicht. Ich knipste den PC wieder aus, hatte einfach keine Lust auf irgendwas und ging früh schlafen. Eigentlich kann ja der PC nix dafür und ich schade mir nur selber, wenn ich ihn nicht runterfahre und er dadurch kaputt gehen würde. Aber irgendwer musste eben drunter leiden. Würde ich ne Tasse an die Wand werfen, erschreckt sich Leila und wäre wach. Also auch keine bessere Lösung. Am nächsten Tag hatte ich wieder eine Mail von Sam.

> *Sam@Snow:* Hey Snow, jetzt bist du gar nicht mehr on. Die Leute vermissen dich und ich gebs zu, ich bin manchmal ein Idiot, aber hey – du hast immer mitgemacht, woher sollte ich wissen, dass es dir so gegen den Strich geht?

Und dass du dir als Freund ein Mega Arschloch angelacht hast, dafür kann ich doch wohl auch nix. Komm online, musst auch nicht mit mir quatschen, versteh das schon! gruss Sam

‚*Wow, der konnte ja sogar nett sein, der Kerl!*' Ich musste unweigerlich lächeln. Das erste Mal seit zwei Tagen. Jetzt war mir schlecht vorm Einloggen, weil ich nichts mehr hasste, als wenn alle so mitleidig tun. Ich wusste ja nicht, was Sam davon verraten hat, was ich geschrieben hatte. Aber egal, irgendwann wollte ich ja wieder on, also kurz und schmerzlos lieber jetzt, als noch tagelang feige davor sitzen und so loggte ich mich im Forum ein. Sofort startete auch der Chat der Community, *DoktorGreen*, der irgendwie immer Daueronline war, reagierte als Erster.

DoktorGreen@all: Heyho snow, auch ma wieder on?

Als wäre ich mehrere Tage nicht dagewesen. Aber das tut gut; es tut einfach gut, vermisst zu werden und immer zu wissen, dass irgendwo da draußen jemand ist, den man doch irgendwie kennt und der – ohne es zu wissen – einen von allem Scheiss ablenken kann.

Snow@all: Jo Green, hatte viel zu tun und war immer müde!

Das reichte den Jungs, Sam hatte anscheinend nichts erzählt. Was ein Glück. Und dann sah ich, dass Sam on kam. Ich schrieb ihm eine private Chatnachricht.

Snow@Sam: Danke, Mann, es is alles wieder gut!

In meiner gewohnt obercoolen Art. Ich glaub´, ich kann "*lol*" schreiben oder sogar "*rofl*", selbst wenn ich heulend vor dem PC sitze. Auf der anderen Seite fühlt eben keiner die wahren Gefühle und Emotionen, das macht es einem einfacher. Dieses Selbstmitleid oder *Mitleid-von-anderen-Gedöhns* kann ich einfach nicht ab.

Sam war ungewohnt still. Er frotzelte nicht einmal rum oder machte einen blöden Spruch. Auch die anderen merkten das und zogen ihn auf, ob er auf einmal Schiss in der Bux vor mir hätte. Doch er schrieb nur, dass er nicht gut drauf sei. Das brachte mich zum Nachdenken. Ich wurde neugierig und öffnete die Mail mit seiner Telefonnummer. *Ob ich ihn anrufen sollte?*

Ohne noch länger drüber nachzudenken, wählte ich die Nummer. Es war ein komisches Gefühl, als es klingelte und ich warten musste, wer da dran geht. Ich mein, ich kannte diesen Typen überhaupt nicht, es war ein völlig Fremder, der zudem noch gern unsympathische Sprüche klopfte. Es ging keiner dran, ich legte auf.

Auch in den nächsten Tagen war Sam still und die Angabe der Zeit, wann er das letzte Mal online war, alterte immer weiter. Er war irgendwann mehrere Tage schon nicht on. Da griff ich erneut zum Telefon und versuchte ihn anzurufen, ich fand es einfach seltsam, dass er sich nicht meldete und einfach so verschwand. Und ich vermisste ihn.

Es klingelte, wie vor ein paar Tagen schon und dann dachte ich: ‚*Mist, der hat vielleicht ne Freundin'*, und legte wieder auf. Der Gedanke war mir nie gekommen. ‚*Und was spielte das eigentlich für eine Rolle? War mir doch egal – ich war doch nur eine Internetbekannte. Uh – das hört sich ziemlich übel an.*' Ich beschloss, den Kerl nicht in Schwierigkeiten zu bringen – vielleicht ging er deshalb nicht dran: Weil er eine Freundin hatte.

Erst nach fast zwei Wochen loggte sich Sam das erste Mal wieder ein, mein Bauch entwickelte Schmetterlinge – aus Freude ihn zu sehen, *ähm*, zu lesen. Er schrieb ganz cool in den Chat, es hätte familiäre Probleme gegeben, jetzt sei alles wieder *tutti* und er wieder on. Ich war erleichtert und begann von meiner Seite aus, ihn aufzuziehen. Auf seine Familienprobleme sprach ich ihn nicht an. Wer weiß, was passiert war. Aber er konterte zurück – zwar nicht in alter und richtig sarkastischer Manier, sondern in wirklich witziger Weise –es machte Spaß, ihn wieder in der Community zu sehen.

Ein paar Tage lang schrieben wir immer parallel im Chat und im Forum mit allen mit, aber auch viele private Nachrichten unter uns. Ich lachte oft den ganzen Abend lang über seine blöden, aber witzigen Sprüche. Irgendwann hatte ich mir angewöhnt, sein Profil am Rand des Bildschirms offen stehen zu lassen mit seinem Bild. Es fühlte sich persönlicher an, als wenn ich immer nur die Worte auf meinem Screen anglotzte. Irgendwann fiel mir selber auf, dass ich ihn anstarrte. Ich bemerkte mit einem Mal, wie attraktiv ich diesen Kerl dort vor mir fand. Diese schwarzen kurzen Haare, ein Metal-TShirt und zumindest sah man, dass die Arme komplett tätowiert waren. Fand ich schon sehr cool. Er machte ein böses Metalgesicht mit einem Kumpel auf dem Bild, deshalb fand ich es – passend zu seiner Art – bisher immer ziemlich abstoßend und unsympathisch. Aber vielleicht hatte ich mich an das Bild gewöhnt und sah ihn jetzt mit sympathischerem Blick. Ich fragte ihn direkt, ob er nicht noch mehr Bilder hätte, das Alte wäre so langweilig geworden. Er zog mich natürlich direkt auf.

> *Sam@Snow:* Ach, hamwer uns verliebt Snow?
> Findste mich cool?

Ich wurde rot – was er Gott sei Dank ja nicht sah, wir schrieben ja nur. Ich lachte ihn aus.

> *Snow@Sam:* Haha, Idiot! Will nur wissen, was
> für ne Nase da vorm PC sitzt!

Promt war ich für seine Galerie frei geschaltet. Wow – er war auf den meisten anderen Bildern natürlich sympathischer, als auf dem Profilbild und ja, *shit*, er gefiel mir plötzlich richtig gut. Mein Bauch erhöhte die Anzahl der Schmetterlinge und mein Herz begann im Takt der Flügel zu schlagen. ‚*Habe ich gerade diesen Schund gesagt? Diesen schleimigen Liebesscheiß? Oh mein Gott! Wie kann man sich bitte in einen Unbekannten aus dem Internet verlieben, den man weder gehört noch gesehen hat? No, never, das lassen wir mal lieber Snow!*'

Jeden Tag mehr musste ich mir eingestehen, dass ich ihn mehr mochte, als ich freiwillig zugegeben hätte. *Ihm das zu sagen? Ihn zu fragen ob wir uns treffen? Ne, so was traue ich mich nicht.* Außerdem – er wohnt in Köln, ich bei Limburg, so was geht gar nicht. Fernbeziehungen liegen mir nicht, das ist was für andere... *Ohwei*, in dem Moment merkte ich, dass ich bereits überhaupt über die Möglichkeit einer Beziehung nachdachte. Das war wie ein Warnschuss.

Und dann kam Sam wieder nicht on. Am ersten Abend war es schon komisch, nichts von ihm zu sehen oder zu hören, vor allem da wir seit Wochen jeden Abend zusammen gequatscht hatten. Jeden Abend. Und dann kommt er nicht on.

Als ich am nächsten Tag von der Arbeit kam, war das erste was ich tat, einen Blick in mein Postfach werfen und auf Sams Onlinezeit. Es war der zweite Tag, ohne dass er online war. Die Schmetterlinge starben einen qualvollen Tod, das war echt Scheiße. In solch einem Moment merke ich, was Internetbekanntschaften bedeuten. Vor allem – selbst wenn ihm etwas passiert wäre, ich würde es nie erfahren. Selbst wenn er einfach keinen Bock mehr hätte on zu gehen und ich nur ein Zeitvertreib war, bis eine neue reale Frau in sein Leben tritt – müsste ich damit leben und würde es auch nie erfahren. Oh, oder doch: Durch verliebte Pärchenbilder auf MySpace vielleicht. Allein der Gedanke tat weh.

Jeden Tag war ich bis spät in die Nacht immer wieder on und kontrollierte, ob er sich gemeldet hatte. Das machte mich fast wahnsinnig. Nach vier Tagen dann endlich blinkte sein Onlinesymbol auf, es war fast Mitternacht, eigentlich wollte ich gerade ins Bett. Mein Herz machte Luftsprünge und meine Gedanken überschlugen sich: ‚*Ob er sich überhaupt jetzt sofort bei mir melden würde? Was wohl der Grund war warum er weg gewesen war?*' Immerhin lebte er noch und egal, warten ist schlimmer, als eine Gewissheit. Mit einem lauten Pling-Ton ging ein Chatfenster auf und ich erschreckte mich.

> *Sam@Snow:* Hey Snow. Meine Mutter ist krank. Ihr geht's nicht gut, ich bring sie in Reha. Werde wohl wieder paar Tage off sein. Meld mich dann. Ciao, Sam

Mein Blick wechselte vom grünen Onlinesymbol zum Text, wieder zum Symbol, wieder auf den Text. ‚*Ob er noch was schrieb? Soll ich was schreiben? Wartet er drauf, ob ich was schreibe?*'
So schnell ich konnte, tippte ich.

> *Snow@Sam:* Oh, das tut mir leid. Alles gute und gute Besserung. Ja, meld Dich. LG Snow

Wieder blickte ich auf das Symbol und wartete, ob er noch was schrieb, denn er wurde weiterhin als online angezeigt. Man weiß nur ganz genau, dass dieses blöde Symbol meistens noch länger grün anzeigt, obwohl man schon längst off gegangen ist. Ich wartet also gefühlte dreitausend Sekunden darauf, ob er noch was schrieb und ob das Symbol auf rot umschaltete.

Sam schrieb nichts mehr, das Symbol war nach fünf Minuten auf rot gesprungen.

‚*Hm. Was sollte ich davon halten?'* Es tat mir leid, dass es seiner Mutter nicht gut ging und ich konnte verstehen, dass man dann anderes im Kopf hatte, außer online zu gehen, aber er hätte sich doch wenigstens bei mir melden können. ‚*Wenigstens mit einem einzigen Satz pro Tag? Oder mir seine Handynummer geben – ach, die hatte ich ja schon.'* Nur war er nie dran gegangen. Oder er hätte mich nach meiner Handynummer fragen können. Er hätte ja bei meinen Anrufen auch mal zurück rufen können damals, als ich es zweimal versucht hatte. Eigentlich hatte er ja meine Nummer.

Schön, alles Erwartungen die nicht erfüllt wurden. Da saß ich nun. ‚*Will der Kerl was von mir oder nicht? Reizt er mich so, weil ich ihn nicht haben kann oder was ist es? Das Geheimnisvolle dahinter?'* Immerhin hatte ich ihn immer noch weder wirklich gesehen, noch gehört. Vielleicht war der Kerl mit dem ich schrieb, gar nicht der Kerl, der auf den ganzen Bildern war.

Bilder – ich öffnete seine Galerie. Nein, gelogen. Ich öffnete meinen *SAM*-Ordner auf dem Desktop – hatte mir ja alle schon abgespeichert. Hatte sogar eine Collage angefangen, als Desktophintergrund. Aber als dann Leila fragte, wer das da sei, der Mann, wurde mir bewusst, dass ich mich ja fast wie eine Stalkerin benahm. Der Typ hatte mir noch nie irgendwie Andeutungen gemacht, dass er mich überhaupt je außerhalb des Internets kennen lernen wollte. Also sollte ich mich daran gewöhnen, dass ich für ihn nur ein netter Online-Zeitvertreib war, wenn er Langeweile hatte und ich ihm wahrscheinlich gar nichts bedeutete.

Zwei Tage später fühlte ich mich krank, hatte mir den Tag frei genommen. Ich wusste aber nicht, ob es wegen Sam war oder ob ich wirklich krank werden würde. Das Internet, das Forum, der Chat - alles machte mir ohne

Sam keinen Spaß mehr. Ich war traurig, mein Leben war wieder echt mies. Am nächsten Tag, als ich Leila aus dem Kindergarten abholte, schien die Sonne. Ich wollte mich nur nach Hause auf mein Sofa verkriechen. Doch Leila quengelte die ganze Zeit: "Schwäne füttern, Schwäne und Enten füttern", so dass ich irgendwann klein bei gab und mit einer Tüte Brot bepackt, Leila an der Hand, in Richtung Lahn lief. Ich hatte mir nicht die Mühe gemacht, mich groß zu stylen, trug meine Lieblingsjeans und ein altes T-Shirt, die Turnschuhe waren ziemlich ausgelatscht. Bequemer *Assistyle* halt und hier im Ort waren mir die Leute eh egal.

Leila zog mich ungeduldig durch die Straßen. Wir mussten ein paar Minuten von der Stadtmitte zur Lahn laufen, meine Kleine hatte es echt eilig. Normal war sie diejenige, die immer gar nicht langsam genug laufen konnte. Am Liebsten würde sie sich noch mit dem Buggy herumfahren lassen.

"Schrankeeee", rief sie quiekend, erschreckte mich total, aber sie freute sich, dass gleich ein Zug vorbeifahren würde. Wir mussten über den Bahnübergang, um ans Wasser zu kommen. Die Schranke ging gerade erst runter. Ich wusste, das könnte jetzt ewig dauern. Hier war immer was los, so viele Touristen liefen darum und jetzt staute sich eine ganze Menge Menschen und Autos auf beiden Seiten des Bahnübergangs.

"Mama, daaa der Mann!", rief Leila aufgeregt und zeigte auf die andere Seite des Übergangs. Doch da fuhr gerade der Schnellzug vorbei und damit konnte ich auch nicht sehen, was sie meinte.

"Süsse, gleich geht die Schranke wieder hoch. Haste den Eiswagenmann gesehen?" Doch Leila gab mir keine Antwort, sie hatte eine Freundin vom Kindergarten entdeckt und winkte ihr ganz wild zu. Dann konnte es ja nicht so wichtig gewesen sein.

Die Schranke öffnete sich wieder und wir liefen über die Gleise. Ich hatte Leila fest an der Hand und schaute runter zu ihr. Der Verkehr ging sofort nach Schrankenöffnung wieder los und die Autos fand ich für so kleine Kinder immer bedrohlich. Ich hörte, wie ein lauter Pfiff durch die Luft schrillte. Leilas Freundin quakte hinter uns und ich war froh, wenn wir gleich auf der anderen Seite wären. Bei soviel Trubel war ich immer etwas verwirrt. Menschen, Autos, Züge, mein Kind... Noch einmal pfiff jemand und schrie: "Hey!", was ich zwar wahr nahm, aber bei dem Auflauf an Menschen, fühlte ich mich nicht angesprochen. Leila löste sich von meiner Hand, als wir endlich am Fußweg angelangt waren, der nach unten zum Ufer führte. Die kleine Maus rannte zu den Enten. Ich hatte sie fest im Blick, ich wusste, sie kann schwimmen, falls sie ins Wasser fällt – aber ich wollte bitte nicht sehen, wie mein kleines Mädchen in den Fluss fiel.

Ich suchte mir eine Bank in der Nähe. Leila hatte sich die Tüte mit Brot geholt und die Oma von Leilas Freundin Ayline passte am Ufer auf beide Mädchen auf. Die Oma hatte mir zu gewunken, was ich als Zeichen deutete, dass sie auch nach Leila kucken würde. So konnte ich mich etwas zurücklehnen und mich von der Sonne bestrahlen lassen.

Neugierig schaute ich mich um, wer so unterwegs war. Links eine Gruppe Wanderer, vor mir zwei wetteifernde Tretboote mit lachenden Familien. Rechts spielten Leila, die Oma und Ayline. Man hörte zwar viel Krach, aber das Plätschern des Wassers und die fahrenden Autos gaben einem doch so ein bisschen "*Schwimmbadruhe*" – bei dem monotonen Krach konnte ich auch immer prima einschlafen. Mein Blick wanderte weiter ans andere Ufer, dort ging es hoch zur Burg und links zog sich die große Autobrücke über den Fluss. Heute war viel Verkehr und viele Fußgänger liefen darüber oder blieben an den Geländern stehen. Die Sonne blendete mich, als ich dort hoch kuckte. Ich legte meinen Kopf in den Nacken und streckte mein Gesicht in den Himmel, atmete die frische Luft ein und – *PLATSCH* spürte ich wie mir eine Taube auf die Sonnenbrille kackte. *Falsch.* Es blieb zwar an der Sonnenbrille eine Menge hängen, jedoch bekam meine Nase das meiste ab.

„Scheiße!" Rief ich. Im wahrsten Sinne des Wortes. "Ieeeeh, bääääh!", quiekte ich und kramte hektisch meine Taschentücher aus dem Rucksack. *War das ekelhaft.* Ich warf die Sonnebrille neben mich und rannte mit einer Hand voller Taschentücher ans Ufer, um mir wenigstens mit etwas Wasser das Gesicht sauber zu machen.

‚*Bah, war das ekelerregend'.* Es stank, es klebte, es schien gar nicht abzugehen.

"Es tut mir leid, aber ich kann nich aufhören zu lachen, kackt dir die Taube aufs Gesicht, Alter, und ick hatte dich grad im Fokus meiner Kamera", hörte ich eine Stimme mit leichtem Berliner Slang hinter mir. Der blöde Kerl lachte sich halb tot und ohne mich umzudrehen, weil ich ja das Gesicht immer noch voller Taubenkacke hatte und ich ihm nicht noch mehr Lachflashs bieten wollte, rief ich sauer: "Sehr lustig, du Blödmann!"

"Nett wie immer, die liebe Snow", hörte ich und wäre vor Schreck fast kopfüber in die Lahn gefallen. Ich riss meinen Kopf herum, um zu kucken, wer mich denn Snow nannte und sah – Sam.

"Krass, was machst du denn hier?" Ich freute mich total und vergaß, dass ich vielleicht immer noch Taubenkacke im Gesicht hatte. Mit einem Satz war ich bei ihm, ohne Nervosität, sprang ich ihm fast in die Arme und drückte ihn.

"Heyheyhey," rief Sam, "schmier Deine Kacke nich an mein cooles Shirt!", protestierte er und lachte weiterhin lauthals. Ich merkte, wie ich puderrot anlief, als mir bewusst wurde, wie *assi* ich heute aussah, dazu die Taubenexkremente im Gesicht und wahrscheinlich auch auf dem Shirt.

"Sorry," stammelte ich breit grinsend. Da mir eh tausend Gedanken und Fragen durch den Kopf schwirrten, die alle zuerst aus meinem Mund wollten, entschied ich mich dafür, erstmal nix mehr zu sagen.

Sam nahm mir lachend die Tempopackung aus der Hand und lief zum Ufer, machte ein paar Tücher nass und kam wieder zu mir.

"Komm, ich mach dich mal sauber", er wischte mir mein Gesicht sauber. Ich sah bestimmt aus wie ein Honigkuchenpferd. Wie ein ungeschminktes, ungewaschenes, *(von der Taube)* beschissenes, ungepflegtes, aber breit grinsendes Dorftrottelmädchen. Es waren bestimmt nur Sekunden, aber mir kam es vor wie schweigende fünf Minuten Stille zwischen uns. Wundervolle Stille.

"Wat machstn du hier?", fragte mich Sam.

"Na, dasselbe wollt ich dich grad fragen, mein Lieber! Ich wohn nämlich hier in dem Ort und jetzt du!"

"Wie du wohnst hier? Ich dachte in Limburg?"

"Ne, das sag ich nur so im Netz, ich muss ja nich immer mein reales Leben im Internet ausbreiten, so halte ich mir unliebsame Besucher fern! Aber was machst du hier?"

Sam grinste, er lachte mich immerhin nicht mehr aus. Er wischte noch mal über meine Nase.

"Da ist die Kleene so wunderhübsch und ich dachte, die Fotos lügen!"

Stop. Ich muss mich erst wieder sammeln. Ich bin in dem Moment nämlich geschmolzen. Verschmolzen mit dem Erdkern. Oder wie Milcheis in der Sonne, oder wie Schokobons in der Hand von Leila...

"Leila!", durchbrach ich diesen romantischen Moment, als mir einfiel, dass ich Leila total vergessen hatte. Das passierte mir sonst nie. Hektisch sah ich mich um.

"Leila?!", rief ich noch einmal. Am Wasser sah ich sie nicht, auch die Oma oder Ayline nicht.

Doch dann – Gott sei Dank – sah ich die drei seelenruhig am Spielplatz in der Nähe spielen. Leila winkte mir aus dem Sandkasten mit einer Schaufel. Erleichtert griff ich mir ans Herz, das hatte fast aufgehört zu schlagen.

"Is das Deine?", fragte Sam neugierig. *Mein Gott, der hörte ja nicht mehr auf, so nett zu lächeln und zu grinsen und überhaupt...* Der Typ strahlte so viel gute Laune aus, ich war wie verstrahlt. Ich nickte und strahlte ihn an. Dann sah ich seine Kamera.
"Ui, bist du Fotograf?"
"Nein... naja... hobbymäßig schon. Geile Gegend hier. Und du warst heute mein bestes Motiv."
Ich lief erneut rot an und hielt mir die Hände vor die Augen, weil es mir so peinlich war. Sam lachte wieder.
"Ja, ich hab dich ja die ganze Zeit beobachtet. Weil als du über den Bahnübergang kamst, war ich noch auf der Mitte der Brücke – ich wusste nicht sicher, ob du es bist, ich hab gepfiffen und gerufen, aber du bist unbeirrt weiter. Da war ich mir noch unsicherer, ob du es bist und hab beschlossen, dich durch den Zoom mal näher zu beobachten."
'*Und das wo ich heute so unsagbar scheiße aussehe*', dachte ich nah. Sam lachte noch lauter und bekam wieder einen Lachflash.
"Und... dann... kackt dir diese Taube auf die Nase, genau in dem Moment wo ich den Mehrfachschnappschussmodus gedrückt hatte. Ich krieg mich nich mehr ein..."
Sam hielt sich den Bauch und lachte und lachte. Das war ansteckend, ich lachte lauthals mit und stellte mir vor, wie das ausgesehen haben musste. Mensch, fühlte sich das toll an, hier mit ihm – dem Kerl den ich bis eben noch nie gesehen, aber so viele Abende mit ihm verbracht hatte.
Sam setzte sich auf die Bank und warf den Knäuel nasse Taschentücher mit Schwung in den Mülleimer.
"Ja, dass ich hier bin, ist echt Zufall – meine Mutter kam hier in der Nähe zur Reha in die Klinik. Da hab ich sie

hingebracht und mich für ein paar Tage in ein Hotel eingemietet. Naja, Hotel, eher so ein Fremdenzimmerdings. Ich bleibe ein paar Tage hier, bis sie sich eingelebt hat und alleine bleiben kann. Ich muss ja irgendwann wieder zurück, arbeiten…", er machte eine Pause und blickte mich an. Wieder lachte er. Eben, als er von seiner Mutter erzählte, hatte er traurig ausgesehen, aber jetzt grinste er bis über beide Ohren, "…und dann treff' ich die liebe Snow zufällig hier. Unglaublich. Find ich ja mal voll gut!"

Und ich grinste mit. "Es gibt keine Zufälle, Sam!"

Er blickte mir tief in die Augen, ich hätte zu gerne gewusst, was er dachte, doch dann sah Sam auf seine Uhr und stand wieder auf.
"Sorry Kleene, aber ich muss zurück, da gibt's jetzt um 17 Uhr Abendessen. Mitten am Nachmittag. Die sind bekloppt in den Kliniken, aber ich will meine Mutter nicht alleine lassen."
Ich war traurig, aber verstand das natürlich.
"Na klar, kein Problem. Es war toll dich zu sehen und mal so real treffen zu können."
Sam reichte mir die Hand: "Na dann, tschüss!" sagte er. Ich nahm wie benebelt seine Hand und wir schüttelten sie wie zwei Fremde. Das war komisch. Er drehte sich um und ging.

Häh? Das war's jetzt?', dachte ich. Völlig perplex stand ich da und starrte ihm hinterher. Runzelte die Stirn und dachte, dass der Typ echt komisch ist. *,Wie kann der denn jetzt einfach weggehen und Tschüss sagen? Und sagt nichts von Wiedersehen? Häh?'*
Während ich ihm ziemlich bedröppelt hinterher schaute, blieb Sam kurz drauf wieder stehen. Ich sah, wie er mit dem Kopf schüttelte und sich dann langsam umdrehte – er lachte sein verschmitztes, unverschämtes Lachen. Wahrscheinlich deshalb, weil ich dort immer noch so da

stand – wie bestellt und nicht abgeholt. Genau das war ich ja auch gerade – und glotzte ihn an wie ein Lama.

Ich hörte, dass er was sagte, aber es kam erst nur langsam in meinem Gehirn an.

„Was?", fragte ich automatisch, obwohl ich es in dem Moment verstanden hatte. Aber manchmal reagiert das Gehirn mit einem „*Häh*" oder „*Was*" immer kurz bevor es dann doch die Buchstaben zu einem Satz geformt hatte. Sam wiederholte es.

"Ob ihr hier einen guten Italiener bei Euch im Ort habt?" Ich stand auf der Leitung.

„Klar, haben wir, warum?", ich war damit beschäftigt, diesen coolen Kerl zu mustern während mein Herz mir bis zum Hals klopfte. ‚*Ob er mit mir essen gehen wollte?*' Ohne zu überlegen fragte ich frech:

„Willste mich zum Essen ausführen?", grinste ich. Er grinste zurück. Da kam Leila angerannt und mit einem freudigen: „Mamaaaaa", umarmte sie mein Bein und hätte mich fast umgerannt.

Er hatte noch nicht geantwortet und ich sah schon mein kleines geliebtes Problem am Bein hängen. Mit Leila Essen zu gehen war anstrengend und sie zu einem Date mitzunehmen...

"Ähm, Essen gehen ist etwas schlecht, ich hab doch Leila..."

Sam kam auf mich zu, blieb dicht vor mir stehen.

"Ich weiß, meine liebe Snow, ich bin ja nicht blöd. Ich wollte dich fragen, ob ich uns so gegen sieben was zu essen holen soll und es mitbringe, wenn du mir sagst, wo du wohnst?!"

Sam blickte mir tief in die Augen. ‚*Wie kann er so was tun? Wie kann er mich jetzt noch mehr verwirren, als er es mit seiner ganzen Art sowieso schon tut?*'

Erdkernschmelze ist ein Scheiß dagegen.

"Wäre das mit meiner Mutter nicht passiert vor einigen Wochen, hätte ich dich schon längst sehen wollen. Und du hast ernsthaft geglaubt, ich würde jetzt einfach so wieder gehen?"

Ich war unfähig was zu sagen, ich erinnere: Kernschmelze gleich Gehirnschmelze.

Aber zwei Worte fielen mir dann doch noch ein:

"Du Blödmann!"

This story is dedicated to Speaker ;)

Kapitel V

Am Arsch der Welt
Die weibliche Sicht von "Die Begegnung"

Völlig genervt schaute Lesley aus dem Fenster, auf Bäume und Bäume und Bäume und Felder und Bäume und ach ja: Felder.

"Da gibt es viele Seen, die Gegend ist traumhaft," hatte ihr Onkel gesagt. "Du wirst schon sehen, es wird dir hier gefallen!"

‚*Klar, er hatte auch gesagt, die Stelle wäre in der Nähe von Dresden.'* Lesley hatte ohne nachzudenken zugesagt, weil sie dringend einen Job brauchte und weg wollte, nachdem ihre Beziehung mit Achim auseinander gegangen war. Und in die Nähe einer Großstadt ist immer gut: Partytime. Nach 7 Jahren Beziehung wäre sie vielleicht etwas eingerostet, aber in einer großen Stadt würde sie sich bestimmt schnell wieder ins Partyleben einfinden.

Ihre Entscheidung war ihr leicht gefallen, als ihr klar wurde, dass Achim die Wohnung nicht aufgeben oder verlassen würde. Sie konnte ihn einfach nicht mehr sehen. Er hatte sie sogar gefragt, ob sie was dagegen hätte, dass er Frauenbekanntschaften mit nach Hause bringt.

‚*Frauenbekanntschaften. Klar und ich hätte mir dann die Sexspielchen meines Exes mit seinen neuen Weibern in unserem alten Bett mit anhören müssen. Nein Danke!'*

Da kam es so passend, dass ihr Onkel eben sein Vitamin B genutzt hatte und sie ohne langes Tamtam in seinem Krankenhaus untergebracht hatte.

Es war nicht wirklich *sein* Krankenhaus. Er war Oberarzt dort und vor einigen Jahren nach Niesky gezogen. Lesley hatte ihn und Tante Vroni lange nicht gesehen. Früher hatte sie die beiden oft besucht und hatte sie bis heute sehr gerne.

Nur Pech, dass Lesley erst heute früh im Zug nach dem Ort "*in der Nähe von Dresden*" gegoogelt hatte.

"Ach du Scheisse!", hatte sie laut ausgerufen, als sie den Ort auf der Karte hinaus zoomte und seine tatsächliche Lage gesehen hatte. Der Typ vor ihr hatte sich entnervt umgedreht. Er hatte wohl geschlafen und sich ziemlich erschreckt bei ihrem Ausruf.

"Sorry", hatte Lesley gemurmelt und sich wieder ihrem Handy gewidmet. ,*10.000 Einwohner berichtet Wikipedia und laut Routenplaner war das Nest – oh, oder wie Wikipedia sagt: "Eine kleine Großstadt" oder nee: "Kleine Kreisstadt" – Ach, is ja auch egal*', dachte Lesley.

Sie rollte die Augen, als könnte es jemand sehen und sah aus dem Fenster, wie der Zug in Höchstgeschwindigkeit zum „Arsch der Welt" fuhr. Laut Routenplaner war Niesky über eine Stunde von Dresden entfernt.

"Niesky", flüsterte sie mehr in sich hinein und kaute auf ihrer Unterlippe herum. "*Niesky, wenn ich das schon ausspreche hab' ich das Gefühl ich bin mitten in Polen! Das ist doch kein Name für einen Ort!*"

Lesley sah sich schon in Fellpelzmütze aus einem schneebedeckten Kuhstall kriechen. Dann kniff sie sich ins Bein. Das machte sie immer – sich einen blauen Flecken verpassen, wenn sie so negativ dachte.

"*Ich muss der Sache eine Chance geben. Zurück kommen kann ich immer noch, hab ja genug Freunde. Sieh es als Abenteuer und wer weiß, was das Leben dort so bringt!*" Lesley setzte sich aufrecht hin und setzte ein Lächeln auf. „*Nieskie oder spricht man es Ni-jeski aus?*" ging ihr durch den Kopf.

"*Machen wir mal eine Inventur,*" dachte sie, während ihr Blick einen See im Vorbeirauschen betrachtete. "*Das sieht ja schon idyllisch aus! Also – ich bin eine gute Intensivschwester – ich bin ledig, jung... naja, doch... irgendwie noch jung genug – immerhin war Anfang 30 noch nicht alt. Habe leider noch keine Kinder, aber auch dafür bin ich noch jung genug und Schulden habe ich auch nicht. Erstmal wohne ich bei Onkel Dieter und Tante Vroni, bis ich eine eigene coole Wohnung gefunden habe..."* Just wurde sie unterbrochen, weil die Durchsage sie aufschreckte: "Nächster Halt, Horka!"

Hektisch kramte Lesley ihre Sachen zusammen. Sie hatte die anderen Durchsagen überhaupt nicht wahrgenommen.

"*Horka! Horka musst du aussteigen, da holen wir dich ab!*", hatte ihre Tante gesagt.

,*Zumindest glaube ich, dass es Horka war. Köln – Berlin – Cottbus – Horka. Schon an dem Namen merkt man, dass man nicht mehr in Deutschland ist. Oh, doch, ist ja noch Deutschland. Mein Gott, wer sollte denn nach 8 Stunden Zug fahren noch klar denken können.'*

Sie war froh, als sie durch die Zugtür des haltenden Zuges bereits ihre Tante entdeckte. Sie hatte sich kaum verändert. Sie war älter geworden, aber sie war immer noch so hübsch wie früher.

Lesley hatte noch einige Tage Zeit, bis sie am Ersten anfangen würde zu arbeiten. Sie hatte sich dem Team vorgestellt, welches sie super gut und nett aufgenommen hatte. Sie würde erst einmal alle möglichen Stationen durchlaufen, bevor sie fest in der Intensiv arbeiten würde. Die ersten Wochen war sie in der Notaufnahme. Es war ein ruhiges, sympathisches Krankenhaus. Ganz anders als die städtischen, in denen sie gelernt und sonst so gearbeitet hatte. Die Kollegen und alle hier im Krankenhaus waren total nett und Lesley fühlte sich nach dem einen Hospitationstag schon richtig wohl.

„Auch wenn ich hier nicht bleiben werde, ist es eine Erholung und um eine Menge Abstand zwischen Achim und mich zu bekommen," hatte sie beim Frühstück zu Ihrer Tante gesagt.

Es war nicht so, dass Lesley noch an Achim hing. Er hatte sich verändert und eigentlich war Lesley ihm sehr dankbar, dass er endlich den Schlussstrich gezogen hatte. Sie hatte sich das nicht getraut. Irgendwie war es doch schön, so gewohnheitsmäßig zusammen zu sein – ein eingespieltes Team, die Familie, die Freunde, alles hatte nur noch darauf gewartet, dass Achim und Lesley heiraten. Aber komischerweise hatten sie das in den letzten zwei Jahren beide nicht mehr angesprochen. Irgendwie gingen die zwei sich nur noch aus dem Weg, hatten nichts mehr gemeinsam außer den Freunden ab und an. Durch Lesleys Schichtdienst im Krankenhaus und Achims Gleitzeit, die er nahm wie er Lust hatte, war da kaum noch gemeinsame Zeit übrig.

'Ich brauche jemanden, der ebenfalls in Schichten arbeitet. Genau!', war ihr Entschluss. Klar, als könnte man eine Bestellung aufgeben: *"Hallo Gott, also meine Partnerwahl sieht folgendermaßen aus..."*

Während sie im Garten ihres Onkels und Tante auf dem Liegestuhl gemütlich mit ihrem Smoothie saß und die Wolken betrachtete, bekam sie Lust sich in dem kleinen Kaff mal etwas genauer umzuschauen. Es war früh am Nachmittag und die Sonne strahlte, der Himmel war wolkenlos.

"Warum fährst du nicht mal zur Kiesgrube und gehst dort ein bisschen spazieren, oder fahr doch an einen See? Es gibt hier so viele schöne Orte, unternimm was, Kind!" Damit lag ihr Tante Vroni jeden Tag in den Ohren und sie hatte Recht.

Lesley packte sich das alte Fahrrad von ihrer Tante und machte sich auf den Weg zu dieser Kiesgrube, die ihre Tante ihr beschrieben hatte. Sie fuhr am Sportplatz vorbei und es war ihr unangenehm, dass jeder sie anzuglotzen schien.

"In so einem Ort kennt bestimmt jeder jeden und ich Fremdling werd hier schnell erkannt," murmelte sie und fuhr weiter. "Suuuper Tante Vroni, den Weg hin hast du mir erklärt, aber schöne Scheisse, den Weg zurück nicht", schimpfte Lesley zwei Stunden später laut in den Wald. Sie war hierhin und dorthin gefahren, hatte die Abzweigung mal links mal rechts genommen, hatte an der Kiesgrube eine Runde gechillt und sich dann auf den Rückweg gemacht. Irgendwie war sie wieder mal links, mal rechts gefahren und auch an Häusern entlang gekommen, aber die waren am See und nicht im Ort. Nirgendwo sah sie eine Menschenseele, ihr Handy steckte in ihrer Tasche – Akku leer.

"Na janz doll!", meckerte sie in Kölner Dialekt und fuhr langsam weiter, unsicher in welche Richtung sie musste.

"Ha! Da! Ein Retter", rief sie wenige Minuten später erleichtert, als sie in weiter Ferne einen Mann mit einem Kind erblickte, der gerade um die Ecke kam. Sie trat schneller in die Pedale. Grinsend fuhr sie auf den jungen Mann zu und bremste etwas härter als gewollt neben den beiden ab. Der kleine Junge blickte sie argwöhnisch an und verkroch sich hinter den Beinen seines Vaters. Zumindest nahm Lesley an, dass es sein Vater sei, immerhin sah er ihm sehr ähnlich.

"Oh, Gott sei Dank! Entschuldigung, ich hab mich verfahren, ich bin nicht von hier und ich suche den Rückweg und mein Onkel und meine Tante und das Krankenhaus und ich...", sprudelte sie los. Der Mann, der nun aus der Nähe nicht viel älter zu sein schien als sie, begann zu lachen.

"Gaaaanz ruhig, erstmal gaaaaanz ruhig."
Amüsiert zog er seinen Jungen hinter seinen Beinen hervor und nahm ihn auf den Arm.

Lesley merkte, dass sie puterrot wurde. Sie hatte ja gerade so getan, als sei es ein Notfall und sie hätte sich seit Tagen verlaufen. Der kleine Junge blickte sie immer noch mit großen Augen an.

"Oh, tut mir leid, ich war nur grad so froh, dass ich jemanden treffe, der mich wieder nach Hause erklären kann!" Nun hatte auch noch ihr Deutsch gelitten.

"Du bist nicht von hier, das hört man schon! Kein Problem, ist ganz leicht! Fahr in die Richtung, wo ich gerade hergekommen bin, dann links und immer geradeaus, am großen Parkplatz vorbei und dann rechts. Dann kommt der Sportplatz…"

"Oh ja, der Sportplatz," unterbrach ihn Lesley, *"den kenn ich, da bin ich vorhin schon vorbei gekommen! Danke!"* Sie hielt dem Mann ihre Hand entgegen, den sie im Übrigen sehr sympathisch fand.

"Lesley, ich bin Lesley!". Der Mann nahm ihre Hand.

"Coilia, ich bin Coilia!", grinste er.

‚Ich glaub er macht sich lustig über mich,' dachte Lesley. Es entstand eine kurze peinliche Stille. Sie schwang sich auf ihr Fahrrad und trat langsam in die Pedale.

"Ja, danke schön dann mal so auch, vielleicht sehen wir uns ja noch mal irgendwann*!"*

Coilia nickte lächelnd und winkte, und der kleine Junge winkte mit.

‚Dass nette Kerle immer vergeben und verheiratet sind,' dachte Lesley auf dem Heimweg. Der Typ sah echt nett aus und ihr imponierte es, wie harmonisch er mit seinem Jungen umgegangen war.

‚Die hatten bestimmt eine total nette Familie mit Frau, Haus, Kind, Hund und Carport.'

Nach wenigen Minuten kam sie sich ziemlich blöd vor, als sie begriff: wäre sie nur ein kleines Stück weitergefahren, hätte sie das Waldende und die Stadt schon wieder sehen können. *Peinlich, peinlich.*

Die ersten Arbeitstage waren stressig. Die neue Umgebung, neue Kollegen und dann ja auch fast täglich die neuen Patienten in der Notaufnahme. Es war jetzt nicht so aufregend, wie in der Großstadt, aber dennoch prallten so viele neue Eindrücke auf Lesley ein, dass sie froh war, wenn sie zuhause im Bett oder auf der Terrasse von Onkel und Tante lag. Arbeit – zuhause chillen – schlafen – Arbeit. Es regnete seit ein paar Tagen und so hatte Lesley auch keine Lust irgendwohin zu gehen. Spazieren gehen war ja nun auch nicht drin. Ihr war langweilig.

Die Chatterei mit Freunden über Facebook oder Whatsapp war auch nicht dasselbe. Lesley blickte auf ihren Laptop und biss sich wieder auf die Unterlippe.

‚*Nein, nicht wieder anfangen zu zocken*', das hatte den größten Ärger zwischen Achim und ihr gebracht. Er hätte ihren Laptop oftmals am Liebsten aus dem Fenster geworfen. Lesley liebte die Zockerei – sie war mit zwei Brüdern aufgewachsen, da waren LAN-Parties und EgoShooter an der Tagesordnung. Und wenn die ganzen Kumpels kamen, zockte Lesley immer mit und stand den Jungs in nichts nach. Es war untypisch für eine Frau, das wusste sie und normalerweise zocken ja auch nur Kerle. Das war der zweite Grund, warum Zocken für Achim ein Dorn im Auge war: „*Zocken, machen nur Kerle, sinnloses Zeug, das passt nicht zu einer anständigen Frau.*"

Und überhaupt ‚*andere Männer*'. Schon, dass da größtenteils eben nur Kerle mit ihr im Teamspeak oder im Gamechat online waren, das kotzte ihn richtig an. Eifersucht pur.

‚*Ich hatte ja versucht ihn dazu zu überreden es auch mal zu probieren, ich meine, wie geil ist das denn, wenn Achim meine Leidenschaft geteilt hätte und wir beide zusammen gezockt hätten,*' dachte sie geknickt. Aber das gab´s wohl nicht. Entweder ist der Kerl ein Zocker und die Freundin regt sich drüber auf, oder die Frau ist der Zocker (was ja 1 von 5000 ist), und der Freund regt sich drüber auf.

"Lesley, träum weiter," murmelte sie und griff dann doch zum Lap.

"Nur mal kurz Facebook checken!"

"*Wow, so viele Welten gibt es schon,*" stellte sie erstaunt fest. Natürlich hatte sie das Browsergame gestartet, was ihr bis vor ein paar Monaten schon viel Spaß machte. Lesley dachte an dieses Zeit. Sie hatte einige coole Leute kennen gelernt.

‚Ja, natürlich nur Kerle. Die Mädels, die man da traf – wenn es denn mal eins gab – waren manchmal echt strange. Ja, ich war ja auch ein Freak, irgendwie – aber meistens waren diese Weiber dann so total psychisch gestört, dass man sich als Frau nur schämen konnte. Ein Mädel zum Beispiel, kam ins Teamspeak und heulte lautstark rum. Die Kerle und ich waren total überfordert und einer fragte, was denn los sei und das Mädel heulte: "Mein Freund hat Schluss gemacht und ich versinke in Depressionen!" – Ah ja… ne is klar…' Lesley schnaubte laut auf, als sie sich daran erinnerte.

‚Hallo? Sie ist doch nicht bei Seelsorger-dot-com oder so. Furchtbar peinlich, da muss man sich ja als zockende Frau fremdschämen für's eigene Geschlecht.'

Ein anderes Mädel führte eine ganze Allianz an – und entpuppt sich als oberzickige neunmalklugnervige Harz4-Empfängerin, die die Weisheit mit Löffeln gefressen hatte und ihre Member immer nur schreiend rumkommandierte… *‚Was läster' ich hier eigentlich, wer weiß, wie ich für die ganzen Kerle rüberkomme,'* lachte Lesley laut und redete mit sich selbst. Ehe sie darüber nachdachte, hatte sie sich in einer neuen Welt angemeldet, begann ihre Base zu skillen und sich nach einer Allianz umzuschauen, der sie sich anschließen könnte.

"Lesley, ich mach mir Sorgen. Du gehst überhaupt nicht raus. Du bist bereits seit mehr als zwei Monaten hier und verkriechst dich in deiner Freizeit im Garten oder hinter Deinem PC! Du musst doch mal raus und Leute kennen lernen. Melde dich doch bei einem Verein an, oder so?!"

"Ich weiß Tante Vroni, dass du es nur gut meinst, aber ich hab' keinen Bock. Allerdings brauche ich ne Jeans und ich glaub ich hab da so nen Jeanspoint gesehen, kann man da gut shoppen?"

Ihre Tante nickte und ohne groß weiter auf die Rede ihrer Tante einzugehen, schnappte Lesley sich ihre Tasche und fuhr zum Jeansladen.

Als sie den Laden betrat, sah sie direkt den Vater, den sie vor ein paar Wochen im Wald getroffen hatte.

‚Shit, ich hab den Namen vergessen, mist'

Er saß vor einer Kabine und wartete wohl auf jemanden, der was anprobierte.

‚*Wahrscheinlich seine Frau, denn den kleinen Jungen wird er wohl schlecht alleine in die Kabine schicken!*', kombinierte Lesley und wandte sich erst einmal dem ersten Kleiderständer zu. Der Typ hatte sie noch nicht entdeckt und sie tat so, als hätte sie ihn auch nicht gesehen. Sie zog ein T-Shirt vom Ständer, wühlte etwas im Regal und fand zwei coole Jeans in ihrer Größe. Die würde sie anprobieren. Nun musste sie ja unweigerlich an dem Kerl vorbei.

"Hey, der Mann aus dem Wald!", sprach sie ihn locker an und wurde sich bewusst, dass ihr Mundwerk mal wieder schneller gewesen war, als ihr Hirn.

‚*Oh mein Gott, wie hört sich das denn an? Lesley, wenn jetzt seine Frau in der Kabine das gehört hat, was die dann denkt. Oh mist!*'

Der Typ drehte sich erstaunt zu ihr hin und lachte.

"Hey, die Frau aus dem Wald," konterte er ganz locker, stand auf und hielt ihr seine Hand entgegen.

Und schon war es Lesley nicht mehr peinlich, sondern sie fand es sehr amüsant. Die Kabine öffnete sich und ein Mann trat hinaus. Lesley registrierte ihn sofort und stellte fest: Keine Frau – ein Mann.

‚*Ein Mann*?' Sie hatte die Hand vom Waldmann losgelassen, welcher zum Typen aus der Kabine zeigte.

"Das ist mein Bruder Mo. Wir versuchen eine Hose für ihn zu finden, aus der alten ist er rausgewachsen!"

Lesley lachte laut und streckte dem Bruder die Hand hin, während der Waldmann sie vorstellte.

"Und das ist Lesley, die irre Frau aus dem Wald... ähm ich mein, die verwirrte Frau..."

Mo kuckte skeptisch und konnte den beiden lachenden und wirres Zeug quatschenden Waldmenschen nicht ganz folgen

"Ah... ja, hallo Lesley," grüsste er sie eher beiläufig und widmete sich dann seiner Hose und dem Spiegel.

Und wieder war da eine peinliche Stille zwischen dem Waldmann, dessen Name ihr einfach nicht einfallen wollte, und ihr.

"Und du suchst wohl auch nach ner neuen Hose?", fragte er Lesley.

"Äh, ja, unbedingt. Ich schlüpf dann mal rein!"

Sie nahm die Kabine neben dem Bruder Mo.

‚*Wie heißt er nur, wie hieß er nur?'*, grübelte sie, während sie sich die Hose auszog und an ihren Beinen hinunter zu ihren Füssen blickte. ‚*Scheisse, warum habe ich mir nicht schönere Socken angezogen? Auch noch die eine mit dem Loch. Klasse. Und die Kabine ist unten offen. ARGH! Wenn der das sieht, wie peinlich!'*

Dabei wurde Lesley wieder klar, dass der Kerl ja ein Kind hatte und wie sie schlussfolgerte, eben auch verheiratet war. Also war es auch egal, ob sie Löcher in den Socken und lange Haare an den Beinen hatte. Sie beschloss dennoch, nie wieder unrasiert und mit hässlichen Socken aus dem Haus zu gehen.

Lesley hörte die beiden Männer miteinander über die Jeans quatschen, die Mo wohl gerade anhatte und vorführte.

"Arsch frisst Hose," hörte sie den Waldmann lachen oder auch andere Sprüche, die seinen Bruder nur aufzogen, aber ihm nicht wirklich halfen. Lesley zögerte kurz mit der Jeans aus der Kabine zu treten. Aber in dem Kabuff war leider kein Spiegel, was ziemlich bescheuert war. So musste sie gezwungenermaßen raus treten.

Dort stand sein Bruder und blockierte den einzigen Spiegel, den es in dem Laden zu geben schien. Dieser Mo drehte und wendete sich mit skeptischem Blick hin- und her, weil er sich nicht entscheiden konnte, ob die Hose nun gut oder schlecht war. Lesley versuchte cool zu sein und setzte sich locker neben ihre Waldbekanntschaft.

‚*Waldmann.*' Er würde bei ihr jetzt nur *Waldmann* heißen, ‚*Oh Schande.*' Aber sie traute sich einfach nicht, ihn noch mal zu fragen, das war ihr unangenehm. Immerhin hatte er sich an ihren Namen erinnert.

"Sorry, mein Bruder blockiert jetzt erstmal den Spiegel. Alter, ich weiß warum Deine Frau mich immer mitschickt, das ist ja nicht auszuhalten," frotzelte er und Lesley lachte mit. Jetzt oder nie, dachte sie:

"Und du, begleitet Deine Frau Dich beim Shoppen oder schickt sie dir auch Mo mit?"

‚*JA, jetzt isses es raus und die wichtigsten Infos können fließen,*' dachte Lesley. Sie mochte diesen Kerl aus dem Wald, aber wenn er eine Frau hätte, würde sie gar nicht erst weiter nachdenken, ob oder warum sie ihn mochte und so sympathisch fand. Der Waldmann schaute sie direkt an.

"Ich? Meine Frau? Neee, ich bin nicht verheiratet."

Lesley hoffte, dass ihr erleichtertes Grinsen nicht allzu dämlich aussah und brachte nur ein: „Aha," möglichst so beiläufig klingend wie möglich raus.

‚*Bingo! Nicht verheiratet, keine Frau – aber ne Freundin? Red weiter, Waldmann, red weiter!*'

Doch die beiden Männer waren wieder beim Thema ‚*Arsch frisst Hose*'. Lesley war enttäuscht und ungeduldig. Vielleicht hatte der Waldmann einfach kein Interesse an ihr, sonst würde er doch irgendwie Fragen stellen, ob sie neu in der Stadt wäre oder Freunde hier hätte oder woher sie kommen würde…

Lesley biss sich mal wieder auf die Unterlippe und sah sich schon mit sechzig Jahren noch vor ihrem Laptop,

Panzer durch die Gegend schicken und Monster mit ihrer Heldin Ashe bekämpfen.

"Jetzt, das ist Deine Chance auf den Spiegel, Lesley!", spornte der Waldmann sie an. Sein Bruder war wieder in der Kabine verschwunden. Aus dieser warf Mo direkt hinterher: "Coilia, und Deine Chance ihren Hintern zu sehen!"

‚*Coilia – Hah! Da is der Name, Gott sei Dank,*' dachte Lesley und ging zufrieden grinsend vor den Spiegel. Sie stellte sich so davor, dass sie Coilia dahinter auf dem Sofa sitzend sehen konnte. Und er grinste. Lesley legte es drauf an: "Und? Arsch frisst Hose oder wie?"

Coilia blickte sie gespielt übertrieben skeptisch an und zog schelmisch die Augenbrauen hoch.

"Also... ich würd mit der Hose gerne mal was trinken gehen!"

Lesley wurde nervös, aber es gefiel ihr.

"Dann muss ich die Hose ja kaufen und anziehen, damit ich mitgehen kann," flachste sie zurück. Die beiden grinsten sich abenteuerlustig im Spiegelbild an und Lesley wartete, was Coilia sagen würde. Da kam Mo aus der Umkleide. "Das ist ne gute Idee, ich hab Durst."

Das war vielleicht nicht Lesleys Plan und auch nicht der von Coilia, aber immerhin hatte sie gerade Bekanntschaften mit netten Kerlen gemacht und einer davon gefiel ihr richtig gut. Auch wenn sie noch nicht wusste, ob er nun ne Freundin hatte oder nicht.

‚*Aber würde er mich dann anbaggern? Hatte er mich überhaupt angebaggert? Ach, es hatte nicht mal was zu bedeuten – er hatte es ja einfach nur so dahergesagt und sein Bruder kommt ja auch mitkommen. Also was soll's – es war ja alles offen. Mach doch erstmal langsam Lesley, erstmal kennen lernen und Freunde gewinnen, is doch die Hauptsache!*' Lesley versuchte sich nicht weiter den Kopf zu zerbrechen und folgte den Brüdern in einen Biergarten. Es war total witzig mit den beiden. Mo war nicht so gesprächig, aber Coilia erzählte und erzählte und erzählte. Er war genau so eine Labertasche wie sie selbst. Mo wäre nicht mal zu Wort gekommen, selbst wenn er mitquatschen wöllte*. Nach einer Stunde meinte er allerdings, dass er nach Hause will. Lesley fand das total schade, traute sich aber nicht, Coilia zu bitten, noch eine Weile zu bleiben.

"Mensch, schade, war doch gerade so lustig. Ich hoffe das wiederholen wir mal," sagte sie beim Gehen.

"Klar, gerne," erwiderte Coilia und zog sein Handy raus.

"Wollen wir Nummern austauschen? Dann können wir ja mal was ausmachen, wenn du Lust hast. Allerdings arbeite ich Schicht und da hab ich manche Wochen nicht so viel Zeit!"

Lesley strahlte ihn an.

"Hey, witzig, ich bin Krankenschwester und arbeite doch auch Schicht, ich kenn das – na hoffentlich haben wir ähnliche Zeiten, dass wir uns überhaupt noch mal wiedersehen!"

Sie tauschten Nummern aus und verabschiedeten sich.

Lesley lächelte den ganzen Nachhauseweg* über. Beide Kerle waren total nett und sie hatte immerhin herausbekommen, dass Coilia zwar einen Sohn hatte, aber Single war und seinen Jungen regelmäßig holte. Das gefiel Lesley sehr. Das machte den Mann sehr sympathisch.

‚*Ein Mann, der sich um seinen Sohn kümmert – das kommt schon mal gut.*' Sie merkte, dass sie träumte, ließ den Abend Revue passieren und schlief fröhlich ein.

Es war neun Uhr, das erste Loch nach der Frühschicht machte sich bemerkbar. Lesley holt sich noch einen Kaffee und brauchte einfach mal frische Luft. Heute morgen war ein Verkehrsunfall mit einem Bus reingekommen. Einige Passagiere waren verletzt. Gott sei Dank nur leicht, aber dennoch waren viel zu viele gleichzeitig zu versorgen. Sie war geschafft und fühlte sich ausgelaugt. Coilia hatte sich die Tage noch nicht gemeldet und Les-

ley wollte sich nicht aufdrängen. Vielleicht würde sie sich morgen mal melden, das wäre ganz locker. Da spürte sie das vibrieren ihres Handys und kramte es aus ihrer Hosentasche.
,Unglaublich – zwei Doofe, ein Gedanke.'
Es war Coilia. Ihr Herz machte einen kleinen Sprung vor Freude.

> *Hey... ich hoffe du hast einen Moment die Sonne zu genießen. Denn ich glaub die strahlt nur für dich heute. LG Coilia*

Lesley strahlte bis über beide Backen*, als sie ihm antwortete.

> *Hey Coilia, wie nett ☺ Ich habe Frühschicht, noch bis um 14 Uhr. Sitze vor dem Krankenhaus in der Sonne und mache eine halbe Stunde Pause. LG Lesley*

Darauf hörte und las sie nichts mehr von ihm. Immerhin hatte er an sie gedacht. Sie steckte das Handy wieder weg, streckte ihr Gesicht zur Sonne und schloss die Augen. Das tat so gut. Heute würde es noch richtig heiß werden, es war jetzt schon sehr warm.

Als sich ein Schatten vor die Sonne schob, dachte sie ein Kollege würde ihr Gesellschaft leisten.
"Ich dachte mir, vielleicht hättest du Lust auf eine Abkühlung!"
Vor ihr stand Coilia und hielt ihr ein Eis entgegen.
"Wow, danke!" Lesley sprang begeistert auf und nahm die süße Überraschung gerne entgegen.
"Wie, woher wusstest du... was machst du denn hier?" Coilia setzte sich auf die Bank, von der Lesley gerade aufgestanden war und leckte an seinem eigenen Eis.

"Ich wohne hier in der Nähe und dachte mir, dass ich dir in der Pause etwas Gesellschaft leiste. Wenn es okay ist."

"Klar ist das okay und zwar sowas von!", fröhlich setzte sich Lesley wieder.

Die halbe Stunde ging viel zu schnell um, sie musste wieder zum Dienst. *'Schade, wie gerne würde ich jetzt mit ihm den ganzen Tag verbringen und noch etwas mehr über diesen Waldmann erfahren.'*

"Schade, ich muss wieder rein… ähm.. danke für´s Eis, total nett… ja… " Auch Coilia stand auf.

"Immer wieder gerne. du, hast du Lust was Essen zu gehen? Ich mein, ich schick dir mal meine Schichtzeiten und du mir Deine Dienste und dann kucken wir mal wann es passt?!" Er blickte sie fragend an. Lesley erhob sich und strahlte ihn an.

"Ja, das ist eine gute Idee, ich freu mich!"

"Ja, ich freu mich auch!"

Beide drehten sich gleichzeitig beim Gehen noch einmal herum und lächelten sich an.

I dedicate this story to Coilia aka Raik T. ;)

Kapitel VI

Die Begegnung
Die männliche Sicht von "Am Arsch der Welt"
written by Co-Autor Raik T.

"Niesky 100km östlich von Dresden zehntausend Seelen mit einem Durchschnittsalter von 54. Dennoch – hier bin ich verwurzelt und hier gehör ich hin. Mein Sohn, meine Familie, meine Erinnerungen und was noch viel wichtiger ist: die Freunde, die noch da sind oder die, wenn sie einen Familienbesuch machten, sich auch mit mir treffen wollen. So oft schon hatte ich darüber nachgedacht hier wegzuziehen, so wie die Hälfte der Leute in meinem Alter." Während er teils denkend aber auch laut mit sich selbst sprach, knipste Coilia seinen PC an.

‚Zweiunddreißig... ich könnte immer noch überall hin. Aber ich höre immer wieder, wie schwer es ist Anschluss zu finden. Und da diskutiert es schon wieder in meinem Kopf. Immer dieses alte leidige Thema und das Einzige was hilft ist daddeln. Also mal gucken wer da so im Teamspeak rumhängt vielleicht ist ja Jaii wieder da, mit ihrer offenen Art hat sie mir ja schon so oft gute Laune verschafft.'

Zwei Tage später hatte Coilia seinen Sohn bei sich. Der Kleine mit seinen drei Jahren erfüllte ihn mit Kraft. Über die Beziehung zu seiner Ex hatte sich Gras gelegt und es war eine angenehme Freundschaft daraus entwachsen. Was Anfangs nicht leicht war, da sich alte Gewohnheiten und Anziehung immer wieder einmischten. Dennoch - es gab da dieses gemeinsame *"Projekt Kind"* und das war es immer wieder wert, den Stolz beiseite zu schieben. Nun war dieser kleine Strahlemann endlich wieder da und was macht man dann bei diesem sonnigen Wetter? *‚Na klar: Spazieren gehen! Am besten zur "Blauen Kieẞa", einer der zwei Badeteiche drei Strassen weiter im Wald versteckt'.* Mit seiner Clique war er immer an der Grünen, da diese eher weniger überlaufen war. Abends konnte man das Lagerfeuer nicht gleich sehen oder zumindest flüchten, falls doch jemand der Polizei einen Hinweis gegeben hatte. Aber heute nicht die Grüne, da an der auch der FKK Strand war und das konnte er in dieser momentanen Durststrecke nicht gebrauchen.

Also am Sportplatz vorbei durch den Wald "*Neue Haide*", dann die "*Idiotenwiese*" (Parkplatz und auch Fahrschulstrecke) rechts liegen lassen und weiter durch den Mischwald. Herrlich wie sich das Licht durch die Baumwipfel brach und es nach Holz und Pilzen schnupperte*. Er war froh, dass der Kleine auch mit Stöcken und Steinen aufwachsen konnte und nicht nur Plastespielzeug* und KiKa zu Gesicht bekam. Selbst das Handy vom Vater hatte er schon wie ein Großer in der Mache*. Er wusste, wie er die Videos und Fotos anschauen konnte. Er konnte sogar was malen.

Da glitzerte schon das Wasser und diese Erinnerungen die ihn zum Grinsen brachten…

‚Die Wetten, wie alt wohl die Mädels sind; das Nacht-Nackt-Baden mit der Clique, Würstchen am Stock grillen, aber auch diese dämlichen Lieder, welche heute nur noch zum Männertag* gesungen werden…'

"Das Ding ist Papa?"

Die Worte seines Juniors holten ihn wieder in die Realität zurück. Plötzlich sah er eine Radfahrerin auf sich zubrausen. Sie war ihm vorher schon aufgefallen, aber zu weit weg und er vielleicht auch zu eingerostet zum flirten. Dennoch… *'Reiss dich zusammen, wenn du nicht allein bleiben willst!'* … diese Frau machte eher den Eindruck als würde jemand einen Notarzt brauchen. Er lächelte freundlich. So, wie er es immer tat bei Menschen, die er auf Anhieb mochte. ‚*Und Hallo!*' Diese Frau war mehr als nur ein Lächeln wert, zumal hatte er sie hier noch nie gesehen.

"Oh, Gott sei Dank, Entschuldigung. Ich hab mich verfahren. Ich bin nicht von hier und suche den Rückweg und mein Onkel und meine Tante und das Krankenhaus und ich…" Coilia nahm erstmal seinen Sohn hoch und verlangte nicht von ihm *Guten Tag* zu sagen, zumal der Kleine grad fremdelte. Würde Coilia nicht wundern, wenn der Knirps sich in seinen Vater verkroch. Außerdem gefiel ihm die "*Fels-in-der-Brandung*"-Rolle.

"Oh, tut mir leid, ich war nur grad so froh, dass ich jemanden treffe, der mich wieder nach Hause erklären kann!", sprudelte es aus ihr heraus.

'*Dieser Dialekt… Schade, also ist sie bald wieder weg…*' dachte Coilia flüchtig: "Du bist nicht von hier, das hört man schon! Kein Problem, ist ganz leicht! Fahr in die Richtung, wo ich gerade hergekommen bin, dann links und immer geradeaus, am großen Parkplatz vorbei und dann rechts, dann kommt der Sportplatz…"

"Oh ja, der Sportplatz…," unterbrach sie ihn, "den kenn ich, da bin ich vorhin schon vorbei gekommen! Danke!" Sie hielt ihm die Hand entgegen.

'*Verdammt diese Augen*', Coilia war völlig hin und weg.

"Lesley, ich bin Lesley!" sagte sie.

Er kam aus dem Grinsen kaum raus und meinte nur: "Coilia, ich bin Coilia!".

Diese Frau tat ihm so gut und der Kleine im Arm gab ihm die Gelassenheit nicht zu stottern oder rumzustammeln, doch bevor er noch eine wichtige Frage hätte stellen können, setzte sie sich in den Sattel, um weiter zu fahren. Sie raubte ihm den Atem.

'*Verdammte Axt! Sportlich knackig und verdammt gut gebaut. Und dieser Hintern… und wenn das nicht schon gereicht hätte, musste sie auch noch diese Augen haben*' Es kribbelte in ihm so heftig, dass nicht nur Schmetterlinge in ihm flatterten, sondern auch noch der Puls stieg und es vom Schritt aus kribbelte*. Er sah ihr noch kurz hinterher. *'Moment sie hat irgendwas gesagt ... sehen uns irgendwann?'*

Mit diesem Durcheinander im Körper und dem Kleinen auf dem Arm lief er nun zum Wasser. Coilia hatte den schönsten Tag seit Langem.

'Ich muss sie wiedersehen, aber ich Idiot steh nur da und glotze ... nach der Nummer fragen kann doch nicht so schwer sein.'

Die nächsten Tage waren wie immer: Arbeit, Zocken und mit dem Kleinen telefonieren. Bis auf dieses Erlebnis. Keiner seiner Freunde konnte ihm helfen und die meisten meinten nur, dass er ein Idiot wäre. Aber in Wirklichkeit wäre es ihnen nicht anders ergangen.

Sein Bruder meinte nur: "Los wir gehen Einkaufen! So kommst du wenigstens unter Leute!"

Mo ärgerte ihn nun schon wieder damit, dass Coilia Lesley so wiedertreffen könnte. „Weiber gehen immer shoppen, wirst sehen!"

Aber Coilia war sich sicher, dass dieser Dialekt aus dem Ruhrpott oder so sein musste. Durchs Zocken hatte er Leute aus ganz Deutschland, Österreich und der Schweiz kennengelernt. Zumindest konnte er erahnen, dass diese Frau sein Herz mindestens 600km weit mitgenommen hatte.

"Oh man Mo! Eine Jeans für dich zu finden ist anstrengender, als dem Gras beim Wachsen zuzugucken. Selbst deine Liebste hat das schon aufgegeben," Coilia's Bruder Mo erwiderte darauf nur: "Ist doch egal an welchem Ort du mir von Lesley und ihrem Hintern erzählst... du kennst doch eh kein andres Thema mehr"

Mo wurde im ersten Laden nicht fündig, so landeten sie im zweiten Laden "*Jeanspoint*". Doch es schien, dass es da immer noch nix gab, was Mo gefiel. So suchte sich Coilia eine bequeme Sitzmöglichkeit und ließ seinen

Bruder in der Umkleide werkeln. *'Ich sollte das Thema wechseln sonst dreh ich selbst noch durch'*

"Schon die nächste Basis gebaut? Oder besser: wie viel Strom machst du in deiner Main? Weil ranglistentechnisch zählt da nur der Strom und neue Basen."

"Na endlich," antwortete Mo. *"Hast du bei SC2 schon mal ‚nen 12 min Maxout als Prostoss versucht? Weil CnC is nicht mehr so berauschend."*

"Nein, noch n...," der Atem stockte Coilia in dieser Sekunde völlig, als er diese Stimme hörte.

„Hey, der Mann aus dem Wald!"

‚Die Stimme kenn ich ...Lesley... bleib cool, reiß dich zusammen und nicht zu lange in die Augen schauen, sonst bekommst du kein Wort mehr raus.

"Hey, die Frau aus dem Wald," meinte er mit einem Lachen und hielt ihr die Hand hin. *'...diese Augen...'*

Da kam Mo aus der Kabine und rettete die Situation, bevor dieses Gefühlschaos wieder anfangen würde.

"Das ist mein Bruder Mo. Wir versuchen eine Hose für ihn zu finden, aus der Alten ist er rausgewachsen!"

Lesley lachte laut und streckte dem Bruder die Hand hin.

'Waldmann... hmmm... entweder sie kennt meinen Namen nicht mehr oder ich muss ausgesehen haben, wie so ein Waldschrat... na toll, da hab ich wohl nicht grad den stärksten Eindruck hinterlassen... das muss ich ändern! Wie sagt Ahmet, mein ‚Dönerdealer': "Immer rein damit" – was soviel heißt: "Trau dich! Du hast nichts zu verlieren."'

"Sorry, mein Bruder blockiert jetzt erstmal den Spiegel." Coilia drehte sich von Lesley zur Umkleidekabine seines Bruders: „Alter, ich weiß warum deine Frau mich immer mitschickt, das ist ja nicht auszuhalten," prollierte er und Lesley lachte. So hatte er sich zusammen rappeln und gleichzeitig Ihre Aufmerksamkeit nur auf sich ziehen können.

Wie beiläufig fragte sie: " Und du, begleitet Deine Frau Dich beim Shoppen oder schickt sie dir auch Mo mit?"

'Moment... diese Frage... entweder Mo tut ihr leid oder sie checkt deinen Beziehungsstatus und endlich bekomm ich das mal mit bevor es zu spät ist'.
"Ich? Meine Frau? Neee, ich bin nicht verheiratet."
'na toll... damit hättest du spielen können... jetzt konzentrier dich... denk an die Telefonnummer'
"Arsch frisst Hose von hinten," witzelte Coilia und betrachtete kritisch das Hinterteil seines Bruders. Er grübelte dabei weiter.
'Verdammt warum kann ich nicht sehen, ob sie einfach nur freundlich ist oder sich da eine Chance auftut. Weiber - nie ist man sicher was sie wollen, aber ich weiß was ich will... ich will Sie... sag was! Los!'
"Jetzt, das ist deine Chance auf den Spiegel, Lesley," spornte Coilia sie an, da schaltete sich Mo ein:
"Und, Coilia, Deine Chance Ihren Hintern zu sehen"
'Verdammt! Peinlich! Ahnt sie jetzt was?' Coilia war puterrot geworden.
Lesley blieb locker: "Und? Arsch frisst hier auch Hose oder wie?" Sie zeigte ihm ihren Hintern.
'Verdammt! Flirtet sie mit mir? Ha, na warte dich krieg ich... denk an die Telefonnummer'
"Also... ich würd mit der Hose gerne mal was trinken gehen!"

Lesley schaute verlegen von Coilia weg und lächelte: "Dann muss ich die Hose ja kaufen und anziehen, damit ich mitgehen kann!" Prompt trafen sich ihre Blicke wieder und beide hatten nun dieses gleiche freche Grinsen.
"Das ist ne gute Idee, ich hab Durst," kam es aus der Kabine.
'Na toll jetzt springt er mir dazwischen und das in diesem magischen Moment!t' Coila verzog das Gesicht, aber ihm blieb nichts anderes übrig, als seinen Bruder beim ersten Date dabei zu haben.

Die beiden Männer nahmen Lesley mit in einen Biergarten. Die Zeit dort verging viel zu schnell, Mo wollte bereits nach nur einer Stunde nach hause.

"Mensch, schade! War doch gerade so lustig. Ich hoffe das wiederholen wir mal!", meinte Lesley beim Gehen und Coilias Augen blitzten regelrecht.

'Telefonnummer jetzt oder nie'

"Klar, gerne", erwiderte Coilia und zog sein Handy raus. "Wollen wir Nummer austauschen? Dann können wir ja mal was ausmachen, wenn du Lust hast. Allerdings arbeite ich in Schichten und da hab ich manche Wochen nicht soviel Zeit!"

Lesley strahlte Ihn an: "Hey witzig, ich bin Krankenschwester und arbeite auch in Schichten, ich kenn das!" Die beiden lächelten sich an.

"Na hoffentlich haben wir ähnliche Zeiten, dass wir uns überhaupt noch mal wiedersehen," meinte Coilia.

Sie tauschten Nummern aus und verabschiedeten sich. Coilia war *"HappyHochZehn"*. Mo ärgerte ihn nun, wie er es immer machte, wenn er eine Angriffsfläche bei Coilia gefunden hatte.

"Na ob de überhaupt noch weißt, wie das geht?" oder

"War mir ja klar, dass de auf so eine stehst, denn die passt voll in dein Beuteschema*!"*

Coilia hatte Probleme mit den Schmetterlingen und wollte das Mo lieber nicht merken lassen. Dennoch war er froh, dass Mo ihn dazu überredet hatte. Coilia boxte seinen Bruder leicht gegen die Schulter. Mo schrie überzogen wehleidig. "Auuu...na toll musst du gleich überreagieren?", schimpfte er.

Coilia grinnste provozierend: "Na soll ich dich umarmen? Komm her Brüderchen?"

"...bleib mir blos vom Leib ...hau ab ..." protestierte Mo.

Die Tage wurden unerträglich, denn da Coilia Spätschicht hatte kam er überhaupt nicht dazu, sich bei Lesley zu melden. Doch er musste ihr heute unbedingt schreiben. *'Ab zum "BäckerBäcker" da gibt's das leckerste Eis in der Nähe und dann mal gucken ob sie Zeit hat.'* Er tippte ihr in WhatsApp.

> *Hey... ich hoffe du hast einen Moment die Sonne zu genießen. Denn ich glaub die strahlt nur für dich heute. LG Coilia*

'Hoffe, das ist nicht zu dick aufgetragen,' dachte er verunsichert. Doch da war die Message schon weg.
Er sah kurz drauf in der Anzeige, dass sie schrieb. Ungeduldig wartete er, dass sie endlich auf Senden drückte – Es pingte wenig später und wie er sich erhofft hatte, hatte sie gerade Pause.
"Perfekt ich muss sie sehen," redete er vor sich hin und wurde belustigt angeschaut. "Zwei große tief gefrorene Softeisbecher," lächelte er leicht verlegen, zahlte und rannte mit den Eisbechern zu seinem Auto. *'Hoffentlich finde ich sie gleich und was noch viel wichtiger ist: Ich hoffe sie sitzt da allein'.*

Am Krankenhaus angekommen drehte sich ihm vor Aufregung fast der Magen um. Er war so weit gekommen und keiner sollte sie ihm nun wegschnappen.

Da sah er sie schon – Wunderschön trotz Arbeitskleidung! Dieses schlichte Krankenschwesteroutfit war nicht vorteilhaft, aber der Hintern wurde trotzdem umschmeichelt. Coilia war total fixiert auf Lesley.

'Und dann sonnt sich diese Schönheit einfach so, als wüsste sie nicht, dass sie mit Ihrem Lachen Lahme zum Gehen bewegen könnte,' schwärmte er und wurde nervös. *'Hmmm wie mach ich das jetzt? Bleib locker Coilia, bleib locker!'*
Er stellte sich so in die Sonne, so dass sie des Schattens wegen Ihre Augen öffnete.

"Ich dachte mir, vielleicht hättest du Lust auf ein Eis!"

"Wow, danke!" Lesley sprang auf und strahlte wieder so, wie er sie in Erinnerung hatte.

'Jetzt nur nicht aufhören mit flirten und bleib locker sonst bist du wieder nur so ein Freund zum quatschen'
...

written by Raik T.
DANKE dafür!

Kapitel VII

I need a doctor

Seit vier Jahren war Linda schon so gut wie Dauersingle. Klar war sie auch ab und an mit einem Mann zusammen, aber meist nie länger als drei Monate. Ihre Freunde nahmen keinen Mann ernst, wenn er nicht mindestens diese *magische* Grenze überschritten hatte. Linda ärgerte das, aber sie war abgebrüht. Die meisten Männer gingen ihr nach einer Weile echt auf den Keks und wenn die Schmetterlinge weg waren, war auch komplett jede Begeisterung für den Kerl weg. Vor einem Jahr kamen dann plötzlich sämtliche Exfreunde wieder auf die Bildfläche und Denise, eine ihrer Freundinnen, redete von Karma und dass Linda wohl mit allen jetzt mal abschließen sollte. Linda hatte die „Beziehungen" immer sehr abrupt beendet. Das klang herzlos, aber so fühlte sie sich auch teilweise. Die wenigen Kerle, die sie in ihrer Vergangenheit wirklich richtig gerne hatte, hatten sie betrogen. Dadurch wurde Linda immer kühler. Sie wusste auch gar nicht, wie sie an dieser Gefühlskälte etwas ändern sollte.

Der Kontakt mit ihrem Ex Mike, hatte in ihr dann etwas mehr aufgewühlt, als ihr lieb war. Von Anfang an, als sie sich nach sieben Jahren bei Facebook wiedergefunden hatten, war es etwas angespannt. So viel Leidenschaft war anstrengend, denn wenn die Energie erstmal aufkochte, endete es – wenn nicht in grandiosem Sex – in Diskussionen, Streitereien und Gemeinheiten. Das war nun mal das Ding mit der Leidenschaft – es gab eher zu viel, als zu wenig.

Die beiden trafen sich Ende des Jahres und wollten einfach mal über alte Zeiten quatschen. Als Linda seine Wohnung betrat, fühlte es sich eher wie eine Zeitreise an. Mike hatte in den sieben Jahren nichts verändert. Dasselbe Sofa, dieselben Bücherwände, dieselben Poster, dasselbe Bett... Linda war geschockt. Sie hatte ein schlechtes Gewissen, weil sie sich schuldig fühlte, ihn so zurück gelassen zu haben. Die beiden verstanden sich allerdings auf Anhieb wieder total gut und verbrachten den Abend mit Glühwein und anderen interessanten Heißgetränken auf dem Kölner Weihnachtsmarkt. Ziemlich angetrunken, aber mit viel Spaß, hing Linda an Mikes Lippen. Sie wusste, warum sie ihn so gerne hatte, auch wenn er ein totaler Chaot war.

‚*Wie er redete, wie er erzählte, wie er lachte...*'

Linda hätte ihn fast geküsst, doch sie traute sich nicht, diesen wunderschönen Abend kaputt zu machen. Die beiden alberten noch bis tief in die Nacht in einer Kneipe rum und wankten lachend, Arm in Arm zurück in seine Wohnung. Beide waren aufgedreht und wollten noch nicht schlafen, so dass sie bei einem Actionfilm ausnüchterten und mehr redeten, als dass sie dem Film folgen konnten. Linda fragte sich, ob Mike genauso empfand wie sie – sie hätte ihn so gerne geküsst, manchmal konnte sie ihm kaum folgen, weil ihre Gedanken nur darüber kreisten, ob der Sex mit ihm immer noch so gut war.

Eine Stunde später war er dann endlich über sie hergefallen und die Nacht war der Wahnsinn. Hinter den Jalousien war es bereits lange hell geworden, als die beiden erschöpft einschliefen. Doch nach dem Aufstehen und beim Frühstücken war die Stimmung wieder distanziert. Linda war verwirrt, aber vielleicht war es einfach zu schnell – nach sieben Jahren von Null auf Hundert, was erwartete sie denn. Der Abschied war freundschaftlich, aber kühl, als sie wieder nach Hause fuhr.

In der Zeit danach hörte sie kaum etwas von Mike und auch einige Monate später hatten sie sich nicht wiedergesehen. Mike hielt immer wieder mit ihr Kontakt und Linda ging immer wieder darauf ein, obwohl es ihr nicht gut tat. Mike war eben doch nur ein Ex, für den sie mehr empfand als für alle anderen, doch er hielt sie auf Distanz. Mike erzählte ihr großkotzig von anderen Frauen. Davon dass er sich aussuchen konnte, mit welcher er was anfing oder welche er ins Bett bekam. Linda hatte ein paar Anläufe genommen, ihm ihre Gefühle zu erklären, aber wie mit einer Dampfwalze überfuhr er diese kläglichen Versuche und wollte Linda nicht wiedersehen. Sie versuchte oftmals ihn zu ignorieren, wollte ihn löschen, doch das konnte sie nicht. Fast jeden Tag stalkte sie ihn auf seinem Profil und hatte die ganzen Monate keine Lust auf andere Bekanntschaften oder Männer. Ihre Freunde machten sich schon Sorgen, sie konnten ihre Schwärmerei für Mike nicht nachvollziehen.

„Was findest du an dem Arschloch? Er behandelt dich wie ein Stück Scheiße und du heulst ihm auch nach sechs Monaten noch nach. Du hast damals Schluss gemacht und ihm echt weh getan, er hat sich nun mit dem Sex an Weihnachten gerächt und dich dann in den Arsch getreten – hält dich aber noch warm für schlechte Zeiten oder was? Sei doch nicht so dumm, Linda!"

Ihre Freunde hatten Recht, sie musste Mike einfach vergessen.

Linda hatte überhaupt keine Lust, auf so eine dämliche Singleparty zu gehen. Doch ihre Freundin Denise bestand regelrecht darauf. Denise hatte noch ihre Arbeitskollegin Karin mitgebracht und machte sich gerade beim Vorglühen zuhause bei Linda über sie lustig:

„Linda, dein Horoskop erfüllt sich heute Nacht, welches du Anfang des Monats laut vorgelesen hast!" – Karin harkte nach, über was Denise reden würde.

„Ja, da stand so was wie: *...bisher war das Jahr eine Liebesflaute, aber ab dem 19.7. wird es in ein regelrechtes Liebesfeuerwerk übergehen und sie werden in dieser Zeit sogar ihrer neuen großen Liebe begegnen....*"

„Lindaaaaa, das ist doch voll spannend. Deshalb MÜSSEN wir auf diese Singleparty gehen – wir MÜSSEN – wo sonst lernst du den *EINEN* kennen."

Denise war ganz aufgeregt und Karin klinkte sich in den Singsang ein: „Und dann – um Mitternacht, Punkt Übergang 19.7. verlierst du Deinen Schuh und dein Traumprinz wird dich finden."

Die Mädels kicherten und stießen ihre Sektgläser lautstark aneinander. Linda war skeptisch. Sie mochte Karin. Irgendwie war sie aber auch irgendwie anstrengend. Was soll´s - immerhin hatte sie sich angeboten zu fahren, so dass Denise und Linda einen trinken könnten.

Um halb elf waren die drei Mädels unterwegs zur Singleparty in der Kulturscheune in Lahnstein. Die Autos standen bis vorne zur Einfahrt am Rand des Feldwegs.

„Boah, da is ja net viel los," meckerte Karin.

„Is doch egal, lass' rein gehen!" Denise war ungeduldig. Linda war unentschlossen. Sie mochte weder Ü30- oder Ü40-Parties, noch Single- oder Ballermann-Parties. Warum hatte sie sich nur wieder breitschlagen lassen. *Jedes Mal* bereute sie es, weil es *jedes Mal* wieder totaler Schrott war. Und verlorene Zeit.

Karin fuhr im Kreis um den Parkplatz und am Eingang der Scheune vorbei. Die Leute die raus kamen waren alle... irgendwie sehr *dörflich* angezogen. Die drei Freundinnen würden hier sofort auffallen.

„Im Gegensatz zu denen sehen wir aus wie Stripperinnen," lachte Linda. Einige Frauen hatten lange schwarze Kleider an, einige Männer liefen im Holzfällerhemd rum. Karin fuhr ständig im Kreis um den Parkplatz und hielt zwischendurch immer mal wieder an, um zu überlegen. Linda fand es anfangs noch lustig. Denise sprach irgendwelche Leute an: „Warum verlasst ihr denn die Party? Isses so schlecht?"

Die einen antworteten, es wäre gut, aber sie wären müde, die anderen meinten, dass es viel zu voll wäre. Karin fuhr erneut eine Runde. Linda versuchte die Mädels zu überreden, dann eben in die City zu fahren und eine Kneipentour zu machen. Doch Karin blieb stur. Denise lachte sich fast kaputt über die *Im-Kreis-Fahrerei*: „Mensch Karin, in der Zeit hätten wir reingehen und kucken können. Jetzt park halt endlich oder wir fahren in die City!"

Linda klatschte die Hand vor die Stirn, als Karin endlich nach einer Stunde in einen Parkplatz fuhr und die drei ausstiegen. Denise und Linda mussten Karin aber noch etwas länger überreden, zum Eingang zu gehen. Weitere zwanzig Minuten später standen sie immer noch vor dem Eingang und nicht nur Linda, sondern auch Denise waren mittlerweile echt genervt. Denise schimpfte, sie wollte jetzt endlich ankommen – Karin sollte sich jetzt sofort entscheiden: „Karin, hier oder in die City! Mach jetzt mal hinne!"

Die drei fuhren gegen Mitternacht in die Stadt, Linda wollte nur noch eins: Sich betrinken.

„Lindaaaa," sang Denise, „es ist nach Mitternacht und der 19.7. – jetzt geht´s aaaaab!"

Linda schnaubte nur. Sie war frustriert und hatte eigentlich überhaupt keine Lust mehr, noch irgendwo hin zu gehen. Nicht nur, dass sie fast anderthalb Stunden völlig dämlich um einen Parkplatz gefahren waren, sondern jetzt wollten die beiden Frauen auch noch unbedingt in die schlimmsten Locations, die Linda sich vorstellen konnte: Das Brauhaus und der Affenclub.

Im Brauhaus war Linda vor zwei Jahren mit ein paar Freundinnen, die auch wieder und wieder in diese Kaschemme wollten. Es war jedes Mal ätzend, aber mit viel

Alkohol und wenn man sich die Kerle vom Leib hielt, hatte Linda es überlebt. Doch in den Affenclub würde sie sich strikt weigern reinzugehen, der war noch schlimmer. Linda wurde von Denise und Karin fast völlig ignoriert. Die beiden steuerten direkt auf das Brauhaus zu. Sie verschwanden schon im Eingang, als Linda noch protestieren wollte. Sie verdrehte die Augen und folgte den lachenden Frauen widerwillig. Da standen sie dann.

Mitten im Getümmel. Linda fühlte sich unwohl, die Musik ging ihr direkt auf den Sack. Ballermann lässt grüßen. Die anderen beiden fühlten sich pudelwohl, wie man sehen konnte. Linda überlegte, wie sie am Schnellsten zur Theke und an Alkohol käme, als sie von rechts ein kaltes Glas Bier am Arm streifte. Mit argwöhnischem Blick schaute sie nach, wer das gewesen sei. Schon in Angriffsstellung einen nervigen Kerl abzuwehren, sah sie eine Clique junger, sympathischer Typen in ihrer Nähe. Der Typ direkt neben ihr hielt ihr ein Glas Bier hin: „Hier, du siehst durstig aus, trinkst' einen mit uns mit?"

Da sagte Linda nicht nein und stieß mit den lustigen Jungs an. In Nullkommanichts war sie umkreist von der Fußballtruppe, war mit Bier versorgt und fühlte sich hier sicher und wohl. Die Kerle machten sie nicht dumm an, sie waren einfach nur lustig drauf. Bis auf einen: Kevin. Er war derjenige, der wohl am Meisten getrunken hatte. Während sie sich mit René unterhielt, der ihr gerade erzählte, dass alle Typen der Clique Single wären, grabschte Kevin ihr an die Brust. Linda wurde direkt sauer und blickte ihn böse an. Kevin entschuldigte sich, er wäre geschubst worden. Linda konnte leider nicht mit Sicherheit sagen, ob es Absicht oder Versehen war, also ließ sie es gut sein. Das Gedränge im Brauhaus war echt nervig und es war viel zu warm. Die Jungs grölten und tranken. Linda hielt sich etwas zurück, genau wie ein Kerl aus der Clique, den Linda jetzt erst wahr nahm. Er diskutierte mit René und gab diesem ein Handy. René verschwand damit direkt nach draußen. Linda beobachtete das Szenario, als ihr wieder eine Hand an die Brust grabschte – dieses Mal grinste Kevin sie triumphierend an. Linda überlegte nicht lange, machte einen Satz nach vorne, gab ihm eine Ohrfeige und griff den Kerl ruppig am Kragen und zog ihn zu sich herunter. Sie stellte sich auf die Zehenspitzen, während sie ihn wutentbrannt anschrie: „Mach das noch mal du Spast und ich verpass dir ´ne neue Nase, du Arschloch!" Sie stieß den verdutzt kuckenden Kerl weg und ärgerte sich, dass sie ihm nicht gleich richtig eine rein gehauen hatte. Das würde sie sich nicht trauen, so hart war sie nicht, aber der Gedanke daran fühlte sich gut an. Der Kerl, der vorhin so ruhig aufgefallen war, drängte sich vor Linda und schnappte sich den Vollidioten von Kevin. Man merkte, dass die beiden sich kannten. Aber dass der ruhigere Typ dem Busengrapscher die Leviten las, konnte man deutlich erahnen. Linda war genervt und stellte sich an den Rand, etwas weiter weg von der Clique.

Linda hasste es hier, diese penetrante Gafferei von sexgierigen Kerlen. Mit Sicherheit waren einige davon verheiratet und nur auf der Suche nach einer schnellen Nummer. Es roch nach zu viel Alkohol, das Lachen einiger anwesenden Frauen klang wie ein Clownskonzert wahnsinniger nach Aufmerksamkeit hungernder Weiber.

„Hallöchen, ich bin der Eberhard," prostete sie plötzlich ein sehr viel älterer, sehr kräftiger und schwitzender Kerl neben ihr an. Linda lächelte freundlich, stieß mit dem komischen Kauz an und verschränkte die Arme. Jetzt hatte sie genug. Sie suchte mit ihren Blicken in der Menge nach Karin und Denise, die sich angeregt mit einigen Kerlen unterhielten. Die waren Linda nicht sonderlich sympathisch und sie beschloss, doch lieber hier an der Stelle zu bleiben. Sie würde eben weiterhin versuchen Busengrapscher Kevin oder den dicken Eberhard abzuwehren.

,*Ich brauch einfach nur noch mehr Bier*,' dachte sie und blickte hinter sich an den Stehtisch der Fußballjungs.

Da standen noch mehrere volle Biergläser und René reagierte schnell, gab ihr eins und begann Linda wieder mit Fragen zu löchern. Der Typ hatte sichtlich Interesse an Linda, sie fand ihn auch nett, aber mehr nicht und die Jungs waren alle einfach viel zu jung.

Linda sprach mit René, der links von ihr stand und ignorierte Eberhard auf der rechten Seite. Da spürte sie einen Arm an dem ihren, Eberhard war wohl aufgerückt und Linda fühlte sich bedrängt. Sie wollte Eberhard einen bösen Blick zu werfen, damit er sich keine Hoffnungen machte noch näher zu kommen. Doch da stand nicht Eberhard, sondern der ruhige Typ von vorhin, der Kevin zurecht gewiesen hatte. Er zwinkerte ihr zu: „Tut mir leid, dass Kevin dich vorhin angegrabscht hat – das war scheiße. Er ist total besoffen, sorry!"

Er zuckte entschuldigend die Schultern, als hätte er selbst den Mist gebaut. „Und außerdem dachte ich mir, dass dieser dicke Kerl hier neben dir einfach nicht zu dir passt und da hab ich mich ma´ sicherheitshalber dazwischen gestellt."

Linda fand seine Art auf Anhieb sympathisch und wollte sich bedanken, da griff der Typ in seine Hosentasche und kramte ein Handy raus. „CARMEN" stand auf dem Display.

„Ah, die Freundin macht sich wohl Sorgen!", feixte Linda direkt.

„Ne, das is nicht meine – das is die von René. Er hat mit Absicht das Handy zuhause gelassen, jetzt nervt die auf meinem!" Er beugte sich zu René und gab diesem das Handy mit einem Anschiss: „Alter beruhig die doch jetzt mal, die ruft im Dauerfeuer auf meinem Handy an!"

Linda hatte kurz die Augen geschlossen und zog seinen Geruch ein. Der dessen Namen sie immer noch nicht kannte und der sich beim Rüberbeugen aufgrund des Platzmangels an Linda schmiegte. Ihr Gesicht hing fast an seinem Hals, sein Oberkörper war direkt vor ihrem, doch er berührte sie nicht wirklich.

‚*Hammer, was hat der für 'ne Auswirkung auf mich…*' Linda bedauerte es, als sich der Kerl wieder zurück bog und seinen Platz an ihrer rechten Seite einnahm.

Linda wollte den Typen nicht anbaggern, sie wollte eigentlich viel lieber nach Hause. Sie stand einen Moment da und genoss die Berührung seines Arms und diese angenehme Nähe. Er unterhielt sich mit einem weiteren Typen aus der Clique, der nun vor den beiden stand. Linda versuchte zuzuhören, doch es war viel zu laut. Sie blickte wie desinteressiert mal hier und mal dort hin. Nur um nicht zu sehr aufzufallen, wie sie den immer interessanter werdenden Typen musterte. Er gefiel ihr. Er erinnerte sie an Eminem. So brav er auch aussah, er war mit Sicherheit kein Kind von Traurigkeit und…

‚*…was interessiert mich das überhaupt.*'
Ihr fiel jedoch sofort auf, dass der Kerl sie ebenfalls musterte, während er sich mit seinem Freund unterhielt. Linda wurde unruhiger, je intensiver seine Blicke wurden. Er lächelte und beobachtete sie, während René, nachdem er vom Telefonieren wieder zurück kam, sie anbaggerte. Obwohl er doch eine Freundin hatte. Linda zog ihn nun damit auf. Der EminemTyp kam wieder näher und begann Linda in ein Gespräch zu verwickeln. Er hatte so ein unheimlich verschmitztes Grinsen und Linda konnte ihre Augen gar nicht von ihm lassen. Sie mochte seine Art, sie wusste, dass er mit Sicherheit nicht älter als 25 war, aber das war ihr egal – sie wollte mit ihm ja nichts anfangen, die beiden schäkerten ja nur, so wie die anderen Kerle mit den anderen Weibern auch.

‚*Und ich bin heilfroh, dass ich von den jungen Kerlen hier so umlagert bin, damit die furchtbar ekelhaften anderen Männer gar nicht erst an mich ran kommen.*'
Eminem musste aufgrund der Lautstärke in dem Laden, nah an sie heran, damit sie sich unterhalten konnten.

‚Hm… er riecht so gut…' Linda schloss jedes Mal die Augen, wenn er so dicht an sie herankam. Er hatte eine Wirkung auf sie, die verboten war. Linda war allerdings immer zurückhaltend auf ihre Art. Als die beiden eine gefühlte Ewigkeit geschäkert hatten, machte Eminem klare Andeutungen: „Ich würde Dich so gerne küssen!"

Er sagte das auf so eine lustige, charmante Art, dass Linda ihm dafür nicht böse sein konnte.

Sie hielt ihn weiterhin auf Distanz – sie hatte Angst. Seit Monaten hatte sie alle Kerle erfolgreich von sich fern gehalten. Sie hatte sich nach den letzten Schmetterlingen wegen Mike und dem anschließenden Herzschmerz geschworen, so etwas nicht mehr zuzulassen und stattdessen lieber Insektengift zu trinken.

‚Aber was sollte hier schon passieren' – hier stand ein junger Kerl bei ihr, der sie anbaggerte. Sie schäkerten, aber mehr war ja doch nicht.

„Nein, du darfst mich nicht küssen. Ich knutsch doch nicht in aller Öffentlichkeit mit einem jungen Kerl rum, auch wenn du noch so heiß bist!"

Eminem und Linda lachten. Sie schäkerten weiter. Seine Augen blitzten jedes Mal, wenn Linda ihn abwimmelte und doch, schob sie ihn immer nur kurz von sich weg, um ihn dann doch wieder am Arm zu berühren und an seinem Hemd zu zupfen, um den Kontakt nicht ganz zu verlieren.

Es war eine Ewigkeit, in der die beiden dort flirteten und nonstop dicht beieinander waren. Zwischendurch hatte Linda mal nach Denise und Karin geschaut, doch die beiden waren mit irgendwelchen anderen Männern am Baggern oder die Männer an den Frauen. Wer weiß das schon. Sie waren versorgt und Linda konnte sich mit *Em* beschäftigen. Es gefiel ihr ihn in ihrem Kopf *Em* zu nennen, sie fragte erst gar nicht nach seinem Namen, auch wenn er gerade nach ihrem gefragt hatte. Er war wirklich hartnäckig.

‚*Oh mann Scheisse,*' dachte Linda und versank in seinen Augen. Sie musste immer wieder grinsen und lachen und blickte verschämt von ihm weg. Der Altersunterschied war einfach zu schwerwiegend – Linda hatte schon immer jüngere Freunde gehabt, die ein paar wenige Jahre jünger oder sogar knapp unter dreißig waren. Aber siebzehn Jahre waren schon eine ganz andere Hausnummer.

‚*Und zwar eine viel zu hohe!*', meldete sich ihr Kopf und das würden auch die meisten Menschen so denken.

Doch das alles interessierte Lindas Bauch und die Schmetterlinge reichlich wenig. Sie spürte schon, wie es los ging. Das gefiel ihr nicht, aber Em hatte eine derart anziehende Wirkung auf sie. Er lullte sie ein mit seinen Worten und seiner Anwesenheit und seinen Blicken...

Linda wurde immer weicher, und es fiel ihr nicht leicht. Dennoch blieb sie auf Distanz. Em lachte, wurde aber plötzlich ebenfalls distanzierter.

„Linda, glaubst du wirklich der Altersunterschied würde mich stören? Da scheiß ich drauf! Und ich scheiß drauf, was andere sagen!" Zum ersten Mal griff er ihre Hand und schob seine Finger zwischen ihre. Er wusste nicht, was er da tat – das hatte eine schwerwiegende Wirkung auf Linda. Sie fühlte sich sofort geborgen. Sie wusste sofort, dass sie das bei den meisten Männern vermisst hatte – Händchenhalten, sich geborgen fühlen, starke Hände...

Em blickte ihr tief in die Augen. Linda senkte den Blick und versuchte ihre Hand aus der Seinen zu lösen. Sie merkte, wie sie immer schwächer wurde, ihm standzuhalten und sie fragte sich ständig, warum sie zögerte. Es war doch alles scheißegal – es war scheißegal, was die anderen Leute dachten, denn die denken sowieso was sie wollen. Es war scheißegal, wie viel Altersunterschied zwischen Em und ihr lagen, denn es zählte gerade die Magie zwischen den beiden und sonst gar nichts. Die Vernunft, der Bauch und das Herz stritten sich pausenlos. Linda fühlte sich ausgeliefert. Sie war kein Mensch für OneNightStands. Vor allem wenn sie derart starke Gefühle für jemanden entwickelte wusste sie, dass sie sich verlieben würde. Das konnte sie noch nie steuern und auch wenn sie wusste, dass das hier niemals gut ausgehen würde für sie, konnte sie es nicht lassen.

Em hielt ihre Hand immer noch fest, sagte nichts und beobachtete sie, mit festem Blick und seinem verschmitzten Lächeln.

Linda atmete tief durch, wies ihn ein weiteres Mal ab und entzog ihm die Hand mit der festen Überzeugung, dass sie dafür nicht bereit war. Sie hatte Angst. Für sie war Rumknutschen, wenn sie auf Partys zu viel getrunken hatte vielleicht früher ohne Bedeutung – aber sie hatte sich verändert. Sie wollte nicht mehr einfach irgendwelchen Blödsinn machen. Sie war sich bewusst, dass hier ein junger Kerl vielleicht einfach nur Erfahrung sammeln wollte oder eine Wette mit seinen Kumpels laufen hatte im schlimmsten Fall, aber...

‚was soll's, scheißegal...'

Em unterbrach ihre Gedanken.

„Hattest du denn schon mal einen jüngeren Freund?"

Linda erwähnte beiläufig, dass sie im letzten Jahr eine *FreundschaftPlus-Beziehung* gehabt hätte.

„Aber das ist dann auseinander gegangen, als es irgendwie ernster wurde, als nur Freundschaft.

„Warum ist es auseinander gegangen?", fragte Em.

Linda lachte verächtlich.

„Er hat sich geschämt sich mit mir in der Öffentlichkeit sehen zu lassen, wegen dem Altersunterschied. Und ehrlich gesagt war mir das auch nicht so einerlei."

Em runzelte die Stirn und schüttelte seinen Kopf. Plötzlich kam er sehr nah an sie heran.

„Süße, betteln tu ich nicht. Ach was, ich tu's ja die ganze Zeit schon, aber ich hör jetzt auf damit. Ich find dich saucool und ich will dich küssen, alles andere ist mir egal. Ich schäm mich nicht mit dir."

Linda genoss seine Wange an der ihren sehr. Sie hatte die Augen geschlossen, zog seinen Geruch ein, wand sich innerlich hin- und her.

‚Linda, reiß' dich zusammen... nein, lass los, genieße es... Der ist so goldig... Linda...', schrie es in ihr und Em zog langsam seinen Kopf zurück. Als ihre Gesichter bereits eine Handbreit entfernt waren, griff Em noch einmal ihre Hand und hielt sie fest. Plötzlich rempelte ein Kerl die beiden von hinten an, so dass Em gegen Linda gedrückt wurde. Ihre Nasen berührten sich und Linda spürte seinen Atem auf ihrem Mund, schlagartig hörte sie auf zu blockieren und ohne weiter zu überlegen küssten sie sich nun doch.

Die Zeit blieb stehen. Auch wenn Linda dunkel wahrnahm, dass sämtliche Kerle um sie herum die beiden anstarrten – manche vielleicht fassungslos, andere amüsiert – so gab es für die nächsten Minuten nur noch Em und Linda. Dicht an dicht. Ihre Küsse waren zärtlich und es war, als würden die beiden das nicht zum ersten Mal tun. Em zog sich erst nach einer ganzen Weile ein wenig zurück, blickte Linda in die Augen, hielt ihren Kopf in der einen, ihre Hand in der anderen.

„Das ist alles was ich will und wollte: Dich zu küssen und es ist bombastisch, ich will damit nie wieder aufhören!"

Bevor Linda etwas sagen konnte, wurde ihr Lächeln wieder von Ems Lippen berührt. Die beiden versanken erneut in knutschender Zweisamkeit. Als wäre der Tumult und der Krach um sie herum nicht wirklich existent. Alles war so unwirklich und Linda genoss jeden Atemzug und Zungenschlag mit diesem wundervollen Kerl.

„Eminem," flüsterte sie belustigt zwischen zwei Atempausen.

Em lachte und schüttelte den Kopf: „Warum nennst du mich so, ich seh' überhaupt nicht aus wie der!"

„Ach, sei still!", lachte Linda und zog ihn wieder zu sich herunter. Erst als sie wieder angerempelt wurden, trennten sich die beiden voneinander und schauten sich etwas unsicher um. Beide merkten gerade, dass sie alles um sich herum vergessen hatten. Sie wurden verlegen – der coole Eminem war plötzlich ein unsicherer Typ, der aber wieder nach Lindas Hand griff.

Linda war überwältigt von diesem Feuerwerk in ihrem Kopf und Bauch. Sie wollte ihn einfach nur weiter küssen, das war so schön. Em grinste sie an.

„Baby, lass uns rausgehen, ich muss Eine rauchen und ich brauch frische Luft. Und ich brauch dich da draußen," er wartete keine Antwort ab, küsste sie und zog sie an der Hand hinter sich her. Er stoppte kurz und beugte sich wieder zu Linda.

„Und... ich schäme mich nicht mit dir in der Öffentlichkeit, das darf jeder sehen und wage es ja nicht, mich loszulassen," er küsste sie noch einmal und ging weiter.

Linda war erstaunt, dass er sie so gut kannte, denn sie war es überhaupt nicht gewohnt an jemandes Hand zu laufen – es fühlte sich toll an, so beschützt. Und doch machte es ihr Angst, sie wollte sich nicht so da rein stürzen. *Es war doch nur Spaß... oder?'*

Em zog sie an Denise und Karin vorbei. Linda sagte den Freundinnen nur kurz, dass sie rausgehen würde. Nur flüchtig kam ihr der Gedanke, dass sie gar nicht wüsste, was Denise und Karin von der Aktion mit Em und dem Knutschen halten würden. Es war ihr aber auch irgendwie total egal.

Draußen war viel los, die etwas kühle Luft tat Linda und Em gut. Sie stellten sich etwas abseits der Menge und Linda lehnte sich an die Wand, während Em sich eine Zigarette anzündete. Bevor er zog, küsste er sie noch einmal.

„Ich hab fast ein schlechtes Gewissen jetzt zu rauchen, aber du machst mich wahnsinnig. Küsst du mich danach wieder oder muss ich Tonnen von Kaugummi essen?"

Er lachte sie verschmitzt an und zog an der Kippe. Linda schaute übertrieben angewidert.

„Junge, dich küss ich jetzt nie wieder! Pech gehabt, ich küsse keine Raucher."

Theatralisch wedelte sie abwertend mit ihrer Hand.

Em setzte ein gespielt geschocktes Gesicht auf, lehnte sich dann aber lässig neben Linda an die Wand. Die beiden unterhielten sich locker und lachten viel. Em zeigte Interesse dafür, was sie arbeite, wo sie herkäme, was sie so machte. Er rauchte die Kippe gar nicht fertig und schnippte sie weg. Sofort stellte er sich provokant direkt vor Linda. Er stützte sich mit den Händen links und rechts von ihrem Kopf an der Wand ab, und senkte sein Gesicht dicht vor das von Linda.

„Geh weg, du Raucher, du stinkst!"

Em lachte, als Linda ihn aus Spaß versuchte wegzudrücken, was ihr nicht gelang. Em strich Linda eine Strähne aus dem Gesicht und streifte ihren Hals.

„Dann geh ich mir jetzt einen Kaugummi organisieren Süße," und gab ihr einen Kuss auf die Wange.

Doch Linda war ungeduldig, griff mit beiden Händen nach seinem Hemdskragen, zog den Kerl grinsend an sich heran und küsste ihn. Er schmeckte nicht so nach Aschenbecher wie sie gedachte hatte. Sie mochte seinen Geschmack und seine Lippen. Sie küsste den Kippengeschmack einfach weg. Em lachte die ganze Zeit dabei.

„Süße, Du bist cool!"

Beide vergaßen erneut die ganze Welt um sich herum. Es verging eine weitere Stunde, in der sie sich küssten, sich unterhielten und die gegenseitige Nähe genossen. Em bestand darauf, dass sie Handynummern austauschen, er wollte unbedingt Kontakt halten.

„Das hier ist nicht mit Heute zu Ende, Linda, nur damit du´s weißt! Ich will dich wiedersehen und wenn du dich nicht meldest, gibt's Ärger!" Er versuchte ernst zu schauen, doch sein Grinsen war einfach immer über allem. Linda war glücklich. Wenn auch nur für diesen Moment.

Sie erlaubte ihren Schmetterlingen loszufliegen. Sie atmete Em ein, sie atmete Em aus. Sie schmeckte ihn, sie roch ihn, sie fühlte ihn. Er war nicht fordernd, er tatschte sie nirgends an. Er hielt sie einfach nur fest oder war dicht bei ihr und hielt ihre Hand, oder streichelte ihren Nacken. Er war nicht aufdringlich auch wenn er ihr direkt sagte, dass er sie gerne mit nach Hause nehmen würde.

„Ich weiß, dass du nicht *so eine* bist, das respektiere ich und dadrauf leg' ich es auch gar nicht an, nur damit du´s weißt!"

Linda war es egal. Selbst wenn er, wie viele Kerle, so etwas nur sagte, um gut dazustehen. Sie wollte nur diesen einen Abend, die eine Nacht. Sie so nehmen wie sie ist. Sie würde Em wahrscheinlich danach nie wieder sehen, das wusste sie und es war ihr egal.

Der Moment zählte...

Plötzlich sah sie Karin und Denise am Eingang stehen, beide blickten wütend in ihre Richtung. Em zeigte fragend mit einem Kopfnicken zu den beiden.

„Die sehen nicht glücklich aus, was ist mit denen?"

Linda war ratlos und zog ahnungslos die Schultern hoch. „Karin kenn ich zu wenig und warum Denise so sauer kuckt, kann ich mir auch nicht erklären. Ich glaub ich geh mal hin und frag sie einfach."

Linda drückte sich von der Wand weg, doch bevor sie weglaufen konnte, zog Em sie noch einmal an sich und küsste sie intensiv.

„Wehe du kommst nicht wieder und wenn die beiden heim fahren, lass sie, ich fahr dich. Oder sagen wir - ich nehm' dich mit," lachte und ließ Linda gehen.

„Sag mal hast du noch alle Tassen im Schrank?", schrie Karin sie direkt an, kaum als dass Linda nah genug vor den beiden Frauen stand. Linda war verwirrt und verstand nicht, warum Karin so laut rum schrie.

„Geht's noch? Wie redest du denn mit mir und was ist dein Problem?", zischte Linda mit gedämpfter Stimme zurück.

„Unser Problem?", fiel nun auch Denise in das wütende Geschnaube von Karin ein. „Du knutscht mit einem jungen Kerl rum, der is' doch noch ein Kind und drinnen machen sich alle lustig! Wie alt bist du bitte?"

Linda holte tief Luft und sammelte sich, bevor sie reagierte. Ihr Herz klopfte vor Wut bis zum Hals, sie war geschockt, was sich die beiden gerade heraus nahmen.

„Ich bin alt genug, um selbst zu entscheiden, was ich tue und ich habe heute Bock mit einem 25jährigen rumzuknutschen, der mir gefällt. Es ist mir scheißegal, was andere denken, lass sie doch lachen. Nicht einer von denen da drinnen, würde mich von der Bettkante schubsen, die machen sich nur lustig, weil sie mich nicht gekriegt haben! Macht Euch nicht lächerlich, als wärt ihr meine Mütter!"

Linda sprach leise, aber sie war stinksauer. Sie drehte sich kurz zu Em um. Er stand mit einem Kumpel an der Mauer, den Linda auch im Brauhaus schon gesehen hatte. Die beiden Kerle lachten nicht. Sie kuckten ebenso verwirrt zu Linda und ihren Freundinnen, wie Linda selbst. Es sah nicht so aus, als wenn Em sich lustig über sie machen würde, aber verunsichert war sie allemal.

„Linda, werd' sofort vernünftig! Komm jetzt rein und hör' auf dich so daneben zu benehmen," redete Denise auf ihre Freundin ein. Karin wurde wieder lauter.

„Die ist doch nicht vernünftig! Die hat doch schon alles versaut. Wie peinlich ist das bitte – wie kann man nur so dumm sein! Ich schäme mich für dich!"

Linda hob die Hand, nicht als Drohung, sondern als Zeichen, dass ein Punkt erreicht war, an dem Karin lieber still sein sollte.

„Jetzt reicht's aber Karin! Ich kenn dich kaum und du spinnst wohl. Du kannst dich gerne schämen, das interessiert mich einen SCHEISS!"

Prompt fiel Denise wieder mit ein: „Linda, vielleicht ist es *dir* egal, wenn alle über dich lachen, aber *mir* nicht und *dir* macht es vielleicht nichts aus, aber *mir* und ich will, dass du sofort aufhörst! Komm, sei brav und wir gehen wieder rein. Aber ohne die Idioten!"

Denise zog Linda am Arm, um wieder ins Brauhaus zu gehen. Doch Linda wehrte sich und entzog widerwillig ihren Arm dem viel zu harten Griff.

„Denise, Em ist nun mal hier und wenn ihr wieder rein geht, werde ich wieder zu ihm gehen! Mein Gott, ihr kommt doch ohne mich klar da drin!"

Wieder blickte Linda unsicher zu Em, der ziemlich unglücklich schaute und eine Bewegung machte, als würde er fragen, ob er sie unterstützen und ihr helfen solle. Doch Linda lächelte kurz und zeigte ihm mit ihrer Hand, dass er warten solle.

Karin schrie erneut: „Em? Em? Was ist das für ein Name? Hast du Drogen genommen? Was bist du für eine dumme Kuh? Ich geh' da nicht mehr rein, ich schäme mich mit dir da drin gesehen zu werden. Jetzt haben wir alle drei den Stempel einer Bitch auf! Kannst du dir nicht einen Kerl in Deinem Alter suchen?"

Denise hielt nun Karin zurück und versuchte sie zu beruhigen. „Kommt Mädels, wir beruhigen uns jetzt und gehen woanders hin, auf geht's!" Diesmal zog Denise beide Frauen am Arm, etwas sanfter als vorher, aber dennoch bestimmt. Karin ließ sich überzeugen, aber Linda machte sich erneut los.

Ihr Anstand reagierte, denn sie wollte einen Grundsatz wahren – sie war mit ihren Freundinnen gekommen, sie würde mit ihren Freundinnen gehen. In ihr rebellierten hundert Gedanken, legten Veto ein, aber Freundschaft ging in dieser Situation einfach vor. Linda hätte heulen können und war doch so voller Wut.

„Okay, wartet, ich will mich wenigstens von Em verabschieden!"

Sie ließ die Frauen stehen und ging zu ihm zurück. Em's Freund nickte ihr zu und stellte sich etwas weiter weg, um die beiden reden zu lassen.

Jeder konnte wohl sehen, dass es hier eine große Diskussion gab und zu überhören war das Gezeter der beiden Frauen auch nicht gewesen. Em blickte sie fragend an, er sah nicht glücklich aus. Er griff wie selbstverständlich direkt ihre Hände, als sie vor ihm stand.

‚Gott, er sieht so gut aus, selbst wenn er nicht lächelt…,' ging es Linda durch den Kopf. Er hätte weggehen können, sich dem nicht aussetzen müssen, es war peinlich gewesen wie die Frauen sich lautstark aufgeregt hatten. Doch er war geblieben und hatte gewartet.

Linda hatte mit einem viel jüngeren Kerl geknutscht, das wäre vielleicht für viele einfach so Rande der Aufmerksamkeit abgelaufen. Doch jetzt schauten drinnen wie draußen so viele Augen auf das Theaterstück, das war eine schwierige Situation. Linda hätte kotzen können.

„Was ist los, Baby?" Em zog sie an sich.

„Die beiden regen sich tierisch darüber auf, weil ich mit dir rumgeknutscht habe und sie meinen, dass sich alle da drin über uns lustig machen und dass ich total peinlich bin…" Lindas Herz klopfte. Es war ihr einerseits wirklich egal, was irgendjemand dachte, sie hatte hier in Koblenz noch nie Scheiße gebaut. Das hier war keine Dummheit, sie war ja nicht betrunken. Das hier war das, was sie jetzt gerade wollte – ob das nur das eine Mal sein würde oder nicht. Es war ihr egal. Sie fühlte sich gerade wie sechzehn, von den Eltern erwischt und müsste nach Hause gehen.

„Lass sie doch gehen! Ich fahr dich heim, auch wenn du nicht mit zu mir kommst, das ist nicht wichtig! Und ich kann rein gehen und das klären, wenn du willst. Mir ist das egal ob irgendwer lacht, wichtig ist doch, das du und das ich, wir beide…"

Em redete so goldig und Linda hätte gerne losgelassen von ihrer Vernunft und der Meinung ihrer Freundinnen.
Doch ihr Kopf siegte.

„Em, es tut mir leid... ich muss gehen, es sind meine Freundinnen und ich will keinen Ärger... vielleicht ist es wirklich dumm, was ich getan habe... ich weiß gerade nichts mehr..."

Em versteifte sich, löste sich von der Wand. Er ließ ihre Hände los und steckte seine in seine Hosentaschen. Er sah enttäuscht aus. Er blickte wütend zu Karin und Denise und blickte Linda fragend in die Augen.

„Das war´s also jetzt?! Weil irgendwelche Scheissweiber dir da rein reden, machst du was die sagen? Isses das also jetzt?"

Linda blickte zu Boden, sie wusste nicht, was sie sagen oder tun sollte. Doch Em löste die Situation und nahm erneut ihre Hand. Ruhig hob er mit der anderen Hand ihr Kinn, während er ihre Augen fixierte.

„Bist du dir sicher, dass du gehen willst? Dann geh. Ich verstehe das, auch wenn ich´s scheiße finde. Aber ich will, dass das hier nicht zu Ende ist. Ich will, dass du dich meldest und wir uns wiedersehen. Oder willst du das auch nicht?" Linda blickte ihm tief in die Augen.

„Doch, ich will das sehr gerne!"

Em beugte sich hinunter und küsste Linda zum Abschied lange. Sie wollte nicht gehen. Sie küsste Em noch einmal zurück, drückte seine Hand und ging, ohne sich noch einmal umzudrehen.

„Linda, glaub mir, du wirst uns noch dankbar sein!"

Karin hatte Glück, dass Denise in der Mitte ging, denn Linda hätte ihr dafür gerne endlich eine rein gehauen. Jetzt schon Herzschmerz zu spüren war vielleicht lächerlich. Es war doch nur ein Geknutsche mit einem viel zu jungen Typen und wer weiß, vielleicht war es tatsächlich nur eine Wette. Vielleicht würden sie sich wieder sehen, vielleicht aber auch nicht.

Die Freundinnen gingen in Richtung *Affenclub*. Linda würde sich ein Taxi nehmen, das würde sie sich jetzt nicht antun. Karin und Denise schienen den Vorfall schon wieder vergessen zu haben, denn sie alberten rum und steuerten tatsächlich auf den Club zu, der Gott sei Dank geschlossen hatte. Sie blieben stehen und überlegten, was sie tun sollten. Linda wollte nach Hause, aber sie sagte nichts, weil sie in Gedanken bei Em war. Da sah sie ihn mit seinem Kumpel um eine Ecke biegen. Er hatte das Brauhaus ebenfalls verlassen und würdigte sie keines Blickes, er sah nicht glücklich aus. Linda war traurig, wäre sie nur mit ihm gegangen. Aber vielleicht war es besser so.

Die Frauen schlenderten noch eine Weile durch die Stadt. Linda fragte sich ständig, warum sie nicht nach hause fuhr und ärgerte sich, dass sie nicht den Mut gehabt hatte, mit Em zu fahren. Karin und Denise quatschten ständig irgendwo irgendwelche Kerle an. Linda versuchte sich abzulenken, lief aber hinterher wie das dritte Rad am Wagen. Sie war heilfroh, als Karin endlich müde wurde und alle nach hause fuhren.

Linda hatte sich gerade ins Bett gelegt, es wurde schon fast hell. Ihr Herz machte sofort einen Satz, als sie eine Nachricht von Em aufblinken sah.

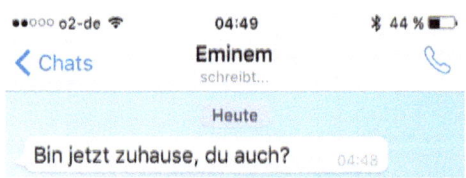

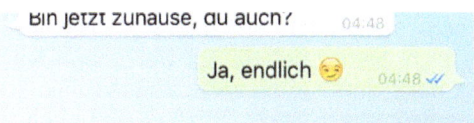

Wie ein Mensch einem so schnell, so tief unter die Haut gehen konnte, war nicht normal. Es gab selten Männer, die ihr so schnell, so gut gefielen. Aber Em war einer von ihnen. Linda konnte in so einem Fall ihre Emotionen nicht kontrollieren. Mehr als zwei Worte, fielen ihr nicht ein, was sie hätte zurück schreiben können. Er schrieb direkt wieder.

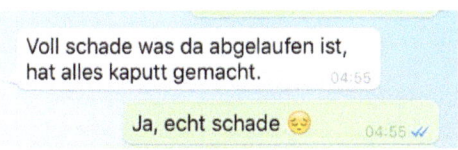

Ihre Antwort war wieder knapp. Linda wollte sich nicht in irgendetwas verrennen. Sie starrte traurig auf ihr Handy und beschloss es für heute gut sein zu lassen. Sie tat cooler, als sie sich fühlte.

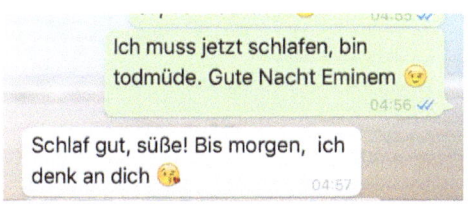

Linda konnte kaum schlafen, wälzte sich hin- und her. Sie dachte an Em und wie sie sich geküsst hatten. Es war so cool, so toll, es hatte sich so gut angefühlt.

Für den Moment. Aber ihr Kopf war stärker, ständig hatte sie den Altersunterschied vor Augen. Es hatte keinen Sinn, sie würde ihm nicht mehr schreiben.

Em jedoch, schrieb ihr am nächsten Tag und fragte, wann sie sich wieder sehen. Es war schon Nachmittag und Linda hatte dem Drang widerstanden, ihm zu schreiben und hatte nicht gedacht, dass er sich noch mal melden würde. Denise hatte gute Überzeugungsarbeit geleistet, dass es sicherlich nur ein mieser Spaß von den Mitte zwanzigjährigen gewesen war.

„Linda, ernsthaft, er ist viel zu jung für dich," hatte Denise immer wieder gesagt, als sie Mittags zusammen im Fitnessstudio trainierten.

„Ja, das weiß ich doch, aber ich find ihn trotzdem toll. Hab ich gesagt, dass ich ihn sofort heiraten will?"

Es ging ihr auf den Keks, dass sie überhaupt diskutieren musste.

Linda ignorierte Em über eine Stunde lang. Aber dann dachte sie, dass er es nicht verdient hatte, so lange warten zu müssen. Er hatte ja doch eigentlich gar nichts Schlimmes getan.

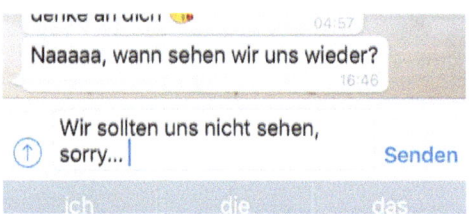

Lindas Herz klopfte, ihre Antwort wäre die ihres Verstandes namens Denise. Sie machte ihr Handy aus, ohne die Nachricht zu senden und dachte nach.

,Was soll ich nur tun?'

Em schrieb nicht noch einmal. Linda glotzte im Minutentakt auf ihr Whatsapp. Sie sah ihn hin- und wieder online, aber sie schrieb ihm nicht und er ihr auch nicht. Erst später am Abend löschte sie ihre Nachricht und tippte eine neue.

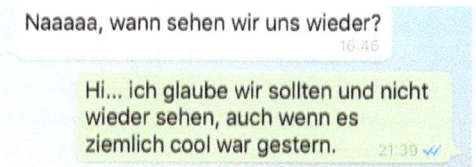

Linda klickte auf Senden, bereute es aber direkt. Ihr steckte ein dicker Kloß im Hals. Der Verstand freute sich, dass sie auf ihn hörte, doch ihr Herz und ihr Bauch machten einen Aufstand, den sie versuchte zu ignorieren. Sie sah, wie Em online kam, dann war es wie eine gefühlte Ewigkeit bis er schrieb.

Em ging offline ohne weitere Nachricht. Linda machte ihr Handy aus und warf es heftiger als geplant auf den Tisch.

Die ganze Nacht lag sie wach und dachte an ihn. Auch die nächsten zwei Nächte und Tage dachte sie an Em. Immer wieder schaute sie sich sein Profilbild an.
Komisch, er wäre so nie ihr Typ gewesen. Hätte sie ihn auf einer SingleApp gesehen, hätte sie ihn nicht nur wegen des Alters nicht in Erwägung gezogen. Er war ein Fussballertyp, groß und blond. Linda stand auf dunkle Typen und Fußball ging schon mal gar nicht.
‚Also warum stell ich mich hier eigentlich so an – wegen ´nem Typen, der nicht nur nicht mein Typ ist, sondern auch noch viel zu jung!'

Linda öffnete entschlossen Em´s Kontaktdaten und löschte ihn aus ihrem Handy.
„Weg isser!"
Kurz und schmerzlos.
‚Nein, definitiv nicht schmerzlos.'

Sie rief ihre beste Freundin Annika an. Die war cool, denn sie war immer für Linda da und sie hatte selten jemand so Verständnisvollen kennen gelernt, wie Annika und ihren Freund Tommy. Es gab Dinge, verrückte Gedanken, die sie sonst nie jemandem erzählte, weil die meisten Reaktionen auf ihre Ideen nur Gelächter oder Unverständnis ernteten. Doch die beiden waren für alles offen, es war alles immer erstmal richtig und nicht wie bei anderen, erstmal alles falsch, was man nicht kennt oder nachvollziehen kann.
Annika ging nie an ihr Handy, das fand Linda sehr nervig. ‚Eben noch bei Whatsapp online und dann nicht ans Handy gehen'. Linda war ungeduldig, sie brauchte ihre Freundin so dringend gerade. Doch Annika rief kurz darauf zurück. Linda schüttete ihr ihr Herz aus. Sie hatte ihren Freunden die Story mit Em bereits erzählt und beide hatten sich tierisch über das Verhalten von Denise und Karin aufgeregt.
„Wärst du mit uns weggegangen, wie immer, wäre das nicht passiert. Wir hätten dich sogar noch zu ihm nach hause gefahren!"
Linda musste lachen, auch wenn ihr zum Heulen zumute war.
„Was verknall ich mich in einen Kerl, der soviel jünger ist? Als hätte ich nicht schon genug Probleme, da lach ich mir auch noch so was an! Anni, ich brauch nen Arzt, mein Herz ist kaputt!"
„Ach Quatsch, was du brauchst is' nen Schnaps, oder zwei und einen Abend mit Tommy und mir. Das heilt alles, wirst sehen!"

Ein paar Tage später hatte Linda Em zwar noch nicht vergessen, aber er war jetzt auch nicht so präsent, dass sie ständig an ihn dachte. So langsam verblasste das Bild, sie war sich nicht mal sicher, ob sie ihn überhaupt noch wieder erkennen würde. Es fühlte sich so unwirklich und lange her an. Sie hatte sich mit Annika und Tommy für Donnerstagabend in der City verabredet, da sie Freitag Urlaub hatte und feiern wollte. Ihre Freunde hatten Andeutungen gemacht, dass sie noch einen Kollegen mitbringen würden. Linda konnte sich schon denken, warum ihre Freunde noch einen „*Kollegen*" mitbringen würden. Aber das war auch egal. Linda wollte einfach Spaß haben an diesem Abend und hatte geplant mehr als einen Cocktail zu trinken.

Der Kollege von Tommy hatte noch einen weiteren Kollegen mitgebracht. Das kam Linda gerade recht, somit kam es nicht wie ein gefaketes* Doppeldate rüber.

Lars und Andreas waren sogar ganz witzig. Lars ließ keinen Zweifel aufkommen, dass er Linda auf Anhieb sehr anziehend fand. Annika kannte Linda blind und zog ihre Freundin ein Stück weg von den anderen.

„Süße, was is los? Der Lars ist doch voll nett und ich mein, schlecht aussehen tut er ja jetzt auch nicht, oder?"

Linda verzog das Gesicht.

„Anni, ja, er ist total nett, genau wie Andreas, aber nee, das is doch nicht mein Typ!"

Annika unterbrach sie mit einem spaßigen Hieb in die Seite: „Mein Gott, ein bisschen Spaß würde dir auch mal ganz gut tun. Der hat gerade eine Beziehung beendet und sucht eh nix Ernstes."

Linda verzog das Gesicht noch etwas mehr und wollte weiter protestieren, doch Annika harkte sich bei Linda ein und zog sie zurück zu den Jungs. Sie duldete keine Widerrede mehr.

„Achwas, komm wir trinken noch einen Cocktail – Tommy, geh mal ne Runde holen! Ich geb einen aus, du bezahlst!" Annika lachte sich kaputt über ihren Witz, Tommy tat so, als hätte sie ihm ins Herz geschossen.

„Du machst mich noch arm, Schatz!" Er ging und holte Nachschub.

Linda schaute sich Lars mal näher an, doch weder er noch Andreas waren annähernd ihr Typ. Unweigerlich musste sie an Em denken. *Das* war ihr Typ! Sofort als er sie damals angesprochen hatte. Seine Ausstrahlung war der Hammer, Linda hatte sich nicht wehren können.

‚*Nein, Lars is definitiv nicht mein Typ!*' Somit war der Vorschlag von Annika endgültig vom Tisch. Die Vorstellung daran, dass er sie küssen würde war gruselig und Linda lief ein kalter Schauer über den Rücken.

Der Abend wurde länger, die Cocktails zahlreicher. Linda und Annika hatten schon kräftig Einen sitzen, kicherten die meiste Zeit und Lars, der ebenfalls nicht wenig getrunken hatte, nutzte die Gelegenheit und griff Linda immer mal um die Schulter.

„Babe, dich muss ich stützen, sonst fällst du ja um oder ich?" Es war lustig. Die Clique lachte viel und beschloss die Location zu wechseln. Linda kramte ihr Handy raus, um nach der Uhrzeit zu kucken - als sie fast schlagartig nüchtern wurde. Sie hatte eine Whatsappmessage einer Nummer ohne Namen bekommen. Sie konnte sich Nummern nie merken, aber sie wusste sofort, wer es war.

Linda starrte wie regungslos auf die Nachricht. Die Freunde bemerkten den Vorfall nicht. Linda war verwirrt, sie war überfordert, wie sie reagieren sollte. Ihr Kopf konnte nicht klar denken und sie ließ sich von der Clique weiter ziehen, die grölend auf irgendeine Kneipe zuliefen. Linda stolperte mehr, als dass sie lief und tippte nebenbei ohne Plan.

Und steckte das Handy wieder weg. Ihr war kotzübel und schwindelig, sie war sich nicht sicher, ob vom Alkohol oder von der Nachricht.

Es war schon spät in der Nacht, so dass nicht mehr viel geöffnet hatte. Lars schlug dann den *Winkel* vor, eine totale Absteigerkneipe, wie Linda fand, aber ihr war fast alles egal. Hauptsache erstmal ein Klo und eine Cola zum Wachwerden.

Der Laden war urig, voll mit Andenken und Krimskrams. Eine alte Kneipe halt. Linda erinnerte es an die urigen Kneipen in Köln. Sie machte sich als Erstes auf die Suche nach dem Klo und Annika kam mit ihr.

„Anni, Emimen hat mir geschrieben – er will mich sehen!"

Anni lachte triumphirend: „Wie cooool, hast du schon geantwortet?" Die Freundin fand es lustiger, als Linda selbst.

„Ja, er soll mich suchen!", kicherte Linda.

Anni lachte noch lauter.

„Du bist ne Marke! Aber cool, er soll herkommen, dann können Tommy und ich ihn direkt mal begutachten."

„Anni, ich weiß nicht. Ich dachte ich hab damit abgeschlossen." Die Worte hörten sich in Lindas Kopf besser an, als sie aus dem Mund kamen, denn sie lallte etwas.

Sie musste dringend eine Menge Cola trinken, um klarer zu werden. Ihr Handy piepste. Anni rief direkt vom Nachbarklo rüber: „Isser das? Isses Em? Los sag ihm er soll herkommen!"

Linda war aufgeregt. Sie ging aus der Toilette und wusch sich die Hände und spritze sich auch etwas kaltes Wasser ins Gesicht, bevor sie auf ihr Handy blickte.

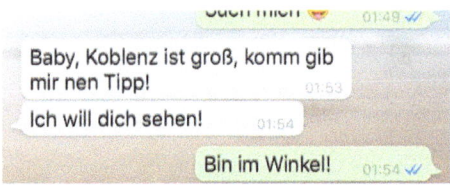

Linda hatte nicht mehr lange überlegt, sie wollte ihn sehen. Sie steckte das Handy weg. Jetzt lag es an ihm, sie zu finden oder es sein zu lassen. Die Mädels gesellten sich wieder zu den Jungs an die Theke, die hatten gute Laune und bereits eine Runde Schnaps und Kölsch bestellt. Linda stieg um auf die besagte Cola. Sie erntete keine Begeisterung, aber Annika raunte Tommy kurz die Lage ins Ohr und Tommy reagierte genau wie Annika: „Cool, dann lernen wir den ja auch mal kennen!"

Lars hatte nicht wirklich gerafft, um was es ging, er baggerte Linda weiter an. Andreas war bereits gegangen. Linda blickte alle paar Sekunden auf ihr Handy, doch Em meldete sich nicht mehr.

Nach einer halben Stunde war Linda fast nüchtern, Lars wollte eine rauchen gehen und Linda – die eigentlich vor zehn Jahren aufgehört hatte zu rauchen - ging mit ihm in den Raucherbereich und schnorrte sich eine Zigarette. Sie war frustriert, verwirrt, halb nüchtern, halb betrunken, verärgert, frustriert und was da noch alles so auftauchte.

Wegen einem 25jährigen Fußballer, der mit Eminem so viel Ähnlichkeit hatte, wie Annika mit Alona Fischer!

(Insider der Redaktion)

Im Raucherraum waren viele lustige Kerle. Linda hätte eigentlich von der Zigarette husten müssen, aber um nicht total uncool zu wirken, beherrschte sie sich und spülte es mit einem Wasser runter. Mittlerweile waren erneut über zwanzig Minuten vergangen. Linda nahm sich vor, gar nicht mehr auf ihr Handy zu blicken und auch nicht mehr auf Eminem zu warten oder zu hoffen.

Sie fühlte sich ziemlich scheiße und wäre so gerne nach Hause in ihr Bett und hätte geheult. Lars und sie gingen zurück zu den anderen, wo Annika Linda total aufgeregt anschaute und sie direkt am Arm zu sich zog.

„Linda, du wirst es nicht glauben, gerade ist einer gekommen, der könnte Eminem sein. Ich mein, ich weiß nicht wie du auf Eminem kommst, der sieht dem bis auf die blonden Haare ja überhaupt nicht ähnlich, aber..." doch Linda hörte schon gar nicht mehr richtig zu. Sie blickte sich suchend und aufgedreht um.

„Wo? Wo isser hin?"

Plötzlich kam ihr der kleine Laden, der sich schmal wie ein Schlauch von vorne bis hinten ziemlich lang durchzog, unheimlich groß vor. Sie sah ihn nicht. Vielleicht hatte Annika sich ja vertan...

Da kam er die Treppe von den Toiletten hoch. Linda sah ihn bevor er sie sah. Sie wusste nicht, was sie machen sollte. Ihr Herz klopfte bis zum Hals. Er hatte die selbe Wirkung wie vor einer Woche auf sie. Sekunden später traf sein suchender Blick auf Linda, sofort hellte sich sein schlechtgelauntes Gesicht auf und er trat auf Linda zu. Nur wenige Zentimeter voneinander entfernt blieb er stehen. Die Luft knisterte.

Die beiden blickten sich stumm in die Augen. Für einen Moment stand die Zeit still und alles drum herum war vergessen. Es war als wenn selbst diese Nähe ausreichte, um alles zu sagen, was gesagt werden musste. Dann durchbrach Em diesen Moment. Er griff Linda sanft in den Nacken, ging mit einem Schritt auf sie zu und zog sie zu sich heran. Ihre Lippen trafen sich voller Zuneigung, ein Schauer nach dem Anderen durchzog Linda. Sie wollte Em nie wieder los lassen.

Die beiden standen eine gefühlte Ewigkeit knutschend mitten in der Kneipe, keiner traute sich vorbei zu laufen oder die beiden in irgendeiner Weise zu stören. Mehrfach unterbrachen die beiden ihre Küsse und blickten sich an. Mal schüttelte er den Kopf oder sie lachte verlegen. Mal kniff sie ihn in die Seite oder er verzog scherzhaft vorwurfsvoll das Gesicht.

„Da löscht die mich einfach..."

Linda warf ihre Arme um seinen Hals.

„Es tut mir leid..."

Sie atmete seinen wundervollen Geruch ein, während sie sich an seinen Hals schmiegte. Em drückte sie fest und vergrub seine Hand zärtlich in ihren Haaren.

Linda kannte in diesem Moment keine Probleme, keinen Altersunterschied, alles war egal. Erst nach einer langen Zeit trennten sich die beiden, weil ihnen bewusst wurde, dass sie den Gang blockierten und ihre Freunde am Rand standen und darauf warteten, ob die beiden jemals wieder Luft holen würden. Annika und Tommy grinsten und begrüßten Em fröhlich. Lars war nicht zu sehen und Tommy erzählte kurz mit einem Schmunzeln, dass Lars wohl sehr geschockt auf den Knutschanfall reagiert hatte und dann sofort gegangen war, weil er müde sei.

Das war Linda herzlich egal, was zählte war gerade nur Em. Der hielt sie an der Hand, während er mit seinem mitgebrachten Kumpel sprach und sich was zu Trinken bestellte. Linda genoss dieses Händchenhalten. Wieder erinnerte sie sich daran, dass sie das nicht kannte. Sie hatte immer Typen, die es in der Öffentlichkeit vermieden Händchen zu halten oder überhaupt die Nähe zu ihr suchten. Während sie das dachte, drehte sich Em wie selbstverständlich zu ihr um, gab ihr einen langen Kuss, einen Blick in die Augen und drehte sich wieder zu seinem Kumpel. Immer noch ihre Hand haltend. Linda versank in dieser Geborgenheit.

Annika kam näher und raunte ihr zu: „Süsse, du siehst so glücklich aus und der ist ja total süss!"

Linda grinnste nur. Auch wenn ihr der Verstand im Hinterkopf saß und schimpfte. Sie trank einen Schnaps mit Em und ihren Freunden.

‚*Einfach die Gedanken wegspülen.*' Linda fühlte sich schummrig, aber nicht mehr vom Alkohol. Den hatte sie mit viel Cola und Wasser verdünnt und bevor Em gekommen war, hatte sie schon einen klaren Kopf gehabt.

Nach weiteren zwei Stunden wurde es bereits hell draußen, als dann doch langsam Aufbruchsstimmung kam. Em hatte jeden Moment zwischen den Gesprächen mit Freunden genutzt, um Linda zu küssen. Manchmal wurde aus einem Kuss ein längerer Kuss und die beiden wichen knutschend zur Seite, um nicht mitten in der Clique zu stehen. Es war einfach „*zum Knutschen*" und immer wieder egal, was jemand dachte, denken würde oder denken könnte. Es war egal, was noch kommen würde oder war. Der Moment und jeder Kuss, Em´s Nähe zählte – sonst nichts. Linda fühlte sich wie süße 16 und das erste Mal verliebt.

Annika und Tommy beschlossen ein Taxi zu rufen.

„Linda, fährst Du mit?"

Em schaltete sich sofort dazwischen.

„Nene, mein Baby gehört zu mir!"

Alle brachen in schallendes Gelächter aus. Linda zerschmolz. Ihr war klar, dass sie heute Nacht oder eher an diesem Morgen, mit zu Em fahren würde.

Und das fühlte sich genau richtig so an.

Von der Taxifahrt bekamen beide nicht viel mit. Em wohnte etwas weiter weg. Linda war noch nie in der Gegend gewesen und nur kurz kam ihr der Gedanke, dass diese Taxifahrt ziemlich teuer werden würde. Doch Em schien das egal, er zahlte ohne Zögern oder ein Wort am Ziel und führte Linda an der Hand in seine WG. Einen kurzen Moment schämte sich Linda. Nicht, weil sie vielleicht gleich einen OneNightStand haben würde, sondern weil ihr der Altersunterschied gerade so bewusst wurde.

,*Dieser Kackverstand*,' schimpfte Linda innerlich. Sie schob die störenden Gedanken in die hinterste Ecke und genoss die Zeit mit diesem coolen Typen. In seiner Nähe, an seiner Seite. Sie vergaß alles. Wer sie war, wo sie war oder was kommen könnte. Was zählte war die Zeit mit Em und die Stunden, bis sie fahren müsste.

Linda musste diesem Kerl nichts beibringen, die beiden hatten Sex, wie ein eingespieltes Team. Als wären sie nicht das erste Mal zusammen im Bett. Sie schlief in seinen Armen ein und erst gegen Nachmittag fuhr Em sie nach hause. Linda bereute nichts und auch wenn die beiden nicht fiel redeten, sie grinsten sich die ganze Fahrt glücklich an. Zum Abschied küsste Em sie zärtlich.

„Bis dann…", flüsterte Linda.

„Bis bald…", antwortete Em.

Zwei Tage später lag Linda am Strand in Ägypten. Sie dachte ständig an Em und an ihre gemeinsame *Nacht*. Die beiden schrieben sich immer wieder zwischendurch bei Whatsapp nette Zeilen. Em wollte sie unbedingt wieder sehen, wenn sie zurück sei. Linda hatte viel Zeit, um über Em nachzudenken. Sie mochte ihn wahnsinnig gerne, er war genau so, wie sie sich einen Freund wünschen würde. Außerdem hatte er eine absolut krasse Ausstrahlung und Anziehungskraft auf Linda.

Und doch gab es ein nicht zu überwindendes Hindernis, das einfach viel zu groß war. Es schmerzte Linda, dass sie nach all der Zeit sich in einen Typen verkuckt hatte, der so viel jünger war als sie. Sie bereute nichts, keinen Moment, auch nicht die Nacht mit ihm.

Zwei Monate später löschte Linda schweren Herzens wieder einmal seine Nummer aus ihrem Handy. Sie hatte sich nach dem Urlaub nicht mehr bei ihm gemeldet. Auch er hatte nach ein paar Versuchen aufgegeben, eine Antwort von ihr zu bekommen. Es war schwer, wenn er anrief, nicht dranzugehen. Aber Linda wollte sich nicht noch mehr da hinein verrennen. Ein letztes Mal blickte sie auf sein Profilbild. Sein Lachen war unschlagbar sexy. Sie erinnerte sich an seine Küsse, seine Nähe und wie gut er roch. Seine Stimme und seine Art, wie er sie an der Hand oder im Arm gehalten hatte.

Annika blickte ihre Freundin traurig an und legte tröstend ihre Hand auf Lindas Arm.

„Ach Anni, das war nur eine Nacht und ein bisschen Geknutsche. Ein bisschen Spaß, ein OneNightStand, mehr nicht. Augen zu und durch, wo ist der Nächste?"

Linda lachte und verbarg, dass sie trauriger war, als sie zugeben wollte. Annika kannte sie jedoch viel zu gut und zog eine Augenbraue hoch.

„Lin, warum kaust du bitte schon wieder auf deiner Unterlippe rum?"

Linda grinste gequält: „Anni, I need a doctor!"

Dedicated to „Eminem" ;)

Kapitel VIII

Das Urlaubsdesaster

Die Sonne brannte ihr auf die Nase, Jasmina kramte in ihrem Rucksack nach dem Sunblocker. Es war halb zehn am Morgen, immer um diese Uhrzeit geht einem unweigerlich der Slogan durch den Kopf *„Morgens halb zehn in Deutschland"*. Und dann vermisste man ein Knoppers.

„Nönö, nix Deutschland, ich bin in Ägypten!", sprach sie laut aus. Schlagartig wurde ihr bewusst, dass es vielleicht etwas *zu* laut gewesen war, denn sie hatte ihre Kopfhörer in die Ohren gestöpselt und die Musik dröhnte. Jasmina kicherte und schaute sich um, doch entweder schliefen die anderen Gäste oder hatten selbst Stöpsel in den Ohren.

`Wie peinlich, wenn andere mitbekommen, wie ich mit mir selbst rede.`´ Jasmina war allein am Strand. Aber nur am Morgen, denn gleich würde sie ihre Tochter Bay wecken. Der Teenager hatte darauf bestanden morgens auszuschlafen, doch Jasmina wollte in ihrem Urlaub keinen Moment kostbarer Zeit mit Schlafen vergeuden. Sie stand jeden Tag um kurz vor sieben auf. Man schlief ja bei der Hitze eh die meiste Zeit am Strand oder Pool. Nur hier am Strand hatte Jasmina Zeit für sich alleine, denn am Pool hatte sie bereits nach zwei Tagen so viele coole Leute kennen gelernt, dass sie dort aus den Gesprächen gar nicht mehr raus kam. Entspannung gab es da nicht, sondern ständiges Gequatsche, Lachen und viele Menschen. Aber das war gut so. Jasmina war mit Maggie und deren Tochter Kim in den Urlaub geflogen. Die Mädchen gingen zusammen in eine Klasse. Jasmina hatte die Mutter auf dem Grillfest der Schulklasse kennen gelernt. Der gemeinsame Urlaubsplan entstand aus einer Laune heraus und weil man sich eigentlich sehr sympathisch fand. Das war eine 5-Minuten-Entscheidung.

Doch schon kurz vor dem Abflug wurde Jasmina klar: ‚*Das wird nicht lange gut geh'*", da Maggie bereits auf der Zugfahrt zum Flughafen sich als sehr anstrengend zeigte. Jasmina war ihrer Tochter dankbar, dass sie von vorne herein darum gebeten hatte, zusammen zu sitzen.
Bei den Dreiersitzen war klar, dass immer Mutter mit Kind in einer unterschiedlichen Reihe sitzen würde. Den ganzen Flug über hatte diese Maggie dann ihren Sitznachbarn zugequatscht. Geschlagene vier Stunden Dauerbeschallung.
Jasmina wunderte sich, dass der Mann nicht aus dem Flugzeug hüpfte. Sie beobachtete, wie er immer wieder versuchte einzuschlafen und sich von Maggie wegzudrehen, doch die fand immer neue Gründe, ihn voll zuquatschen und er ließ es über sich ergehen.
‚*Na, vielleicht hatte er so eine Frau zuhause und wusste, dass es keinen Sinn hätte sich zu wehren.*' Jasmina kicherte in sich hinein und nippte an ihrem Pikkolo, den sie sich zur Feier des Tages gönnte. Zur Strafe für den bösen Gedanken jedoch, rutschte ihr der Becher aus der Hand und die Hälfte ergoss sich in ihren Rucksack. Bay kicherte: „Cool, so riecht gleich jeder, dass meine Mutter eine Schnapsdossel ist!" Jasmina schlug ihre Tochter lachend auf den Oberschenkel. „Hey, sag´ nicht so was!"

Im Hotel angekommen, waren Maggie und Kim zügig verschwunden - ohne Bescheid zu sagen. Jasmina war es einerlei. ‚*Soll sie doch.*' Sie selbst wartete mit Bay auf den Kofferträger. Überraschend lernte sie noch in der Lobby Stefano kennen, der – wie sich schnell rausstellte – sogar aus dem Westerwald stammte, das war in der Nähe von Koblenz. ‚*Wie klein die Welt doch war.*'

Stefano war Single, gut aussehend, spanischer Abstammung, in Jasminas Alter und man hatte das Gefühl, dass Bay die beiden gerne verkuppeln würde.

Kurz vor den Zimmern wurde klar, dass Stefano im selben Gebäude ein Zimmer über Jasmina und Bay hatte. Bay machte sich einen Spaß.

„Hah, von mir aus könnt ihr Erwachsenen auch in ein Zimmer zusammen gehen und ich hab dann eins für mich alleine!" Stefano und Jasmina schauten sich verdutzt an - die Kleine hatte ja Vorstellungen.

Jasmina und Stefano grinsten sich an, Stefano legte die Hand auf Bays Schulter: „Danke Kleine, die Idee ist toll und vielleicht komm ich drauf zurück!"

Bay wurde sich wohl erst jetzt bewusst, dass ihr Scherz ernster aufgenommen wurde, als sie das geplant hatte. „Hey, pass auf, das ist meine Mutter!" Als wenn dies ein ungeschriebenes Verbotsgesetz wäre.

Lachend bezogen die drei ihre Zimmer – Bay und Jasmina in 364 und Stefano in 368. Die Tür von 361 öffnete sich, kurz bevor Jasmina die Tür zu ihrem Zimmer schloss. Maggies Tochter Kim steckte ihren Kopf raus: „Ach, da seid ihr ja endlich, hat ja ewig gedauert! Wir haben immerhin schon fast alles ausgepackt!"

Dieser Ton gefiel Jasmina ganz und gar nicht, sie lächelte gequält: „Na dann...," und schloss die Tür geräuschvoll.

Jasmina kannte das Hotel schon, da sie zwei Jahre zuvor mit ihrer kleinen Schwester dort gewesen war. Es war schön, wieder da zu sein und sich in dem riesigen Komplex bereits auszukennen. An den ersten zwei Tagen wollten die Frauen und Töchter zusammen frühstücken, zumindest versuchten sie es. Sie verabredeten sich für 7:30 Uhr, doch bis Maggie und Kim ankamen, war es meist nach 8 Uhr. Jasmina und Bay waren bereits fertig und wollten ungeduldig an den Strand. Das brachte schon den ersten Frust, denn Maggie erwartete, dass die anderen auf sie warten würden und verkündete ihre Meinung mit übler Laune. Jasmina versuchte diplomatisch zu bleiben, obwohl sie dieses Verhalten eine bodenlose Frechheit fand.

„Ach Maggie, sei nicht böse, ist doch nicht schlimm! Wir halten Euch Liegen frei!" Um jede weitere Reaktion abzublocken, drehte sich Jasmina auf ihrem Absatz rum und verließ zusammen mit ihrer Tochter das Theaterstück.

Die Nachkömmlinge kamen dann sogar noch eine weitere Stunde später. Bay und ihre Mutter waren gerade eine Runde geschwommen, als sie Kim und Maggie auftauchen sahen. Bay hatte zwei Liegen für die beiden reserviert, auf den anderen beiden hatten sich Jasmina und Bay ausgebreitet. Man konnte Maggie wie immer laut meckern hören.

„Die stehen ja voll im Schatten. Wie soll ich denn da braun werden. Das gefällt mir nicht." Sie hatte Jasmina und Bay noch nicht zurück kommen sehen, nahm deren Handtücher von den Sonnenliegen und warf sie auf die Liegen im Schatten. Jasmina blieb wie angewurzelt stehen. Bay fuhr zornig herum: „Mama, die hat sie doch nicht mehr alle, die kann doch nicht einfach unsere Handtücher…" Jasmina war schon wutentbrannt auf Maggie zugegangen.

„Maggie, Du kannst doch nicht…"

Maggie jedoch blickte lediglich angenervt über ihren Sonnenbrillenrand, während sie sich ungestört mit Sonnenöl einschmierte: „Beschwer Dich nicht, hättest die anderen beiden Liegen ja besser aussuchen können."

Auf so viel Frechheit wusste Jasmina nichts mehr zu sagen. Bay flammte ihr Schnorchelset wütend in den Sand und zog frustriert ihre Liege in die Sonne. Jasmina hatte sich wirklich große Mühe gegeben, aber Maggie war schwer zu ertragen. Sie war wahnsinnig negativ, nur am meckern oder lästern und sie wollte mit aller Gewalt den ganzen Tag perfekt verplanen.

„Also kuck mal hier, es gibt einen Tagesausflug am Montag zu den Pyramiden von 5 Uhr morgens bis 20 Uhr, dann eine Safari am Dienstag von 16 bis 18 Uhr und wir müssen unbedingt auf die Tour mit den Moscheen am..."

Maggie bestand vehement darauf, dass sich Jasmina festlegen müsse. Doch nach dem zweiten Tag hatte Jasmina die Nase voll und wurde patzig.

„Ich will chillen und keine Termine machen. Ich bin hier im Urlaub, nicht im Bootcamp! Du darfst gerne machen was du willst, aber ohne uns. Bay möchte auch einfach nur ihre Ruhe!"

Am dritten Tag hatte Maggie dann endlich aufgegeben.

Jasmina versuchte weitestgehend die Nähe von ihr zu meiden oder, wenn sie Maggie sah, stellte sie sich schnell schlafend.

Sie hatte sich heute so früh aus dem Zimmer geschlichen, damit sie jetzt friedlich am Strand liegen konnte. Allein, in Ruhe, ganz entspannt. Jasmina beobachtete die vielen Paare, die hier Urlaub machten. Es war ein absolut romantisches Hotel, perfekt für Flitterwochen. Was allerdings auch etwas Frust für einen eingefleischten Single mit sich brachte. Jasmina hatte vor zwei Jahren schon insgeheim gehofft, sie würde hier eine Urlaubsliebe kennen lernen, aber irgendwie baggerten alle nur ihre blonde Schwester an. Jasmina fühlte sich fett und hässlich, denn für sie schien sich keiner zu interessieren. Auch als die beiden noch zwei andere Schwestern kennen lernten, mit denen sie dann die meiste Zeit zusammen verbrachten, ging die dunkelhaarige Schwester, wie Jasmina auch, leer aus. Die andere war ebenfalls blond und konnte sich vor Verehrern nicht retten.

Also hatte Jasmina die Wahl zwischen Single-bleiben oder sich blond zu färben und sich einen Araber zu schnappen. Die waren immer willig. Zumindest benahmen sie sich so.

Jasmina schüttelte widerwillig den Kopf. So nötig hatte sie es dann doch nicht, das war einfach keine Option.

Sie blickte wieder auf ihr Handy, es wurde Zeit Bay zu wecken, die würde sonst nur den ganzen Tag verschlafen. Das war nicht so einfach, das mit dem Wecken, denn erstmal kassierte Jasmina wie immer einen Anschiss. *Teenager!*

Doch sie ließ sich die gute Laune nicht vertreiben.

„Meine liebe Rabea, motz hier nicht so rum! Sei froh, dass ich dich wecke und dir jetzt am Pool eine Liege frei halte." Bay blickte ihre Mutter mit düsterem Blick aus verpennten Augen an. Sie hasste es, wenn man sie beim vollen Namen nannte. Jasmina ignorierte diesen Blick.

„Denk dran, ich liege weit weit weg von Maggie und Kim, weg von der dunklen Seite der Macht!"

Jasmina hatte ein schlechtes Gewissen, so etwas zu sagen, denn die Mädchen waren ja befreundet und der selben Klasse. Doch selbst Bay fand die beiden zu anstrengend: „Mama, die Maggie hat nur noch schlechte Laune und patzt uns dauernd an. Sie behandelt Kim wie... als wäre sie ihr Freund, der ständig in ihrer Nähe bleiben muss. Sie muss sie eincremen, sie muss kommen, wenn sie etwas zu trinken bestellt hat, sie muss mitgehen, wenn Maggie aufs Klo geht und all so ein Zeug..."

`*Wie nervig und irgendwie auch nicht unbedingt gesund*`, dachte Jasmina, packte die Luftmatratze unter den Arm, warf sich den Rucksack um und wanderte zum Pool. Auf dem Weg traf sie Stefano, der in nur zwei Tagen so braun war, als wäre er bereits drei Wochen in der Sonne gebraten. Jasmina wurde nicht schlau aus Stefano – irgendwie schien er zu flirten, aber dennoch ging er nicht drauf ein, wenn Jasmina ihn fragte, ob er sich mit zu ihr an den Pool gesellen wollte. *‚Komischer Kauz.'*

Jasmina machte einen großen Bogen um den Platz, an dem üblicherweise Maggie und Kim lagen, damit sie sich ungesehen auf die Liegen auf der anderen Seite hinter der Poolbar werfen konnte. Sie fühlte sich mies, weil sie so dachte, aber die Gesellschaft von Maggie wollte sie einfach nicht mehr ertragen. Es war *ihr* Urlaub und der von Bay. Was zählte hier schon eine Bekannte, die sie nach dem Urlaub mit Sicherheit nie mehr wiedersehen würde.

Sie hatte Glück, zwei Liegen waren in zweiter Reihe frei – nicht perfekt, aber um die Zeit war es schwer, überhaupt noch einen freien Platz zu bekommen. Diese typischen Handtuchtouristen, die bereits früh morgens *ihre* Liegen blockierten und man sie dann den ganzen Tag dort nicht *einmal* sah. Jasmina wünschte sich, sie wäre cooler und würde die Handtücher dann einfach runterlegen, soll doch einer kommen und nach vier Stunden noch auf den Platz bestehen. ‚*Aber egal, was zählte war jetzt Urlaub, gute Laune und Radler.*'

Es war 12 Uhr, ihr Lieblingskellner kam vorbei und brachte ihr direkt eins bis an die Liege. Mohamad, ihn kannte sie schon vom letzten Urlaub. Damals war er am Strand, jetzt war er am Pool eingesetzt. Er sah aus wie SnoopDog und versuchte sich immer in lustigen deutschen Sätzen. Jasmina mochte ihn und bewunderte die ganzen Angestellten hier, die bei dieser sengenden Hitze von früh morgens bis spät Abends ihren Dienst taten. Unermüdlich jeden Tag, sieben Tage die Woche, mehr als zwölf Stunden am Tag. Die hatten alle jeden Euro Trinkgeld verdient.

Jasmina sprach ganz gut Englisch und freute sich, dass sie hier im Urlaub endlich mal ein bisschen üben konnte. Sie hatte bereits ein paar Engländer und ein Paar aus Kanada kennen gelernt. Auch die meisten Araber sprachen eher Englisch als Deutsch.

Sie cremte sich mit Sonnenöl ein und wollte sich gerade von ihrer Liege aufsetzen, die Beine auf den Boden stellen, als sich eine Liege weiter vorne eine Frau aufsetzte und Jasmina warnte:

„Oh, there, a CAT, aufpassen!", sprach diese in einem Deutschenglisch, was total ulkig klang. Und dann quälte die Frau sich noch durch einen weiteren Satz auf Englisch, Jasmina lachte.

„Du kannst ruhig Deutsch mit mir sprechen, ich hab euch doch schon reden gehört. Ihr seid doch Deutsche oder?"

Das Paar lachte und schaute sich verwundert an.

„Du bist Deutsch? Oh mann, aber du sprichst die ganze Zeit mit allen Englisch, wir dachten du seist Amerikanerin!" Jasmina freute sich und lachte mit.

„Danke, das baut mich auf. Denke immer ich höre mich total bescheuert an, wie witzig! Nee ich bin aus Deutschland!"

Die Frau stand auf und kam freudestrahlend zu Jasmina rüber. „Hi, ich bin Nadine und das ist mein bester *Kumpel* Rolf. Ich freu mich immer, neue sympathische Leute kennen zu lernen!"

Jasmina bemerkte, dass Nadine extra betonte, dass Rolf ihr Kumpel, nicht ihr Freund war.

„Hi, ich bin Jasmina. Ich dachte ihr seid ein Paar, weil ihr so miteinander diskutiert habt", lachte Jasmina diese super sympathische Frau an.

Sofort protestierte Nadine.

„Boah neee, hör auf, Kumpel reicht, den wollt ich nicht als meinen Mann haben", feixte sie und Rolf beschwerte sich amüsiert über deren Aussage und warf eine Zigarettenschachtel nach Nadine, die sie direkt wieder zurück warf.

„Bist du alleine hier in Ägypten oder mit Mann?", fragte Nadine neugierig wieder an Jasmina gewandt.

„Ich bin mit meiner Tochter Bay hier, die schläft noch. Typisch Teenager," sprach´s und bekam ein Handtuch an die Schulter geworfen.

„Mutter, ich bin wach und hier!"

Bay war gerade in diesem Moment an ihrer Liege angekommen. Sie nannte Jasmina immer *Mutter*, weil sie wusste, dass Jasmina das hasste.

„Zeit für den Pooool!", rief Jasmina, schnappte sich die Luftmatratze, Bay folgte ihr mit ihrem Schwimmsitz und auch Nadine warf sich mit ihrer Neonmatratze zu den beiden ins Wasser.

Endlich eine weibliche Freundin im Urlaub zu haben, mit der sie sich gut verstand, das tat Jasmina gut. Maggie war ein paar Mal mit ihrer Luftmatratze vorbeigeschwommen und ignorierte sie künstlich. Jasmina hatte extra zu ihr geschaut und freundlich: „Hallo!", gerufen, aber Maggie hatte so getan, als würde sie es nicht hören.

‚Dann halt nicht!' Jasmina war froh, wenn so was ein schnelles Ende hatte. Nadine meinte direkt, dass Maggie ihr total unsympathisch war.

„Wie konntest du nur mit der in den Urlaub fliegen? Hast du das nicht vorher gesehen?", fragte Nadine.

„Ne, so genau hab ich net hingekuckt und seien wir mal ehrlich: Wie konntest du mit so einem komischen Kauz wie Rolf in den Urlaub fliegen?", zog Jasmina ihre neue Freundin lachend auf.

„Touché!", rief Nadine und spritzte Jasmina mit einem Schwall Wasser nass.

„Weißt du, jetzt bin ich schon fast eine Woche hier und hab mir so sehr eine Urlaubsliebe gewünscht, aber irgendwie... sind hier zwar lauter Kerle und sogar hübsche, aber irgendwie wurde das bisher nix. Und bei dir?"

Jasmina lachte über Nadines Pläne.

„Naja, ich hätte jetzt nichts gegen nen Urlaubsflirt, aber da ich Bay dabei habe, liegt die Priorität bei ihr – ich könnte mich ja nicht teilen oder mich mit einem Typen treffen, Zeit mit ihm verbringen, wenn Bay dabei ist."

„Ja, da hast du Recht, da hab ich es besser – ich hab Zeit, kein Kind dabei – aber hey, trotzdem keine Urlaubsliebe!" Beide Frauen seufzten übertrieben frustriert.

„Ach Nadine, was nicht ist kann doch noch werden, die Hoffnung stirbt zuletzt!", tröstete Jasmina die Verzweifelte.

Am späten Nachmittag saß Jasmina in der Lobby und loggte sich ins Internet ein. Bay saß mit Kim zusammen und Maggie war an Jasmina, ohne sie eines Blickes zu würdigen vorbei gegangen und hatte sich ans andere Ende der Lobby gehockt. Das war Jasmina ganz Recht so. Außerdem hatte sie Stefano entdeckt, der ihr schräg gegenüber auf einem der Sofas am anderen Ende des Brunnens saß. Stefano grinste sie an und winkte ihr zu. Jasmina grinste und winkte zurück, schaute dann wieder auf ihr Handy, ließ Stefano aber nicht aus den Augen. Irgendwie war der Typ interessant. Sie hätte ihn gerne näher kennen gelernt, war aber zu schüchtern, ihn anzusprechen. Ihre Blicke trafen sich mehrmals und immer wieder lächelte und lachte Stefano ihr zu. Jasmina hatte das Gefühl, als wenn es nicht mehr lange dauern würde, bis Stefano zu ihr rüber kommen würde. Wenn nicht von alleine, dann würde Jasmina ihn zu sich winken.

Doch dann ging alles irgendwie schnell. Stefano schaute sie an, grinste und setzte sich auf, so als wollte er aufstehen. Im Augenwinkel sah Jasmina, wie sich Maggie ebenfalls im selben Moment erhob. Jasmina verstand sofort, als Maggie wie eine Furie aufsprang, dass sie genau das verhindern wollte: Dass Stefano, den Maggie mittlerweile durch Jasmina kennen gelernt hatte, sich zu Jasmina setzte. Jasminas Blick ging amüsiert zu Stefano, der sich gerade aufgerichtet hatte, sie dabei immer noch anblickte und von dem Ansturm des „Maggiezillas" nichts ahnte. Dann blickte sie wieder zu Maggie, die fast rasend auf den Platz von Stefano zusprang. Als sie angekommen war, tat sie so, als wäre es der totale Zufall, dass sie sich treffen würden. Es war köstlich.

Das so von der Ferne zu betrachten, amüsierte Jasmina total. Maggie drückte Stefano regelrecht zurück in sein

Sofa. Dieser kuckte verdutzt und auch fast entschuldigend mit einem Achselzucken zu Jasmina. Die zuckte ebenfalls mit den Schultern und warf lachend die Arme in die Luft. Die beiden verstanden sich ohne Worte. Das alles bekam Maggie gar nicht mit, sie war damit beschäftigt Stefano die Ohren voll zu quatschen.

Nach gut einer Stunde sah er nicht nur gelangweilt, sondern auch ziemlich gequält aus. Jasmina hatte zwischendurch mit ihren Freunden getippt, Fotos bei Facebook hochgeladen – zumindest soweit es das schlechte Internet zuließ – und würde jetzt ins Bett gehen. Es war schon spät.

Diese Ruhe am nächsten Morgen am Strand war wieder wundervoll. Jasmina freute sich schon darauf Bay zu wecken und dann an den Pool zu gehen. Sie hatte sich dort mit Nadine verabredet und das machte richtig Fun. Sie waren einfach auf derselben Wellenlänge.

„Du, Jasmina, ich muss dich was fragen!", begrüßte Nadine ihre neue Freundin später total ungeduldig.

„Schiess los!", Jasmina setzte sich neugierig auf die Liege.

„Also, ich hab da gestern einen tollen Typen kennen gelernt und der will mir das Schnorcheln beibringen am Nachmittag!"

„Cool, das ist doch super – aber das hört sich nach keiner Frage an?", Jasmina war amüsiert, weil Nadine sich gerade um eine Frage zu winden schien.

„Ja, also... pass auf... der hat einen Freund dabei und den will er nicht alleine lassen. Weil die haben sich geschworen, dass sie sich nicht wegen einer Frau alleine lassen oder irgend so was...", Jasmina zog immer noch amüsiert die Augenbraue hoch.

„So und um deine nichtgestellte Frage zu beantworten: Ich soll mich also um diesen Freund kümmern?"

Jasmina hätte sich wegwerfen können, weil Nadine auf eine unglaublich ulkige Art diese Frage umging.

„Ähm... ja so in der Art! Ich mein, wir beide kennen uns ja auch erst kaum. Ich hab ein schlechtes Gewissen, dich das zu fragen..." Nadine grinste fast schon überzeugend unschuldig. Jasmina war hin- und hergerissen.

„Also, auf irgend so einen komischen Kerl, um den ich mich kümmern soll, hab ich absolut keinen Bock. Aber – bevor du total enttäuscht bist, kann ich mir den Typen ja mal ankucken, wenn du willst!" Nadine sprang auf und drückte Jasmina. „Danke danke danke!"

Jasmina schnappte sich allerdings für's erste wieder ihre Luftmatratze und warf sich in den Pool.

Auf dem Rückweg von der Poolbar, in der Jasmina mit ihrer Tochter Burger verdrückt hatte, sah sie einen Typen bei Nadine auf der Liege sitzen. Ein kräftiger, sympathischer Kerl, der Jasmina freundlich grüßte, als Nadine sie zu sich rief.

„Hier Jasmina, das ist Frank!" Jasmina gab Frank brav die Hand und überlegte, ob das jetzt der gutaussehende *Schnorchellehrer* war oder der Kumpel. Und wie würde der Kumpel aussehen?

‚*Hoffentlich nicht so ein hässlicher Nerd, so ein komischer Kauz*', Jasmina hatte keine Lust sich um einen doofen Typen kümmern zu müssen.

„Ich werf mich wieder ins Wasser!", verabschiedete sich Jasmina knapp und sprang in den Pool. Rumsitzen und in der Sonne braten war nicht ihr Ding. Wenig später kam Nadine angeschwommen.

„Und? Wie findest du ihn?"

„Naja, mein Typ isses nicht, aber das ist ja Geschmackssache! Bin gespannt, wie der Kumpel aussieht, den ich Babysitten soll!" Jasmina war skeptisch und rollte die Augen.

„Na komm, wir schwimmen um die Poolbar rum, die Jungs sind auf der anderen Seite!", Nadine schwamm los. Jasmina paddelte auf ihrer Luftmatratze hinterher. Während die beiden näher an den Rand auf der anderen Seite kamen, musterte Jasmina bereits alle männlichen Badegäste dort, um schon früh genug den Kumpel mustern zu können. Doch sie sah diesen Frank nirgendwo. Die Freundinnen mussten aus dem Wasser, die Männer lagen wohl in zweiter Reihe.

Nadine war schneller am Rand und schneller bei den Männern. Jasmina hatte sie fast aus den Augen verloren, bis sie angekommen, sich von der Luftmatratze gerollt hatte und aus dem Wasser gestiegen war. Die Sonne blendete, Jasmina hatte die Sonnenbrille vergessen. Nur mit zusammengekniffenen Augen konnte sie Nadine ausmachen, die bei Frank auf der Liege saß und sich angeregt mit ihm unterhielt. Daneben sah Jasmina einen dünneren Kerl, der eine Basecap aufs Gesicht gelegt hatte. ‚*Die Katze im Sack'*, dachte Jasmina etwas genervt. Als sie näher kam, nahm Frank ein nasses Handtuch und klatschte es mit *Karacho* auf den Bauch des schlafenden Kumpels.

„David, aufwachen, hier is Frauenbesuch!"

Mit einem Stöhnen zog David seine Basecap vom Gesicht und Jasmina traf der Schlag. Solche blauen Augen in einem dazu so enorm interessanten Gesicht hatte sie nicht erwartet. Sie konnte sich nicht erinnern je solche blauen Augen gesehen zu haben. Außer im Fernsehen bei Terence Hill.

„Alter, hast du nen Knall?", schimpfte David.

„Ne, aber es hat so schön geknallt!", scherzte Frank und lachte sich über seinen eigenen Witz kaputt. Jasmina wäre am Liebsten im Boden versunken. Da stand sie – tropfend, ungeschminkt, Haare auf *halbacht* – und sah sich einem stahlblauäugigen Terence-Hill-Wunderknaben gegenüber, den sie Babysitten sollte – so wie sie aussah.

`*Kann ich die Zeit anhalten, in mein Zimmer springen, mich stylen und noch mal wiederkommen?*`, schickte sie als Stossgebet gen Himmel. Sie hatte das Gefühl die

Antwort des Universums als schallendes Gelächter zu hören.

„Jasmina, das ist David, David das ist Jasmina!"

David hatte sich aufgesetzt und musterte Jasmina kurz.

„Hi", sagte er ziemlich knapp und Jasmina fühlte, dass er wohl nicht begeistert war, sie zu sehen.

„Hi", stammelte sie mit dünnem unsicheren Stimmchen. Und dann unterhielten sich Nadine und Frank angeregt. Die beiden mochten sich, es hatte geknistert, das war nicht zu übersehen. Jasmina stand da, wie bestellt und nicht abgeholt. David spielte mit seiner Basecap rum, es war eine dämliche Situation.

Jasmina riss sich zusammen und machte einen auf cool: „Also, mir is hier zu warm – kommt ihr mit in den Pool? Mir brennen die Füße und der Kopf!", drehte sich rum und sprang wieder ins Nass. ‚Kühles Nass' konnte man nicht sagen, es war *pisswarm*. Dabei hätte sie gerade jetzt noch viel mehr eine Abkühlung gebraucht wegen David und dieser peinlichen Szene eben.

Während sie in die Mitte des Pools paddelte, holten sie Frank und Nadine gemeinsam auf der Neonluftmatratze ein. David war nicht dabei.

‚Ich hab' wohl nicht so den coolen Eindruck gemacht. Toll!' Das nagte etwas an Jasmins Selbstbewusstsein.

„Wo habt ihr Deinen Kumpel gelassen?", fragte sie neugierig. Sie wollte wenigstens wissen, warum er nicht mit gekommen war.

„Er muss erstmal ne Runde kacken!", prollte Frank und spritzte Jasmina eine Ladung Wasser über den Kopf. Nadine und Jasmina schimpften über diese vulgäre Ausdrucksweise.

„Danke, Frank, das wollte ich wissen!" Sie tauchte ab und ließ die beiden Turteltauben sich kennen lernen. Es war kaum zu übersehen, dass die beiden sich gerne näher kommen wollten.

Am späteren Nachmittag meldete sich Nadine dann bei Jasmina ab, sie würde jetzt mit Frank Schnorcheln gehen. Und Frank kam ebenfalls zu Jasmina:
„Du, David weiß Bescheid, dass du hier bist und ihr könnt euch ja gegenseitig um euch kümmern."
Jasmina lachte gekünstelt, ihre hämische Begeisterung war nicht zu überhören.
Als die beiden fast zwei Stunden später zurück kamen, war David nicht zu Jasmina in den Pool gekommen und hatte sich auch nicht in der Nähe blicken lassen. Frank erzählte später, dass David Kopfschmerzen bekommen hatte und einfach nur schlafen wollte.
„Kopfschmerzen vom Kacken!", frotzelte Frank. Ein netter, aber ziemlich vulgärer Freund, fand Jasmina. Sie konnte nicht verstehen, dass Nadine ihn anziehend fand, aber: *Wo die Liebe eben hinfällt.*

Am Abend begegnete Jasmina wieder Stefano in der Lobby. Dieses Mal setzten die beiden sich gleich zusammen auf ein Sofa und unterhielten sich. Stefano war ein interessanter Mann, aber auch kompliziert wie Jasmina es so im Gespräch heraushörte. Er war so stur in einigen Aussagen – kein Alkohol, kein Fleisch, kein dies, kein das, klare Regeln, klare Lebenslinie. Das schnürte Jasmina direkt die Luft ab. Sie war das krasse Gegenteil. Gerne Alk, gerne Fleisch, Regeln sind dazu da, um sie auszutesten, das Leben ist Chaos – klare Linien gab es da nicht. Er wurde fast komplett von ihrer *möglichen Partner*-Liste gestrichen. *‚Allerdings sieht er dennoch gut aus und ist irgendwie auch interessant. Wer gibt denn sofort auf, nur weil ein paar Einzelheiten nicht stimmten...'* Jasmina wollte ihn dann doch nicht ganz ad acta legen.

Stefano ließ sich dazu überreden einen Abstecher in die Animationsbar zu machen. Dort warteten schon Bay und Kim. Es gab eine Comedyshow und Bay hatte sich von ihrer Mutter gewünscht, dass sie die zusammen kucken könnten. Sonst war es Bay gar nicht so wichtig, unbedingt Zeit mit ihrer Mutter zu verbringen. Immerhin hatte sie mit Kim andere Jugendliche kennen gelernt und die Clique verbrachte mittlerweile den ganzen Tag und Abend zusammen. Aber heute war „*Mama, ich will dich dabei haben!*"-Abend. Stefano setzte sich neben Jasmina. Bay strahlte, als sie die beiden zusammen reinkommen sah und flüsterte Jasmina ins Ohr: „Ich freu mich so für dich, der Stefano ist toll. Das wäre doch ein Mann für dich!"

Jasmina war überrascht. Bay wollte ihre Mutter meistens nur für sich alleine haben. Dass sie von sich aus mal einen Mann in Jasminas Arme treiben wollte, das war neu. Jasmina lächelte, es war verrückt. Stefano sah sie heute Abend intensiver an, als sonst. Jasmina wusste nicht, ob sie nur seine Vibes spürte, oder ob es auch von ihrer Seite her knistern könnte.

Maggie trat an den Tisch. Wie immer viel zu spät. Denn auch Kim hatte ihre Mutter gebeten, den Abend mit ihr bei der Show zu verbringen. Die war schon seit über dreißig Minuten in vollem Gange. Maggie hatte wie immer schlechte Laune. Das verschlimmerte sich, als sie Stefano neben Jasmina sah und wie nah die beiden sich waren. Man sah ihr deutlich an, wie ihr alles aus dem Gesicht fiel. Jasmin konnte nicht hören was Maggie zu Kim sagte, aber auch Kims Laune sank mit jedem Mal, wenn ihre Mutter ihr irgendwas ins Ohr sagte. Unweigerlich wurde klar, dass Maggie ihr grünes Lästergift auf ihre Tochter verteilte.

Bay hatte dagegen eine Menge Spaß und die drei lachten wie verrückt. Nicht, weil die Comedyshow so gut, sondern weil sie *grottenschlecht* war. Irgendwann noch vor Ende der Show standen Maggie und Kim einfach auf, sagten schroff ‚*Gute Nacht*' und verschwanden.

„Hilfe, diese Frau strahlt ja vielleicht eine negative Art aus! Hat die jetzt ihrer Tochter befohlen, auch keinen Spaß zu haben?" Sogar Stefano war es aufgefallen, ohne dass Jasmina gelästert hatte. Bay erzählte kurz, dass Kim es nicht leicht hätte, weil ihre Mutter sie nicht nur ständig um sich haben wollte, sondern auch ständig alles mies machte.

„Mom hat die Maggie schon in *Maggiezilla* umgetauft!"

Die drei lachten sich schief darüber und Jasmina war heilfroh, dass sie sich von Maggie distanziert hatte, denn sie und Bay hatten enorm viel Spaß.

Bay verbrachte dann noch etwas Zeit in der Lobby, Jasmina ging mit Stefano in der Hotelanlage spazieren. Die beiden unterhielten sich ausgiebig und es lag gute Laune in der Luft. Sie schäkerten miteinander und sie flirteten. Dennoch lag eine Distanz zwischen ihnen, die Jasmina nicht hätte beschreiben können.

‚*Man kann eben nichts erzwingen, vielleicht sind wir beide einfach sehr vorsichtig.*' Jasmina machte sich wie immer viel zu viele Gedanken. Wenig später verabschiedete sich Stefano von Jasmina, er würde am nächsten Tag sehr früh zu einer Tauchtour aufbrechen. Er nahm Jasmina kurz in den Arm und hauchte ihr einen Kuss auf die Wange. Jasmina wurde verlegen, nicht weil er sie nervös machte, sondern im Gegenteil, weil sie Angst hatte er wolle sie küssen. Sie hätte ihn zurückweisen müssen, da sie dazu nicht bereit war. Doch er versuchte es gar nicht.

Nächster Morgen, die letzten zwei Tage brachen an. Jasmina war nicht traurig, weil sie übte im ‚Hier und Jetzt' zu leben. Das genießen, was jetzt war und ist, in diesem Moment und nicht das, was noch kommt. Dennoch dachte sie darüber nach, was sie gerne noch alles machen *wöllte**, bevor sie abreiste. Bay wollte nichts mehr unternehmen, also sollte auch nichts mehr fest geplant werden. Einfach nur noch Pool, essen, Pool, Liege, chillen. *Auch gut.* Arbeit und Alltag zu hause war immer stressig und voller Termine, der Urlaub war gut so wie er ist – ohne Terminstress, ohne feste Planung.

Wie auch die Tage davor weckte sie Bay nach ihrem Strandmorgen, ging zum Pool, traf direkt auf Nadine und die feierte um 10 Uhr schon das erste Radler.

„Was soll's", lachte Jasmina und Mohamad versorgte die Frauen von da an halbstündlich mit *Radler-Nachschub*.

Während die beiden auf den Luftmatratzen im Pool schipperten, erzählte Nadine, dass sie den Abend gerne mit Frank verbringen würde.

„Ich hab aber schon gemerkt, dass es zwischen dir und David nicht so gefunkt hat und ich kann ja jetzt nicht verlangen, dass du ihn noch einmal Babysittest."

Jasmina verzog das Gesicht. Sie verstand schon die indirekte Frage dahinter: „Na, ich komm doch gut alleine klar! Is ja dieser David, der sich zu fein ist, um seine Zeit mit mir zu verbringen. Muss ja echt abstoßend auf ihn wirken!"

„Ne, Jasmina, ich glaub dem geht's nicht so gut, der muss direkt nach dem Urlaub ins Krisengebiet, der is bei der Bundeswehr und mit seinen Gedanken ganz woanders."

Jasmina war baff. Das wäre eine Erklärung, warum David sich zu nichts begeistern ließ. Sie war erleichtert, dass es vielleicht gar nicht daran lag, dass sie ihm unsympathisch war. Ihr Selbstwertgefühl wuchs wieder etwas.

Frank gesellte sich Nachmittags zu den Frauen in den Pool und die drei warfen sich gegenseitig von den Luftmatratzen. Es war total witzig. Frank erzählte, dass David wieder nur schlafen wollte. Jasmina hatte mittlerweile mehr Verständnis dafür, dass er keinen Spaß haben konnte. Sie hätte ihn gerne freundschaftlich aufgemuntert, aber er war ja gerade auch nicht wirklich greifbar.

„Sagt mal Mädels, habt ihr nicht Lust, mit uns heute den letzten Abend zu verbringen? Ich hab gehört ihr habt ne Shisha gekauft, dann könnten wir doch ne Runde rauchen?", schlug Frank vor. Die Frauen lachten sich an, das hörte sich nach einem annehmbaren Plan an.

Bay war nach dem Essen wieder mit den anderen Jugendlichen unterwegs, sie fand es okay, dass Jasmina sich verabredet hatte.

„Mom, mach dir keine Sorgen, ich hab ja lauter Freunde gefunden. Oben ist wieder eine Animationsshow und da kuck ich mit Kim und den anderen zu."

Jasmina war beruhigt, dass Bay Spaß hatte und nicht allein sein würde. Sie hätte ihre Tochter nicht alleine gelassen. „Okay Maus, aber nach zwei Stunden kuck ich dann mal nach Dir."

Nadine und Jasmina trafen sich in der Lobby und gingen gemeinsam runter zur Strandbar, wo sie sich mit den Männern trafen. Frank zu sehen, war ja schon irgendwie zur Gewohnheit geworden. Nadine setzte sich zu ihm aufs Sofa. Links saß David - so abweisend, so unnahbar. Jasmina fühlte sich unwohl, setzte sich aber auf den einzigen freien Platz und der war neben David auf der Couch. Es war ein altes, sehr weiches Sofa, das in der Mitte ziemlich tief einsank. David und Jasmina versuchten beide krampfhaft auf ihrer Seite sitzen zu bleiben, was nicht so einfach war, denn immer wieder rutschten sie automatisch zur Mitte und somit näher zusammen. Jasmina hatte das Gefühl sie könnte sich verbrennen, wenn sie sich berühren würden oder David würde schreiend aufspringen, wenn sie zu nah käme. Es fühlte sich einfach seltsam an, in seiner Nähe - wie *nicht eingeladen.*

`Naja, ich könnte ja jederzeit gehen,' motivierte Jasmina sich selbst.

Meistens redeten Nadine und Frank, oder Frank und David miteinander. Jasmina fühlte sich wie das fünfte Rad am Wagen, wie sprachbehindert, weil sie sich neben David unwohl und blockiert fühlte. Er wies sie total ab.

Selbst freundlich sein konnte Jasmina nicht, denn er war irgendwie wie eiskalt. Lustig, aber kühl und distanziert.

`*Mein Gott, ich will dich nicht anfallen, ich bin nicht auf der Suche, du Idiot!*´, dachte Jasmina genervt. Langsam regte sie die Arroganz von David auf. Ihre Genervtheit machte sie mutiger, sie begann David mit lockeren Sprüchen zu provozieren, um ihn aus der Reserve zu locken.

Die vier suchten einen Platz, um Shisha zu rauchen, doch es blieb nur der Balkon der beiden Jungs, denn eine Eigene anzuzünden war überall verboten. Jasmina fühlte sich nach einiger Zeit nicht mehr ganz so unwohl und alles war cool. Es wurde sogar immer lustiger. Sie konnte David nicht in die Augen kucken, warum auch immer, aber ihr Umgang miteinander wurde lockerer. Nadine saß irgendwann auf dem Schoss von Frank und man konnte erahnen, dass die beiden gerne alleine wären.

„Oh mein Gott, ich hab Bay gesagt, dass ich nur zwei Stunden weg bleibe und dann wieder in der Lobby bin oder zu der Animationsshow komme, um nach ihr zu kucken!" Jasmina war aufgesprungen, sie hatte die Zeit vergessen. Sofort hatte sie ein schlechtes Gewissen Bay gegenüber. Die anderen drei wollten Jasmina nicht alleine gehen lassen, beschlossen deshalb zusammen auf die Show zu gehen und begleiteten sie.

Da die Männer am Ende der Hotelanlage wohnten, mussten die Vier eine Weile laufen. Nadine und Frank fielen immer weiter zurück, weil sie begonnen hatten rumzuknutschen. Jasmina kam aus dem Grinsen gar nicht mehr raus. Die Folge davon war, dass sie mit David zusammen laufen musste. Sie unterhielten sich sogar, was ungewöhnlich gut klappte. Jasmina war auch nicht mehr nervös neben ihm. Er fühlte sich an, wie ein netter Kumpel und nicht mehr so fremd. Die beiden schäkerten, die Unterhaltung drehte sich hauptsächlich um das verliebte Paar, das kaum hinterherkam vor lauter Knutscherei. Das Eis brach endlich und Jasmina fand David sogar ganz nett. Mittlerweile waren sie am Hoteleingang angekommen. Die zwei hatten gerade ein inniges, lustiges Gespräch, als sie gemeinsam in die Lobby traten. Dort erblickte Jasmina direkt den stechenden Blick von *Maggiezilla*, die verstört von David zu Jasmina, von Jasmina zu David kuckte. Jasmina spürte ein leichtes Triumphgefühl.

´*So ist das, wenn man Spaß hat und nicht alles umtrampelt, was einem entgegen kommt!*´, dachte Jasmina und beschloss, Maggie einfach weiter zu ignorieren.

Oben in der Animationsbar fanden sie Bay auf einem Sofa sitzen. Ganz alleine. Jasmina zerriss es fast das Herz und sie rannte direkt hin.

„Bay, es tut mir leid, warum bist du denn so alleine?"

„Ach Mama, ist doch total okay! Kim musste wieder mit ihrer Mama weg, weil die einfach nur total doof ist und ich bin froh, einfach mal alleine zu sein. Die Show ist toll – kennst mich doch, ich bin gerne alleine und ich wusste, dass du irgendwann kommst. Also alles gut!"

Jasmina drückte ihre Tochter und gab ihr einen Kuss auf die Schläfe. Bay drückte sie weg, lachend, aber bestimmt. Der Teenager hasste dieses Gekuschel, vor allem in der Öffentlichkeit.

„Können wir uns zu dir setzen oder willst du weiterhin alleine bleiben?", fragte Jasmina ihre Tochter.

„Hey, ich hab euch extra die Plätze am Sofa freigehalten, also setzt euch und seid still!"

Bay war ein Schatz, Jasmina strahlte. Frank und Jasmina besorgten Alkohol. Der Abend schien erst anzufangen, die Nacht war noch jung. Als die Show vorbei war, wollte Bay wieder in Ruhe in der Lobby im Internet surfen.

„Ich glaub die beiden wären gerne alleine," raunte David Jasmina ins Ohr und nickte in Richtung des Liebespaares.

„Ich hab´ da ´nen Billardtisch entdeckt, Bock auf ´en Spiel?"

„David, erwarte nicht zu viel, ich kann überhaupt kein Billard!", und das war nicht gelogen. Jasmina konnte Dart spielen, aber Billard hatte noch nie zu ihren Talenten gehört.

„Wir werden sehen, ich hab auch seit hundert Jahren nicht mehr gespielt."

Die beiden hatten tatsächlich Spaß. Sie schienen sich nun doch zu mögen - als Freunde. Sie machten Blödsinn, waren beide aufgetaut Jasmina fühlte sich wohl in seiner Nähe, sie hatte das Gefühl, dass sie ihn wirklich hatte aufmuntern können und dass es ihm besser ging. Es gefiel ihr, wenn er weniger Sorgen hätte und sie ihn ablenken konnte.

Das Spiel lief nicht so, wie man sich Billard vorstellte. Eine der Kugeln hatte das Paar vom Nachbartisch geklaut, als David und Jasmina auf den Billardtisch zuliefen. Außerdem war es kochend heiß, selbst nach Mitternacht. Im Gegensatz zu Deutschland, kühlte sich der Abend und auch die Nacht in Ägypten nicht ab. Es war kaum auszuhalten, doch das gemeinsame Jammern machte den beiden Spaß. Ihnen lief das Wasser wie Brühe das Gesicht und den Körper herunter. Sie hatten nasse Haare und klatschnasse Shirts, dazu rote Köpfe. Was aber auch vielleicht zusätzlich dem Wodka-Lemon zu verdanken war. Bis Mitternacht gab es *AllInclusive-Alk*, davon hatten sie mittlerweile einige intus.

Jasmina gewann beide Spiele. Das Eine, weil David eine falsche Kugel in ein Loch gestoßen hatte, das andere, weil Jasmina mehr Glück als Ahnung hatte. Es war Spaß pur. Vielleicht hatte David sie auch einfach gewinnen lassen.

Wegen der Hitze mussten sie letztendlich irgendwohin, wo es etwas kühler war, zumindest etwas mehr Wind gehen würde. Der Alkohol und diese unerträgliche Hitze waren zu viel. Auf dem Weg nach unten machten Nadine und Frank deutlich, dass sie gerne das Zimmer der Jungs für ein paar Stunden blockieren würden.

„Für ein paar Stunden????", rief David geschockt aus. „Seid ihr bekloppt? Könnt ihr nicht woanders hin?" Er meinte das nicht böse und auch nicht wirklich ernst. Um diese späte Zeit war es schwierig, denn es würde gleich nichts mehr zu trinken geben und es war auch nichts mehr los im Hotel.

„Lauft! Auf, hopp! Die Zeit läuft! Ich amüsier mich ne Runde mit David!", trieb Jasmina die beiden an und klatschte aufscheuchend in die Hände. David blickte verzweifelt, weil er müde aussah und wusste, dass er erstmal nicht ins Bett kann. Jasmina würde ihm eine Weile Gesellschaft leisten, außerdem kam noch Bay dazu.

„Mann, das Internet funktionierte nicht, kein bekanntes Gesicht mehr in der Lobby, müde bin ich auch noch nicht, also muss ich mich zu euch setzen."

Das veränderte die Gespräche zwischen David und Jasmina auf eine gewisse Art. David und Jasmina konnten nun ni cht mehr so schäkern und sich gegenseitig aufziehen, wie sie es vorher getan hatten. Die Stimmung war etwas verhängt. Was vorhin so schön geflossen war, war nun ein einziger Stau mit zähfließendem Verkehr. Erst als Bay nach einer Stunde beschloss nun doch schlafen zu gehen, wärmte sich die Gesprächslage wieder langsam auf und die Zwangsfreunde fantasierten, wo in dieser Anlage man denn überall ungestört Sex haben könnte – nicht um sich aufzuheizen, sondern um einen Platz für Nadine und Frank zu finden, damit sie das Zimmer für David zum Schlafen frei machen könnten.

Dass es allerdings nicht ausblieb, dass sich auch David und Jasmina heiße Gedanken machten, wurde schnell klar und sie versuchten das Thema auf unverfänglichere Dinge zu lenken. Jasmina war außerdem mittlerweile hundemüde, so dass sie beschloss ins Bett zu gehen. David wollte mal versuchen ans Zimmer zu klopfen, ob die beiden anderen fertig seien. Die zwei liefen los und David wollte einen anderen Weg nehmen, als Jasmina.

Das verstörte sie etwas. Hatte er Angst, dass sie ihn anfallen würde und die Müdigkeit nur vorgetäuscht wäre?

„Hey, bringst du mich nicht wenigstens zu meinem Zimmer? Kannst doch auch diesen Weg nehmen, dann muss ich wenigstens nicht alleine da lang durch die Dunkelheit laufen", bettelte Jasmina. David hatte nichts dagegen. Die Stimmung wurde etwas nervös. Jasmina war sich unsicher, was sie von David halten oder was sie für ihn fühlen sollte. `War da ein Knistern oder war da keins? Waren sie sich nah oder nicht?` Jasmina konnte sich nicht erinnern, je so unsicher gewesen zu sein, wie jetzt. Entweder man hatte Knistern oder nicht – aber dieses Zwischending hier, fand sie anstrengend.

„Ja dann, gute Nacht!", sagte Jasmina leise, als sie an ihrem Bungalow angekommen waren. Sofort trat David seinen weiteren Weg an, als würde er vor Jasmina weglaufen.

„Jo, gute Nacht!", flüsterte er und verschwand auf dem Weg hinter den Büschen.

Jasmina blieb stehen wie bestellt und nicht abgeholt. Sie lachte und schüttelte den Kopf.

´Mann, muss der mich unattraktiv und unanziehend finden.' Verwirrt ging sie schlafen.

Mit dem nächsten Morgen brach auch der letzte Tag des Urlaubs an. Heute Nacht würden sie wieder nach Hause fliegen, alle in verschiedene Richtungen. Bis zur letzten Minuten würden sie diesen einen ganzen Tag noch genießen. Wie immer ging Jasmina morgens an den Strand und später an den Pool. Sie sah aber dort keine Nadine, auch keinen David oder Frank. Sie war enttäuscht und wunderte sich, es war schon nach zehn Uhr und Nadine war sonst immer schon da.

Die Luftmatratze aufs Wasser geworfen und hineingesprungen. Von nichts und niemandem würde Jasmina sich heute stören oder den Tag vermiesen lassen.

Nach ein paar Minuten spürte sie, dass sich irgendwer an ihre Luftmatratze durchs Wasser heranpirschte, aber so schnell konnte sie dann doch nicht reagieren. Mit einem Platsch tauchte sie unter Wasser. Frank und Nadine hatten sie von der Matratze geschmissen und ihr die Unterlage auch noch geklaut. Eine Wasserschlacht begann. Überraschenderweise tauchte sogar ein gutgelaunter David auf, kurz drauf gefolgt von Bay. Die fünf amüsierten sich, klauten sich die Luftmatratzen, bespritzten sich mit Wasser. Jasmina konnte sich nicht erinnern, wann sie das letzte Mal so extrem viel Fun im Wasser gehabt hatte.

Erst nach fast einer Stunde zog sich Bay zurück, um sich mit Kim zu treffen und die vier Erwachsenen schwammen zur Erholung an den Rand des Pools. Nadine und Frank knutschten rum. Für David und Jasmina war das eine etwas peinliche Situation. Warum, konnten sie nicht sagen, aber einig waren sie sich.

„Mensch, habt ihr kein Zuhause?", störte David das Pärchen mit einem Schwall Wasser und Jasmina stimmte mit ein: „Genau, geht doch aufs Zimmer, das is ja langsam nicht mehr jugendfrei hier!"

Auf diese Idee waren die beiden wohl noch nicht gekommen, sie blickten sich an, lachten und verließen den Pool: „Gute Idee, danke! Das machen wir glatt!"

„Oh nein, Kopfkinoooo!", rief David und versank theatralisch unter Wasser. Er berichtete daraufhin, wie er in der Nacht noch fast eine Stunde lang spazieren gehen musste, weil die beiden noch nicht fertig gewesen waren, als er geklopft hatte.

Während Jasmina sich bäuchlings auf ihre Luftmatratze legte, blieb David in ihrer Nähe und die beiden unterhielten sich über das, was ihm bevor stand. Sie bekam ein Bild davon, was es für ihn bedeutete, dort ins Krisengebiet zu gehen. Die Ungewissheit was einen da erwartete. Er hatte zudem einen Sohn, den er vorher noch mal sehen wollte. Die letzten Tage vom Urlaubsende bis zum

Abflug an den Rand von Syrien wären noch sehr stressig. Bei all dem verfielen die beiden jedoch nicht ins Trübsal blasen, sondern schäkerten und lachten – immer mit einem Stück Distanz. Es fühlte sich gut an für Jasmina, was auch immer es war oder nicht.

Einige Stunden später kamen Frank und Nadine zurück. Mit einem breiten Grinsen in den Gesichtern.

„Wir haben das ganze Zimmer und beide Betten genutzt!", prollte Frank in seiner üblichen Art wieder.

Nach einem kurzen Blickaustausch zwischen Jasmina und David ließen sich beide gleichzeitig mit einem theatralischen: „Oh neiiiiin, ieeeehhhh!" ins Wasser sinken und spielten toter Mann.

Vor der Mittagspause trennten sich alle. Die Männer wollten packen, Jasmina mit Bay im *Supermarket* noch ein paar Andenken kaufen. Die Clique traf sich später wieder im Pool. Jasmina hatte sich eingeölt und es war noch nicht ganz eingezogen. Somit hatten sie alle einen heiden Spaß dabei, wie Jasmina vergeblich versuchte auf ihre Luftmatratze zu kommen. Immer und immer wieder kletterte sie auf der einen Seite hoch und rutschte auf der anderen wieder runter. Die vier machten daraus ein Spiel und versuchten sich auf den Matratzen zu drehen, Figuren zu machen oder darauf zu stehen, wie kleine Kinder. Sie hatten dafür nur zwei Matratzen, was zur Folge hatte, dass die Jungs den Frauen die Dinger ständig klauten. Frank und Nadine kamen sich dadurch immer wieder näher, doch wer sich das Schauspiel zwischen David und Jasmina näher angeschaut hätte, hätte sich köstlich amüsiert. Beide vermieden sich zu nahe zu kommen, als würde etwas explodieren, wenn sie sich berühren würden. Dennoch schafften sie es, um die Matratze zu kämpfen und sie sich gegenseitig wegzureißen. Irgendwann waren alle außer Atem, die Männer hatten die Matratzen erobert, die Frauen lehnten sich an den

Rand des Pools. So konnten sie sich wenigstens von Mohamad mit neuem Radler versorgen lassen.

Jasmina fand den Tag extrem witzig und schön. Sie wurde aus David nicht schlau, aber auch aus sich selber nicht. Sie fühlte sich nicht zu ihm hingezogen, da war irgendetwas, was sie zurück hielt. Und doch fand sie ihn interessant. Jasmina wischte diese Gedanken weg. Es war der letzte Tag, heute Nacht würden alle auseinander gehen und sich wahrscheinlich nie wieder sehen.

Das Packen vor dem Abendessen, zu dem sie sich alle vier und auch Bay verabredet hatten, war begleitet von Wehmut und ein bisschen Trauer. Jasmina freute sich auf ihre zweite Tochter, die zuhause lieber bei ihrem Freund geblieben war. Sei war alt genug, fast volljährig. Jasmina liebte dieses Land hier und die Hitze. Sie wünschte, sie könnte hier bleiben.

„Boah, ich bin so froh, wenn wir wieder zuhause sind. Ich kann die Hitze nicht mehr ertragen, ich will wieder mein Toastbrot und mein Bett, ich vermisse Nutella und Pizza und ganz wichtig: Ordentliches Internet und meinen PC!" Somit war klar, dass Bay die Pläne von Jasmina nicht teilte.

Alle würden die Zeit hier vermissen – nicht nur die neuen Freunde, sondern die Urlaubsstimmung allgemein. Nadine hatte eine weitere Woche gebucht, sie würde heute gar nicht abreisen. Für sie war die Laune zweigeteilt – noch eine weitere Woche cooles Urlaubsfeeling, aber gerade reisten die Menschen ab, die ihr in den letzten Tagen sehr viel Spaß bereitet hatten.

Jasmina hätte gerne David etwas näher beobachtet, aber er saß beim Essen neben ihr, statt gegenüber. So war das kaum möglich. Nach dem Essen hingen die Freunde noch etwas in der Lobby rum, bis die Busse zum Flughafen kamen. Alle wurden nach den Zielflughäfen sortiert, so dass die vier sich von Nadine verabschiedeten.

Am Flughafen war die Hölle los. Die Stromzufuhr des Flughafens fiel mehrfach aus, so dass die Computer nicht funktionierten. Mehrere Flugzeuge kamen bereits viel zu spät an. Es standen hunderte von Urlaubern vor dem Check-in in mehreren Reihen und warteten. Die Jungs waren in einem anderen Bus gefahren und Jasmina hatte sie am Flughafen nicht mehr entdecken können. Da sie alle Flugpapiere hatte, mussten Maggie und Kim hinter ihr und Bay herlaufen. Die vier taten freundlich und reserviert, als wären sie zufällige Bekanntschaften, als wäre nichts vorgefallen. Jasmina fand die Situation sehr anstrengend und überflüssig. Auch Bay und Kim wechselten kaum ein Wort.

Plötzlich tippte sie jemand an und Jasmina drehte sich um, Frank stand direkt vor ihr.

„Pinkelpause! Wir stehen da drüben. Kuck da steht noch David und bewacht unsere Koffer. Ätsch, euer Flug hat jetzt schon zwei Stunden Verspätung, unsere Maschine kommt pünktlich!", Frank wie er leibt und lebt.

Jasmina lachte über ihn, aber es ärgerte sie, dass es wirklich schon zwei Stunden waren, die sie später abfliegen würden. Frank lief zum Klo und Jasmina suchte im Getümmel nach David. Sie sah ihn von Weitem, aber er blickte nicht in ihre Richtung. Sie fragte sich, ob sie sich noch voneinander verabschieden würden oder ob sie gar nicht dazu kämen. Da drehte sich David in ihre Richtung und sie winkte ihm fröhlich zu. Er winkte fröhlich zurück. Die beiden kommunizierten mit spaßigen Handzeichen, wie heiß es wäre, dass sie nicht mehr stehen könnten, dass Frank pinkeln war... und Jasmina merkte, wie schade sie es fand, dass der Kerl so weit weg war und auch in Zukunft so weit weg sein würde. `*Rein Freundschaftlich,*` erinnerte sie sich selbst.

Sie sah, wie Frank zurück zu Davids Platz kam und die beiden sich unterhielten. David drehte sich nicht noch einmal zu Jasmina um. Sie konnte nicht mehr stehen und setzte sich auf den Flughafenboden, einige andere Passagiere taten es ihr nach. Hier würde noch lange nichts weiter gehen. Es sah nicht danach aus, als würde es bald vorwärtsgehen. Die Elektrik fiel ständig wieder aus und alles saßen im Dunkeln für ein paar Sekunden.

„Hah, da bist du ja – du kannst dich doch nicht einfach hinsetzen, wie soll dich denn da einer finden. Sei froh, dass ich Späher bin und Röntgenradaraugen habe."

Jasmina war angenehm überrascht, dass David doch den Weg zu ihr gesucht hatte. Er ließ sich neben ihr auf dem Boden nieder und kramte sein Handy raus.

„Lass uns Facebookfreunde werden!", meinte er wie ein kleiner Junge und Jasmina machte mit.

„Oh jaaaa, Facebookfreunde!", sie holte ebenfalls ihr Handy und die beiden addeten sich ganz stolz. David kam ihr näher, ohne dass sie das erwartet hätte. Er legte den Arm um ihre Schulter und setzte das Handy von oben zu einem Selfie an.

„Ich brauch doch ne Erinnerung an uns beide, wenn ich da unten im Einsatz bin!" Jasmina war viel zu baff, um auch nur annähernd hübsch zu kucken. David knipste zu schnell zwei-drei Bilder und steckte das Handy wieder weg.

„Schade, dass wir nicht mehr Zeit hatten, uns kennen zu lernen!" David blickte ihr tief in die Augen während sein Arm wieder zaghaft ihre Schultern losließ und er nervös oder schüchtern unsicher in der Gegend rumkuckte. Jasmina konnte es nicht einordnen und wusste nicht wie ihr geschieht. Sie konnte nicht klar denken, denn sie war verdutzt, dass David jetzt die Distanz aufhob, so ganz ohne Vorwarnung. Damit hatte sie nicht gerechnet, sie wusste nichts zu denken oder zu fühlen. Ihr Magen zog sich zusammen. *‚Hilfe, was passiert hier grad mit mir?'*

„Ja, das fällt dir echt früh ein!", witzelte Jasmina und boxte ihn gegen die Schulter. *‚Dieser Idiot,'* dachte sie, *‚jetzt ist es zu spät.'*

Beide standen zeitgleich vom Boden auf und stellten sich hin. Es war Zeit für den Abschied, denn die *Münchner Schlange** vor dem Check-In bewegte sich vorwärts. Frank wedelte mit den Armen und winkte David zu sich.

„Dann sag ich dann mal *Tschüss!*", sprach David und die beiden umarmten sich. Freundschaftlich, aber auch etwas länger. Nicht zu lang, so dass keine falsche Szene entstehen könnte. Nicht in den letzten Sekunden vor dem Abflug, vor einer Trennung die mehrere Monate dauern würde. Jasmina hatte einen Kloß im Hals und wusste nicht, ob sie vom Essen oder vor Traurigkeit hätte kotzen müssen.

„Tschüss David, guten Flug und meld dich!"

„Mach ich, verlass dich drauf!" Er zögerte noch einen Moment lang, als würde er ihr noch etwas sagen wollen. Er blickte noch einmal suchend nach Frank, der schon mit den Koffern wieder einige Schritte weiter nach vorne gewandert war und ungeduldig lamentierte. David blickte noch einmal zu Jasmina, drehte sich dann weg und rannte zu Frank in die Warteschlange.

Später hatten die Jungs Bay und ihrer Mutter noch einmal zugewunken, als sie durch den Zoll gingen. Der Check-In für die weiteren Flüge öffnete sich erst viel später. Endlich konnten auch Jasmina und alle anderen Urlauber die Koffer abgeben und ihre Flugscheine erhalten.

„Lustig, die haben mit der Hand unseren Flug und unsere Plätze auf weiße Kärtchen geschrieben!", amüsierte sich Bay. Jasmina war etwas mulmig zumute - Stromausfälle, Flüge zu spät, Karten mit der Hand gemalt. Sie hatte keine Angst, aber es war dennoch ein komisches flüchtiges Gefühl der Unsicherheit.

Durch den Zoll ging es wieder sehr langsam, die Araber nahmen das alles eher gelassen und wenn der Beamte Lust auf eine Zigarette hatte, legte er eine Pause ein und alle mussten warten, bis er fertig war. In dieser Reihe standen Jasmina und Bay. Typisch.

„Mama, kuck mal, da sind die Münchner!", rief Bay und winkte den Männern zu, die im Wartebereich vor dem Gate gesessen hatten und gerade aufstanden, weil ihr Flug aufgerufen wurde. Noch einmal trafen die Freunde ganz kurz aufeinander, aber da sie sich alle schon verabschiedet hatten, war es eher ein kurzes Vorbeigehen.

Bay und Jasmina suchten sich einen Sitzplatz und kauften ein völlig überteuertes und dafür viel zu kleines Stück Pizza - für 7 Euro. Jasmina regte sich über diesen Wucher tierisch auf. So dachte sie wenigstens nicht über David nach. Sie selbst steckte sich ein paar Kekse in den Mund. Für Bay war ihr nichts zu teuer, aber sie selbst war zu geizig, um sieben Euro für ein popeliges Stück Papp-Pizza auszugeben.

Bis sie endlich in ihrer Maschine saßen verging noch eine ganze Weile und auch dann ging es noch nicht gleich los. Ein Fluggast tauchte nicht auf und so musste sämtliches Gepäck wieder herausgeholt werden, bis sie dessen Gepäck gefunden hatten. Die Mädels waren hundemüde. Jasmina saß am Fenster, daneben Bay und dann Kim. Dadurch saß Maggie auf der anderen Seite der Maschine und Jasmina war glücklich über diesen Abstand. Sie blickte traurig aus dem Fenster. Sie liebte Ägypten und konnte kaum glauben, dass der Urlaub bereits wieder vorbei war.

Nach der Ankunft hatten sie den Anschlusszug verpasst, als sie endlich zu hause ankamen waren sie fast 27 Stunden wach und verschliefen den ganzen Sonntag. Jasmina musste am Montag wieder arbeiten. Was eine blöde Idee war, wie sie feststellte. Das würde sie auch nicht noch einmal machen, soweit hatte sie beim Buchen nicht gedacht.

Nach einem Urlaub wieder zuhause anzukommen war immer etwas blöd. Der Alltag schreckte einen ab, der Urlaub war doch so entspannend. Jasmina überlegte, ob sie David schreiben sollte. Allerdings wusste sie, dass er viel Stress wegen seinem Einsatz und vielleicht gar keinen Kopf für sie und Facebook hatte. Doch diese Rechnung hatte sie ohne David gemacht. Montagabend schickte er ihr die beiden Fotos, die er am Flughafen gemacht hatte. Sie waren grottenschlecht und verwackelt.

> Hey Jasmina, so ein Mist. Die Fotos sind Scheiße, hätte ich mir die doch nur noch mal angeschaut, hab nich richtig geklickt, das ist blöd. Jetzt hab ich keine schönen Fotos von uns. Hier ist übrigens meine Handynummer, vielleicht schreiben wir bei Whatsapp weiter?! Würde mich freuen, LG David

Ihr Lächeln breitete sich von einem Ohr zum Anderen aus. Er hatte recht, die Bilder waren wirklich Schrott und das war schade. Sofort speicherte sie seine Nummer und antwortete ihm bei Whatsapp.

> Hey, Du bist ja ein mieser Fotograf! Freu mich, wenn wir schreiben – guten Flug und alles Gute!

Mehr fiel Jasmina nicht ein. David meldete sich noch einmal einen Tag später, dass er echt im Stress und wegen dem Einsatz alles noch etwas schwierig wäre. Er würde sich melden, sobald er könne.
Jasmina schrieb nur:

> Ok, LG Jasmina

Sie konnte nicht sagen, dass sie sich verliebt hatte und doch war David ihr irgendwie ans Herz gewachsen. Sie machte sich keine Sorgen, aber Gedanken. Sie wusste,

dass er Mittwochs fliegen würde und schaute immer mal nach, ob er online wäre, doch vergeblich.
  Erst am Sonntag kam eine Nachricht von ihm. verwackelt.

> Hi Jasmina, hoffe Du hast mich noch nicht aufgegeben. ich hab erst ab nächsten Mittwoch Internet. Das is hier alles kompliziert und wir haben Ausgangssperre, sitzen hier also fest. LG David

> Hi David, ich warte auf Dich :D

  Jasmina war sich bewusst, wie schnulzig sich das anhörte. Aber sie wollte für ihn da sein, sie konnte sich kaum vorstellen, wie krass es da unten vielleicht sein mag.
  Der Mittwoch kam und er meldete sich. Dieses Mal machte Jasminas Herz einen Satz vor Freude.

> Endlich Internet. Ab heute kriegst Du jeden Tag einen Guten Morgen und eine Gute Nacht!

  Ihr Grinsen zog sich über beide Wangen, als sie ihm antwortete:
> Und wehe nicht ☺

Jeden Morgen und jeden Abend schickten sich die beiden Nachrichten. Freundschaftliche, lustige, aber auch Dinge über seinen Einsatz und wie es ihm ging. Jeden Morgen schrieb er ein *Guten Morgen* und sie antwortete. Mittags erzählte sie ihm ihren Tagesbericht. Abends schrieb sie ihm noch mehr. Jeden Abend schrieb er ihr einen Tagesbericht zurück und keiner ging ins Bett, ohne dass der andere *Gute Nacht* getippt hatte.

Für Jasmina war das nach zwei Wochen neben ihrem Alltag schon zur Gewohnheit geworden. In Gedanken war sie oft bei David, doch irgendwie war er auch so weit weg – sowohl vom Ort her, als auch vom Gefühl her. Ihr Leben ging weiter, David war wie ein Brieffreund.

Eines Abends schrieb sie ihm eine Nachricht, berichtete von ihrem Tag und als sie abgeschickt hatte sah sie, dass sie aus Versehen einen *KussSmilie* statt einem *GrinsSmilie* verschickt hatte.

> Siehste, jetzt kriegste schon Kuss-Smilies ☺

> Wurde ja auch Zeit. Hab jetzt lange genug drauf gewartet!

David fügte einen Grinse und einen KussSmilie hintendran.

Jasmina fand das sehr amüsant, doch in der Nacht merkte sie, dass sie nicht schlafen konnte. Wegen David. Er ging ihr die ganze Nacht im Kopf herum.

‚Ob er mir doch mehr bedeutete oder bedeuten konnte? Ob ich meine Gefühle wegen der Entfernung und der Dauer unterdrücke? Würde ich mich all das fragen, wenn da wirklich Gefühle mit im Spiel wären? Wahrscheinlich nicht.' Jasmina machte sich viel zu viele Gedanken.

‚Ich sollte das sein lassen. Ich bin für David da, damit es ihm gut geht und er jemanden hat, der an ihn denkt. Das ist alles!.'

Nach fast vier Wochen war der KussSmilie fester Bestandteil jeder Nachricht. Es hatte nicht nachgelassen. Beide hatten nicht nachgelassen. Keinen Tag. Es gab nicht nur morgens und Abends eine Nachricht, sondern auch manchmal zwischendurch, wenn er Mittagspause hatte. Sie erzählten sich immer, was so am Tag passierte, bei ihr war immer was los, bei ihm war manchmal nichts Besonderes. Bis die Lage dort wieder kritischer wurde.

Er meldete sich seltener und schrieb weniger. Jasmina nahm es hin. Sie machte sich keine Sorgen und versuchte positiv zu bleiben.

‚Es wird ihm schon gut gehen, er hatte sicher nur viel Stress.' Sie bemerkte, wie sehr sie sich schon an die Nachrichten gewöhnt hatte. An jedes *Guten Morgen* und an jedes *Gute Nacht*. Nach weiteren vier Wochen wäre eigentlich fast der Zeitpunkt gekommen, an dem David zurück gekommen wäre. Sie hatten sich oft darüber geschrieben, dass er sie bei seiner Rückkehr im Billard schlagen müsste, um seine Ehre wieder herzustellen. Frank hätte vorgeschlagen, dass sie direkt nach Davids Rückkehr ein Wellnesswochenende zu viert machen sollten. Jasmina hatte diesen Zeitpunkt der Rückkehr allerdings von Anfang an mit Ignoranz gestraft, denn sie wollte sich nicht auf irgendeinen Zeitpunkt festlegen, sie hatte kein ungutes Gefühl, aber eine Vorahnung.

Und so war es dann auch. David teilte ihr mit, dass er noch bis Dezember bleiben müsste. Das hieße, dass er noch weitere zwei Monate weg bliebe. Jasmina konnte damit umgehen. Es war ja wirklich nicht so, dass die beiden sich schon so nahe gekommen waren. Sie hatten sich nicht geküsst, keine Nacht miteinander verbracht, es war nicht mal klar, ob es zwischen den beiden überhaupt gefunkt hatte.

Und doch war sich Jasmina nicht sicher, ob sie sich nicht nur mit einer Mauer aus Angst schützte, ihre Gefühle zuzulassen. Irgendwas war zwischen ihr und David von Anfang an. Er hatte sich damals vielleicht aus Selbstschutz distanziert und sie distanzierte sich jetzt ebenfalls. Die beiden waren weit entfernt voneinander und doch, waren sie verbunden.

Jasmina betrachtete die Sache nüchtern.

`Schau´n wir mal, was draus wird und was noch kommt, erstmal muss er ja zurück kommen und dann sehen wir weiter`, beruhigte sie sich selbst.

Freitags feierten sie scherzhaft ihre zweimonatige „Whatsappbeziehung" und schickten sich Bilder und Glückwünsche hin- und her. Sie machten sich einen Spaß draus, dass so eine Art von Beziehung doch total unkompliziert wäre und sie müssten nur noch eine Lösung für den Sex finden. Beide fanden das extrem lustig und Jasmina war froh, dass schon zwei Monate hinter ihnen lagen. Es war schwierig etwas auf Dauer aufrecht zu erhalten, was nichts Halbes und nichts Ganzes war. Auf jemanden, der gar nicht wirklich real der Liebhaber ist, vielleicht mal wird oder auch nicht, zu warten ist seltsam. Jasmina und David vermieden es darüber zu schreiben, kein Wort fiel darüber. Das war vielleicht ein Fehler, aber vielleicht wollte auch keiner die Wahrheit schreiben. Auch wenn Jasmina manchmal den Sinn der Schreiberei hinterfragte, so fehlte David ihr jedes Mal, wenn er zu spät schrieb oder ein paar Stunden lang gar nichts kam. Sie war in keiner Beziehung und doch auch nicht wirklich Single. Sie war in einem Zwischenstadium, und das bereits zwei Monate lang.

‚Warum tu ich das überhaupt? Heute kam nicht mal ein Gute Nacht-Gruß…' Jasmina konnte nicht schlafen, es war bereits weit nach Mitternacht und sie machte sich wieder Gedanken.

‚Was, wenn etwas passiert ist? Was wenn die Lage schlimmer wurde? Was… wenn er dort mit einer Kollegin was angefangen hatte?'

Jasmina wälzte sich hin- und her. Sie war sich unsicher, was sie fühlte. Sie war sich allerdings sicher, dass ihr eins wichtig war: Dass es ihm gut ging und selbst wenn es mit einer Kollegin im Bett wäre. Den Gedanken schüttelte sie sofort wieder weg.

David hatte ihr Nachmittags noch Bilder von einem See geschickt, an dem seine Mannschaft heute den freien Tag genossen hatte. Doch seit dem war Funkstille. Das war noch nie vorgekommen in den über zwei Monaten. Noch nie. Und das sollte schon was heißen, bei über sechzig Tagen, bei über sechzig *„Guten Morgen"* und *„Gute Nacht"* – und das nonstop seit Wochen.

Sie schaute auf Ihr eigenes *„Gute Nacht"* an ihn, es hatte einen Haken – dh. es war weder an sein Handy ausgeliefert, noch gelesen worden. Das war der Vorteil von Whatsapp. Immerhin konnte man bei *zwei blauen Haken* und keiner Antwort je nach Stimmung zwischen zwei Möglichkeiten wählen:

‚*Aha, der andere hat grad kein Interesse zu Antworten*' oder ‚*Oh, der andere hat grad keine Zeit.*'

Jasmina schwankte innerlich zwischen Sorgen und Frust. Dennoch schlief sie irgendwann ein.

Als Jasmina´s Wecker am nächsten Morgen klingelte und sie auf ihr Handy blickte, sprang ihr Herz.

> Guten Morgen Sonnenschein! Komme kaum aus den Federn. Wir waren gestern den ganzen Tag unterwegs und abends auf Party bis spät in die Nacht. Wie soll ich bloß den heutigen Tag überleben :P

Sie war heilfroh, dass es ihm gut ging. So konnte der Tag wieder gut starten.

Mittlerweile war es Anfang November. Jasmina hatte sich daran gewöhnt, dass David da war, aber so wirklich wichtig war das alles nun auch nicht. Jemanden so wenig zu kennen, bevor er wochenlang verschwand, ist eben nichts Bedeutungsvolles. Jasmina begann immer weniger zu schreiben, irgendwie war es auch wie ein Schutz. Denn der Dezember rückte immer näher und damit auch die Begegnung, die bevor stand und es fühlte sich so unwirklich an.

„Ich mein', was sagst du dazu? Das ist verrückt. Ich häng zuhause ab, hab keine Dates, weil ich da nen Kerl in der Türkei sitzen habe, der nicht mal mein Freund ist?" Jasmina schüttete ihrer Freundin ihr Herz aus.
„Naja, vor allem weißt du ja gar nicht, ob du Gefühle hast und seien wir mal ehrlich: du weißt ja nicht mal, was ER will – darüber habt ihr doch nie geredet, oder?"
Jenny hatte Recht. Dieses Thema war noch nie aufgekommen. Jasmina nahm sich vor, durch die Blume bei David nachzufragen. Ein Kollege hatte nach einem Date gefragt, sie hatte noch nicht zugesagt, aber auch nicht abgelehnt. Manche Freunde sprachen immer davon, dass sie sie verkuppeln wollen. Scherzhaft konterte Jasmina dann immer damit, dass sie doch einen Whatsappfreund hätte und keinen anderen bräuchte.
Sie brauchte Klarheit. Nahm ihr Handy und schrieb David. Sie wollte die Klarheit nicht nur für sich, sondern vielleicht auch für David.

> Hey mein Whatsappfreund. Meine Freunde wollen mich ständig verkuppeln, schlimm is das. Obwohl ich ihnen immer sage, dass ich doch in einer Whatsappbeziehung bin. ☺

Um der Sache die Wichtigkeit zu entziehen, schrieb sie noch ein paar Dinge vom aktuellen Tag. Als David spät in der Nacht antwortete, war Jasmina sofort neugierig, was er schreiben würde.

> Hey Sonnenschein! Sag Deinen Freunden, dass dein Whatsappfreund eifersüchtig wird, sie sollen das gefälligst sein lassen!

Jasmina´s Herz hüpfte. Das gefiel ihr, aber das bedeutete ja noch nichts. Sie konnte nicht schlafen, wälzte sich hin und her, bis ihr einfiel, was sie schreiben könnte.

> Hey Soldat. Dafür müsste die Whatsappfreundin aber wissen, was der Whatsappfreund für Absichten hat. Nicht, dass sie hier wichtige Verkupplungsversuche und ihren Mann für´s Leben verpasst, weil sie auf ihn wartet ;) Gute Nacht :-*

> Guten Morgen Hübsche. Die Whatsappfrau kann machen was sie will. Über die Zukunft hab ich doch noch nicht nachgedacht. Ich bin ein Mann, was erwartest Du :P Klar sehen wir uns wieder, auf jeden Fall. Dir nen schönen Tag!

Als Jasmina diese Worte am nächsten Morgen las, hatte sie einen Kloß im Hals. Es passte ihr nicht. Der Satz ‚*Du kannst machen was du willst*' zeugte doch davon, dass sie ihm egal war. Sie klickte ihr Handy aus und fuhr zur Arbeit. Sie hatte keine Lust ihm zu antworten.

Jasmina fühlte sich nicht gut dabei. Was hatte sie denn erwartet. Erstens war er ein Mann, zweitens war er vielleicht ein Arschloch, drittens war sie für ihn halt einfach nur eine Briefwhatsappfreundin. *Thats it.*

Die schlechte Laune stand Jasmina den ganzen Tag ins Gesicht geschrieben. Als sie nachmittags die Muße hatte und sich die richtigen Worte vor aufkeimender Wut in ihrem Kopf geformt hatten, schrieb sie David zurück:

> Moin! Ich mach grundsätzlich was ich will. Brav war gestern! :P Ich wollte sichergehen, dass wir das geklärt haben, damit ich nieman-

dem weh tue. Und ich bin da nicht anders, auch wenn ich ne Frau bin – wer macht sich schon Gedanken über das was kommt!

Bevor sie noch weiter nachdachte, schickte sie die Nachricht ab und klickte ihr Handy wieder aus. Sie fuhr ins Fitnessstudio, bevor sie sich zuhause eine Tüte Chips reinschieben würde.
Als sie nach dem Studio auf ihr Handy blickte, hatte ihr Stefano geschrieben.
`Wow, den gibt's ja auch noch`, dachte sie überrascht. An Stefano, den spanischen Singlemann, den sie in Ägypten kennen gelernt hatte, hatte sie ja gar nicht mehr gedacht. Stefano wäre am nächsten Tag in der Stadt, ob sie sich mit ihm treffen und Essen gehen wollte.
Sie wollte.

David schrieb ihr am Abend wieder. Er ignorierte, was sie geschrieben hatte oder zumindest ging er nicht weiter drauf ein. Er erzählte, dass es gerade wieder kritisch wurde im Krisengebiet und dass er sehr viel Stress hatte. Jasmina kam immer mehr ins Grübeln. Sie war sich immer noch nicht sicher, ob es ihre eigene Schutzhaltung war, oder eben keine Gefühle.
`Seh ich´s doch einfach als Freundschaft, das war mal der Plan. Ich bin für ihn da, ohne Erwartung. Also alles gut!`
Mit diesem Gefühl konnte sie ihm wieder antworten, es hatte sich nur etwas verändert.
Sie schrieben sich keine Kusssmilies mehr.

Das Date mit Stefano war aufregend und lustig. Er war viel entspannter, als im Urlaub. Er kam nicht mehr mit so perfekten Regeln, sondern war locker. Jasmina fühlte sich auch hier nicht verliebt, aber sie würde sich Stefano etwas näher ankucken. Immerhin war er echt charmant, der Spaziergang in der Nacht durch die City war romantisch, er sah gut aus, hatte einen klasse Body und überhaupt. Er war einige weitere Dates wert.

Jasmina musste weniger Tage später schmunzeln. Mittlerweile liefen die Chats mit David sehr freundschaftlich und lustig, ohne Gedanken ob es was war oder nicht. Sie hatte sich mittlerweile das zweite Mal mit Stefano getroffen und auch ein Date mit ihrem Kollegen hinter sich. Gut, der Kollege war nett, aber viel zu soft für Jasmina. Außerdem hielt sie es schon immer nach dem Spruch: *„Never fuck in your company!"* – der Kollege war somit aussortiert.

Nicht aber Stefano. Beim dritten Date holte er sie mit dem Auto ab, statt sie erst in der Stadt zu treffen. Das hatte schon etwas sehr Romantisches und fühlte sich nach einem richtigem Date an. Bei Jasmina flatterten immer noch keine Schmetterlinge im Bauch, aber dennoch war ihr Stefano auch nicht einerlei.

Als er sie nach Hause brachte und ausstieg, um ihr die Tür vom Auto aufzuhalten - was absolut charmant war und gar nicht peinlich - drückten sie sich wie immer leicht zum Abschied. Dennoch war das Knistern kaum zu überhören und plötzlich drückte ihr Stefano einen leichten Kuss auf die Lippen. Jasmina genoss seine warmen, sanften Lippen, es fühlte sich gut an und sie küsste sanft zurück. Dennoch lösten sie sich direkt voneinander. Stefano schien das aus Anstand zu tun. Jasmina kam das gelegen, denn sie dachte an David und hatte das Gefühl ihn zu betrügen.

„*Verdammt*!", fluchte sie leise in den dunklen Hausflur, als sie die Haustür hinter sich geschlossen hatte und Stefanos Wagen weggefahren war.

„Verdammt, verdammt, verdammt!"

Jasmina konnte es nicht fassen, dass David nun gerade so präsent war, immerhin hatte sie mit ihm abgeschlossen. ‚*Was heißt abgeschlossen, es war ja nie etwas zwischen uns gelaufen,*' meckerte sie mit sich selbst.

Jasmina warf sich auf ihr Bett und starrte an die Decke, an welche bei der Dunkelheit die Straßenlaternen interessante Muster warfen. Sie atmete laut und frustriert aus und blickte auf ihr Handy.

Eine Nachricht von David wartete darauf, dass sie sie las. Prompt meldete sich Stefano und bedanke sich für den schönen Abend und den noch schöneren Abschied.

> Ich möchte das bald wiederholen ☺
> LG Stefano

Jasmina warf das Handy weit weg auf ihre Bettdecke, drehte sich zur Seite und versuchte zu schlafen.

Am nächsten Morgen konnte sie es gar nicht erwarten, David zu antworten. Sie hatte die halbe Nacht wach gelegen und nicht an Stefano, sondern an ihn gedacht. Sie las seinen Gute-Nacht-Gruss und seinen Tagesbericht. Er hatte am Schluss einen Herzsmilie eingefügt, es schien eine Ewigkeit her, dass er das getan hatte.

Sie schrieb David einen Guten-Morgen-Gruss und kommentierte seinen doch immer noch stressigen Einsatzplan und seine Aufgaben. Sie erzählte ihm vom letzten Tag, von einigen lustigen Dingen und ließ das Date mit Stefano wie immer in den Berichten aus. Kurz bevor sie die Nachricht abschickte, überlegte sie, einen Kusssmilie anzufügen, doch sie war hin- und hergerissen. Sie hatte ein schlechtes Gewissen wegen Stefano.

Jasmina liess den Smilie weg.

David schrieb ihr dann wieder öfter als sonst. Auffallend oft. Morgens, Mittags, Nachmittags und dann Abends früh und spät noch einmal.

Er hatte plötzlich großes Mitteilungsbedürfnis.

Mitte Dezember kam. David hatte sich mit seiner vielen Schreiberei wieder so sehr in den Vordergrund gerückt, dass für Stefano kaum Platz war. Der wurde etwas ungeduldig. Jasmina hielt ihn hin und mehr als dieser eine Kuss war bisher nicht drin gewesen. Sie wusste, dass es nicht fair war, aber sie konnte den einen nicht ignorieren und dem anderen nicht ehrlich freie Bahn lassen. David würde bald nach Hause kommen. Er hatte noch nicht gesagt, ob er sie besuchen würde oder wann sie sich sehen würden. Sie war verunsichert, wollte ihn aber nicht fragen. Immerhin war er monatelang nicht zuhause gewesen, hatte seinen Sohn nicht gesehen. Was würde man tun, wenn man so lange weg war – auf der Prioritätenliste stand bestimmt nicht: *„Virtuelle Brieffreundin in Echt besuchen!"* Jasmina würde warten müssen.

Die Weihnachtszeit kam, Jasmina hatte im Job viel zu tun und auch Stefano hatte kaum noch Zeit. Vielleicht hatte er es begriffen. Jasmina konnte es ihm nicht verübeln. Ändern konnte sie es aber gerade auch nicht. David schrieb ihr fast täglich. Nicht mehr so oft am Tag, da die letzten Tage in der Kaserne für alle extrem viel Arbeit anstand.

> Hey Sonnenschein. Du weißt, ich komme am 22.12. zurück. Aber ich hoffe nicht, dass Du erwartest, dass wir uns sehen. Ich war so lange nicht zuhause, meine Freunde und mein Sohn.. Ich muss die alle erstmal sehen...

Der Text war lang, die Rechtfertigungszeilen zu viel. Jasmina lag diese Nachricht wie ein Stein auf dem Herzen. Sie schrieb ihm zurück, dass sie ihn verstehen könnte und dass sie ihm alles Gute wünschen würde für die Rückreise. Sie war zutiefst enttäuscht.

Jasmina war so verletzt, dass sie jetzt Ablenkung brauchte, um nicht auszuflippen.

> Hey Stefano, tut mir leid, dass ich so wenig Zeit für Dich hatte. Lust auf ein Weihnachtsessen? Ich koche für Dich ☺

Jasmina fühlte sich mies, aber sie würde sich noch mieser fühlen jetzt ganz alleine bleiben zu müssen.
,*Und wenn schon, vielleicht hat ja auch Stefano die Nase voll, dann ruf ich meine Freunde an, ob die was unternehmen wollen'.* Jasmina war so traurig, aber auch wütend. Monatelang hatte sie nicht über diesen Moment nachgedacht, für alles Verständnis gehabt.
Nein, sie hatte sich Verständnis vorgegaukelt. David würde nicht kommen. ,*Wahrscheinlich wird er nie kommen.'* schrie es in ihrem Kopf.
„Immerhin war ich für ihn da, jeden Tag, über einhundert Tage, drei Monate, tausende Whatsappnachrichten...", schrie sie beim Autofahren gegen die laute Musik an. Man konnte den ganzen Frust in ihrer Stimme hören.

Stefano antwortete, dass er sehr gerne zum Essen kommt. Jasmina war innerlich wie hin- und hergerissen.
,*Was, wenn das ein Fehler war. Vielleicht müsste ich mehr Verständnis für David haben. Was, wenn David mich aber wirklich nur als Freundin, als Kumpel sieht?'*
Jasmina fiel Nadine ein. Von ihr hatte sie lange nichts mehr gehört. Sie schrieb die Freundin aus dem Urlaub an, wie es ihr geht und wie es mit Frank läuft. Sie brauchte nicht lange warten, da kam die Antwort, Nadine rief direkt bei Jasmina an.
Nadine war stinksauer auf Frank. Er hatte ihr nach einem gemeinsamen Wochenende den Laufpass gegeben.

Und dann platzte Nadine völlig wütend raus:

„Und ich wollt ja nix sagen, weil ich es Frank versprochen hatte, aber jetzt brauch ich dem ja nix mehr zu halten. Er hat mir gesagt, dass David dich nur besuchen will, um dich endlich flach zu legen, weil er es im Urlaub ja nicht geschafft hat und dann wird er dir sagen, dass ihr ja viel zu weit weg wohnen würdet und er keine Lust auf eine Fernbeziehung hätte. Das sind solche Schweine. Der Frank erzählt mir das, bevor das Wochenende mit mir um war und er mir so einen Honig um den Mund geschmiert hatte, der hat mich genauso benutzt! Also lass dir das ja nicht gefallen, pass bloß mit diesem David auf, der ist genau so ein Arschloch!"

‚Puh, das hat gesessen.' Ein weiteres Mal war Jasmina vor den Kopf geschlagen. Sie fühlte sich verletzt und betrogen, bevor es überhaupt dazu gekommen war. Das machte ihr die Entscheidung, Stefano näher zu kommen nur leichter. David sollte sich ja nicht wieder bei ihr melden.

Bay freute sich, dass ihre Mutter sich mit Stefano traf und sogar Dates hatte. Sie war immer noch der Überzeugung, dass er der richtige neue Mann für Jasmina wäre und versuchte ihre große Schwester in der Küche ins Boot zu holen:
„Mel, du wirst ihn mögen, er kommt heute zu Mom zum Essen. Sie kocht für ihn. du musst ihn unbedingt kennen lernen und Mom überzeugen, dass er der perfekte Mann ist!"
„Bay, mir tut jeder Mann leid, den Mom in ihre Finger bekommt!", erwiderte Mel, was Jasmina mit einem Boxen gegen die Schulter und einem lauten „Ey" kommentierte.

Stefano war später kaum zur Tür hereingetreten, da begrüßte ihn Bay und rief direkt ihre Schwester, um die beiden vorzustellen. Jasmina stand grinsend und kopfschüttelnd in der Tür. Sie hoffte, Stefano würde sie nicht mit einem Kuss begrüßen, das war ihr vor den Mädels unangenehm, da sie noch gar nicht wusste, ob es wirklich das war, was Jasmina wollte.

Jasmina´s Mädchen zogen sich nach der wilden Begrüßung zurück. Mel war nicht so von Stefano überzeugt, wie Bay. Hinter seinem Rücken zeigte sie mit dem Daumen nach unten und schüttelte den Kopf. Bay machte ein gespielt wütendes Gesicht als Antwort. Gut, dass Stefano davon nichts mitbekam. Die Familiensprache von Geschwistern und Eltern ist eine einzigartige Kunst.

Stefano und Jasmina kochten zusammen und lachten viel. Jasmina wünschte sich, sie könnte sich in Stefano verlieben. Sie fand ihn durchaus anziehend, auch echt Sexy, aber für mehr reichte es nicht.

‚Ob es nach einer Weile besser werden würde? Ob ich mich verliebe, wenn wir Sex haben?' Jasmina zerbrach sich fast den Kopf, wusste aber genau, dass das hier nicht mit dem Kopf zu meistern war.

Nach dem Essen entschieden sich Stefano und Jasmina einen Film anzuschauen und gemütlich aufs Sofa zu wechseln. Nach nicht mal der Hälfte des Films und einer Flasche Rotwein ließ Jasmina sich von ihm zu sich ziehen. Erst kuschelten Sie, dann küssten sie sich.

‚Er küsst gut, er fühlt sich gut an.' Jasmina war dabei sich zu überlegen, ob sie es riskieren sollte.

„Gehen wir in dein Schlafzimmer?", fragte Stefano, als sie immer inniger wurden. Abrupt wurde Jasmina klar, dass sie das nicht wollte. Dass sie ihn nicht nur nicht in ihrem Schlafzimmer wollte, sondern dass sie das Ganze hier gerade nicht wollte und auch nichts weiter in dieser Richtung.

‚Ich kann Stefano jetzt aber doch nicht so einfach vor den Kopf schlagen.' Jasmina fühlte sich überfordert.

Wie gerufen kam Bay die Treppe hinuntergepoltert und ging in die Küche. Stefano und Jasmina sprangen auseinander und rückten ihre Klamotten zurecht. Jasmina hatte nie Männerbesuch zu hause, zumindest schon sehr lange nicht mehr.

Bay rief aus der Küche: „Was kuckt ihr für nen Film?" und Stefano antwortete gleichzeitig mit Jasmina wie aus der Pistole geschossen: „World War Z"

Sofort blickte Bay um die Ecke. Skeptisch zog sie eine ihrer Augenbrauen hoch, das konnte sie wie kein anderer Mensch.

„Echt jetzt? ´nen Horrorfilm? An einem romantischen Abend?"

Jasmina zuckte mit den Schultern.

„Warum? Kennst mich doch, steh auf so nen Scheiss!"

Die heiße Romantikstimmung war wie verflogen, Jasmina stand auf: „Stefano, magst du noch was trinken? Wasser?", was für Kenner so etwas hieß wie: „Willst du dann langsam Wasser, damit du gleich fahren kannst?"

„Ne du, ich muss dann auch langsam mal nach Hause. Ist ja doch ziemlich eisig draußen und durch den Wald bei Glätte ist nicht so lustig nachts."

Jasmina fühlte sich mies, war aber sowohl Bay für ihre rücksichtslose Art, als auch Stefano für sein Heimweh dankbar.

Ein kühler Abschied folgte. Sie hatten sich geküsst, aber es war ein distanzierter, seltsamer Kuss, als wäre es auch der Letzte.

„Ja, Tschö dann!", meinte Stefano zum Abschied. Das klang wohl wirklich eher wie ein beschissener Abend.

„Jo, mach´s gut und komm gut nach Hause!", antwortete Jasmina ebenfalls kumpelhaft.

Gut, dann wär das ja geklärt!, dachte Jasmina und knallte die Haustüre zu, bevor sie sich noch ein Glas Rotwein nachkippte und aufs Sofa warf, um nachzudenken.

Es war einen Tag vor Weihnachten. David hatte am Vortag geschrieben, dass er nun in München gelandet sei und sich auf sein eigenes Bett freuen würde. Jasmina lächelte. Das konnte sie gut verstehen. Sie war heute nicht mehr so frustriert, denn sie hatte wirklich begriffen, dass David ihr bisher ja nichts böses getan hatte und dass es nur ihre Erwartungen waren, die sie so verletzt hatten. Nunja, das was Nadine da erzählt hatte, war hart. Aber Jasmina musste David ja nicht treffen und auch nicht ranlassen. Dazu war sie sich zu gut und ausprobieren wollte sie das ganz bestimmt nicht.

Jasmina sprang noch für die letzten Sachen in den Supermarkt. Weihnachten lag so blöd, dass man für vier Tage einkaufen musste. Salat und frische Lebensmittel konnte man halt nur so knapp einkaufen. Sie schnappte sich einen Wagen, lud Tomaten und eine Salatgurke ein, gefolgt von Bananen und Avocados. Die Preise waren angezogen worden.
 ,*Typisch, Weihnachten kann man zuschlagen. Haben alle Weihnachtsgeld bekommen – ja ne is klar.*'
 Aber eben nicht alle, so wie Jasmina. Dennoch ging es ihr finanziell gut, sie konnte sich nicht beklagen. Sie bog mit dem Wagen schwungvoll um die Ecke und warf im Flug ein paar Strohhalme zum Einkauf, um dann wieder um die nächste Ecke zu biegen.
 ,*Dass die Leute immer mit ihren Wagen so vehement vor den Regalen stehen, wenn sie etwas suchen und damit die ganze Palette blockieren,*' Jasmina regte sich darüber immer tierisch auf. Manche Menschen waren so ignorant, dass sie es nicht mal interessierte, wenn man daneben stand und etwas suchte, was sich genau vor deren Wagen oder Person selbst befand. Und wenn man dann freundlich blieb und sagte: „Entschuldigung, darf ich vielleicht da mal an die Mandelmilch?" schauen die einen an, als hätte man gefragt, ob man den Geldbeutel klauen darf.

Verrückt. Man lässt den Wagen doch am Gangeingang stehen, wie Jasmina auch – rücksichtsvoll eben.

Jasmina landete vor der Käsekühltheke und suchte wie immer nach bestimmten Käsesorten, die immer woanders zu liegen schienen. Fast die Nase an die Tür gedrückt fand sie einfach diesen Käse nicht, als sie bemerkte, dass ihr jemand ihren eigenen Wagen gegen ihren Po drückte. Jasmina reagierte erst nicht, denn in dem Gewühl, es war ja echt viel los, kann das ja schon mal passieren. Als es dann aber zum zweiten Mal etwas deutlicher drückte und gar nicht mehr aufhörte, drehte sie sich extrem genervt um und holte tief Luft um dem *Drücker* deutlich zu erklären, dass er ihr zu nahe trat.

Jasmina ihr fiel alles aus dem Gesicht. Vor ihr stand ein Geist, ein Mensch, ein Mann, der da nicht stehen konnte und da nicht hingehörte. Er sah so fremd und doch so vertraut aus. Jasminas Kinnlade schloss sich gar nicht wieder, sie verfiel in eine Schockstarre und traute ihren Augen nicht.

„Hey Sonnenschein, warum kuckst du so böse?" David grinste ihr frech ins Gesicht. Jasmina konnte es immer noch nicht fassen und stammelte vor sich hin.

„Wie... was... warum...", sie konnte immer noch nicht ausreichend reagieren.

„Bekomm ich keine Umarmung nach so langer Zeit? Ich mein, ich steh hier mitten in der Fremde, bin sechshundert Kilometer her geflogen, wollte dir Blumen mitbringen, aber in diesem verfickten Ort gibt es nirgendwo einen Blumenladen und da bin ich hier rein, um wenigstens Pralinen oder nen Schokoladenweihnachtsmann mitbringen zu können...", David rasselte seine Worte so herunter, dass Jasmina endlich aus ihrer Starre erwachte und David freudestrahlend in die Arme fiel. Die beiden drückten sich fest und schienen sich nicht mehr loslassen zu wollen.

Erst eine alte extrem unfreundliche Frau unterbrach die beiden barsch und beschwerte sich, dass die beiden die Käsetür blockieren würden. Dieselbe alte Frau, die die Mandelmilch böswillig blockiert hatte. Doch die Furie konnte die beiden nicht ärgern. Sie gingen einen Schritt auseinander, Jasmina wurde richtig nervös, aber auch David schien etwas unsicher.

„Oh Mann, was machst du hier? Blumen holen? Pralinen? Ich dachte du wärst in München und dachte nicht, dass wir uns sehen und jetzt... bist du hier und ich weiß gar nicht was ich sagen soll... außer, dass ich total scheiße aussehe, weil ich nen stressigen Tag im Büro hatte und... muss noch ein paar Sachen für Weihnachten einkaufen und... " Jasminas Worte sprudelten aus ihr heraus und David lachte.

„Komm Sonnenschein, dann kaufen wir ein paar Sachen fertig ein und gehen was Trinken? Du siehst nicht scheiße aus, höchstens geschockt!" David war eindeutig der Coolere von beiden.

Jasmina konnte kaum klar denken, sie freute sich riesig, auch wenn sie die Überraschung gar nicht verstehen konnte. David schien absichtlich verschlossen zu bleiben und lenkte immer wieder auf die Sachen auf ihrem Einkaufzettel.

„Ähm, aber ich muss die Sachen ja jetzt erstmal nach Hause bringen, hab Gefrorenes... aber, du kannst ja mit zu mir kommen!" Jasmina lachte über ihre Blockiertheit.

David fuhr ihr hinterher zu ihrer Wohnung. Sie schaute sich im Rückspiegel an. Die Schminke war verschmiert, ihre Haare zerzaust, das erste Wiedersehen hatte sie sich anders vorgestellt. Kurz dachte sie an das, wovor Nadine sie gewarnt hatte: Eine Nacht und dann Tschüss. Jedoch die Freude David zu sehen, war gerade größer und sie würde ihn im richtigen Moment einfach drauf ansprechen und ihn zur Rede stellen.

David klärte Jasmina auf, dass er sie belogen hatte, um sie zu überraschen. Er hatte ihr erzählt, dass er am 22.12 erst wieder kommen würde, dabei war er bereits einige Tage vorher schon zuhause gelandet. Er wollte, dass sie denkt, er wäre in München. Sie sollte nicht ahnen, dass er extra geplant hatte, sie ganz sicher an Weihnachten zu besuchen.

Die beiden luden die Einkäufe aus und David erzählte ihr seine Geschichte. Er hatte sich für die nächsten Tage in der Kaserne in der Nähe eingenistet, um Jasmina sehen zu können.

„Ich weiß, es ist Weihnachten und wenn du keine Zeit hast, mit der Familie was machst, ist das alles kein Problem. Ich hatte keine Lust mit allen in München zu feiern, ich wollte einfach erstmal ankommen und dich sehen. Möchte, dass wir uns richtig kennen lernen und wenn du nicht willst, flieg ich wieder weg und komm später im neuen Jahr oder gar nicht, wenn du das auch nicht willst."

David grinste erneut und blickte sie fragend und gespielt hilflos ängstlich an. Jasmina stellte sich provozierend vor ihn und runzelte gespielt die Stirn, als würde sie angestrengt überlegen, ob sie das wollte oder nicht.

Jasmina konnte nicht vermeiden, dass ihr wieder Nadines Worte in den Kopf schossen. *‚Er ist ein Arschloch, will dich nur flach legen...'*

Sie wandte sich unsicher ab, räumte die Kaffeepads weg und lächelte nicht mehr. Sie wusste gar nicht, was sie ihm sagen sollte und zweifelte auch an den Worten von Nadine, da er doch nicht diesen Aufwand auf sich nahm, nur um sie eine Nacht oder über Weihnachten flach zu legen?!

„Hey, was ist los?", fragte David direkt und drehte sie an ihrem Arm wieder zu sich. „Ist irgendwas? Hast du nen Freund? Du hast einen Kerl... ich hätte es mir denken können." David sah ziemlich enttäuscht aus.

„Nein, nein!", protestierte Jasmina direkt. Man sah ihm an, dass ihm ein Stein vom Herzen fiel, er blieb dennoch skeptisch. „David, Nadine hat mir da was erzählt und ich weiß nicht, was ich denken soll..."

Jasmina schüttete ihm ihr Herz aus und David wurde innerhalb weniger Sekunden stinksauer. Jasmina dachte zu erst, er wäre sauer auf sie und würde sie anfahren, dass sie so was überhaupt denken würde. Doch er beruhigte sich ihr gegenüber schnell wieder.

„Süsse, das hab ich nie gesagt und das hab ich auch nicht vor! Ich hab mir das jetzt monatelang überlegt und ich mein, ich rede wirklich von über hundert Tagen, über drei Monaten und über tausend Whatsappnachrichten. Ich wollte mit dir in Ägypten nichts anfangen, weil ich zu große Angst hatte enttäuscht zu werden. Mich zu verlieben und dann sieht man sich so lange nicht. Ich bin ja so schon vor Eifersucht fast kaputt gegangen."

Jasmina unterbrach ihn: „Aber als ich nachgeharkt habe, meintest du doch, dass ich machen könne was ich will und dass du noch gar nicht über die Zukunft..."

„Hey", er wurde sanfter und zog Jasmina zu sich heran, um ihr in die Augen zu blicken, „ich bin ein Mann. Wir Männer sagen manchmal Dinge, um besonders cool zu sein. Ich bin ausgerastet innerlich. Aber soll ich dir sagen: Hey, warte auf mich jetzt mal über drei Monate und danach sehen wir uns und da ist vielleicht garnix oder ich denke du bist treu und ich komm wieder und dann BAMM ist da doch ein Anderer..."

David fehlten die Worte, Jasmina senkte den Blick, ihr Herz schlug viel zu schnell und ihre Gedanken rasten durch ihren Kopf. Die Schmetterlinge, die sich bei Stefano auch nach mehreren Dates nicht eingestellt hatten, begannen sich gerade ihren Weg zu David zu bahnen. Jasmina hatte Angst. Aber das hatte David vielleicht auch. Sie konnte nicht immer jedem misstrauen und aus Angst vor Verletzung jeden Kerl in den Wind schießen.

David stand einfach nur da und blickte auf sie hinunter. Jasmina hob ihren Blick wieder und schaute in diese strahlendblauen Terence-Hill-Augen. Sie schüttelte mit dem Kopf, sie konnte nichts mehr sagen, bis ihr doch etwas einfiel.

„Küss mich Weihnachtsmann!"

Doch David grinste nur breit und blieb in sicherer Entfernung. „Ach, ist das ein Aufstieg oder ein Abstieg, vom Whatsappmann zum Weihnachtsmann?"

Jasmina sagte nichts mehr, blickte ihn provozierend an. David fackelte nicht mehr länger, griff nach ihrer Hand und zog sie zu sich, um sie liebevoll zu küssen.

Dedicated to Patrick mit den TerenceHill-Augen ☺

Kapitel IX

An Irish Love Story

Erika und ihre Schwester Lisa waren aufgeregt, als sie Irland endlich erreichten. Die Eltern hatten ihnen eine Irlandreise zum bestandenen Abitur geschenkt. Erika war mit dem Abi schon seit zwei Jahren durch. Es war allerdings schon immer klar, dass sie mit ihrer kleinen Schwester zusammen fahren wollte und so wartete sie, bis auch Lisa das Abi in der Tasche hatte. Ihr Dad hatte ihnen den alten Renault für die Reise geliehen.

Ein roter Punkt in der grünen Gegend von Irland.

Die Mädchen wollten zwei Wochen quer durch das Land und dann entlang der Küste fahren, bis sie Galway erreichten. Dort hatten ihre Eltern Freunde, bei denen die Schwestern einen ganzen Monat bleiben konnten. Galway war bekannt für seine Musikszene, seine Pubs und coolen Leute. Erika war in den Ferien mit ihrem Vater schon zweimal hier gewesen. Seine Familie stammte ursprünglich aus Irland, deswegen hatten sie auch alle seine roten Haare und die gute Laune geerbt. Ihre Mutter mochte die lange Fahrt nicht und war mit Lisa immer zuhause geblieben.
„Oh ich will hier nie wieder weg! Ich kann verstehen, dass du hier studieren möchtest, Erika. Auch wenn wir erst seit ein paar Stunden hier sind, ist es wie nach Hau-

se zu kommen." Lisa hatte das Autofenster heruntergekurbelt und ließ sich den Fahrtwind ins Gesicht wehen.

Nach zehn Tagen hatten sie Galway erreicht. Lisa hatte sich erkältet und so hohes Fieber, dass Erika sie lieber in einem trockenen Bett sehen wollte. Gerald und Sonja, die Freunde ihrer Eltern und ihre Tochter Magrit, freuten sich riesig, dass die Mädchen für eine Weile bei Ihnen leben werden. Magrit war im selben Alter wie Erika und entführte diese direkt am ersten Abend zu einem Musikfestival in die Stadt.

Es war Ende der siebziger. Die Menschen waren bunt und lässig, die Bärte und Haare der Männer waren so lang, wie die Hosenbeine weit. Erika und Magrit waren Anfang zwanzig, das Leben rief nach Abenteuer.

Auf der Bühne waren viele unbekannte und junge Künstler zu hören. Rock, Irish Folk, die Musik der Beatles und RollingStones regierten die Nacht. Die Mädels tanzten ausgelassen, als der nächste Künstler die Bühne betrat und Magrit Erika ein Zeichen gab, auf die Bühne zu blicken.

„Erika, der is sooo süüüß, der Sänger da!" Magrit zerrte die Freundin direkt an die Bühne, um auf sich aufmerksam machen zu können. Magrit gab sich alle Mühe, dass der Gitarrist und Sänger sie sehen konnte und erhoffte sich, sein neuer Groupie zu werden. Erika war schüchterner. Sie hatte noch nicht so viel Erfahrung mit Jungs und dieser Typ war mit Sicherheit ein paar Jahre jünger als sie. Der Sänger blickte tatsächlich sehr oft zu ihnen herunter und lächelte.

„Oh ich bin so aufgeregt, wir müssen ihn nach seinem Auftritt abfangen. Ich muss mit ihm reden. Ich muss ihn kennen lernen!" Magrit war hin und weg. Erika seufzte. Sie kannte Magrit, wenn sie sich etwas in den Kopf gesetzt hatte, konnte sie niemand davon abhalten. So liess Erika sich wie schon erwartet zum Star des Abends mitziehen. Magrit steuerte auf ihn zu und warf sich ihm fast an den Hals. Erika nickte ihm zwar kurz zu, wollte die beiden aber nicht stören und schaute sich im Club um.

„Hi, ich bin Dan. Du siehst gelangweilt aus?!" Eine warme Stimme hatte sie von hinten angesprochen und der Kerl dazu stellte sich direkt neben sie. Es war der Sänger, den Magrit so heiß fand. Suchend blickte sie sich nach Magrit um, bevor sie ihm antwortete. Er kam ihr jedoch zuvor. „Sie ist auf die Toilette gegangen. Sie war ein bisschen nervig, ist sie immer so?" Dan lachte sie an. Erika lachte ebenfalls und schüttelte mit dem Kopf.

„Naja, nicht bei mir, aber sie hat wohl einen Narren an dir gefressen." Erika hoffte, ihr Englisch würde sie hier vor Nervosität nicht im Stich lassen.

„So, hat sie das!" Dan grinste. „Da hat sie Pech, denn ich bin vergeben."

Erika lachte: „Na dann hat sie wohl Pech!"

Dan blickte sie verschmitzt an. „Ja, hat sie, denn ich steh auf ihre Freundin!"

Erika begriff nicht, was dieser Dan da erzählte. Sie hätte nicht sagen können, ob sie sein Englisch nicht verstand oder den Sinn nicht kapiert hatte. Er war vergeben, stand aber auf Magrits Freundin? Sie musste wohl ziemlich ratlos daher geschaut haben, denn Dan lachte wieder und schüttelte mit dem Kopf.

„Sorry, dass ich so direkt bin. Wie heißt du eigentlich?"

„Erika, ich heiße Erika. Sorry, manchmal verstehe ich den irischen Humor nicht so ganz," sie lachte zurück.

Magrit war erst nach einer ganzen Weile wieder zurück gekommen. Sie würdigte Dan keines Blickes. Wahrscheinlich, weil er sie abserviert hatte.

„Erika, du wirst es nicht glauben, ich habe eben den tollsten Mann getroffen. Ich werde mich jetzt draußen mit ihm treffen und etwas spazieren gehen, wenn du weißt, was ich meine!" Erika konnte sich denken, was Magrit meinte. Bevor sie protestieren konnte, war Magrit auch schon weg. Dan beobachtete sie.

„Meine Freundin... ist in allen Dingen etwas lockerer als ich," sie zog entschuldigend die Schultern hoch.

„Du bist mir lieber, Erika, dich mag ich so wie du bist!"

Dan hatte später darauf bestanden Erika nach Hause zu bringen. Sie mochte ihn und er machte nicht den Anschein, dass er sie überfallen würde. An der Tür zu Geralds Haus gab er ihr einen sanften Kuss auf die Wange und verabschiedete sich.

‚Für seine achtzehn benimmt er sich sehr erwachsen!' stellte sie fest.

Die nächsten Tage waren erfüllt von Sightseeingtouren. Am Abend besuchten die Mädchen einen Club nach dem Anderen. Lisa war nach zwei Tagen wieder kerngesund. Erika war froh, dass ihre Schwester dabei war, denn Magrit war mit nicht zu bremsen und verschwand ständig irgendwo mit irgendwem, so dass Erika alleine stehen blieb.

„Es sind die wilden siebziger, Schwesterchen, lass sie doch!", versuchte Lisa sie zu besänftigen.

Donnerstags landeten sie in der Crane Bar – dem angesagtesten Club in ganz Galway. Erneut traten einige Bands an diesem Abend auf und Erika freute sich sehr, als sie Dan am Rand der Bühne wieder sah. Die letzten Tage hatte sie sich geärgert, dass er sie nicht nach ihrer Nummer gefragt hatte, sie hätte ihn gerne wieder gesehen. Sie traute sich nicht, zu ihm zu gehen, hoffte aber, dass er sie ebenfalls sehen und zu ihr kommen würde.

Während seinem Auftritt zeigte Erika ihrer Schwester den Musiker, von dem sie ihr erzählt hatte.

„Erika, der sieht süß aus. Wäre der nichts für dich? Ich finde der passt voll gut zu dir!"

„Lisa, er ist so alt wie du und viel zu jung für mich!"

„Du siehst immer alles viel zu eng. Komm, wir drängeln uns an die Bühne, damit er dich sieht."

Immer schien Erika ihren Begleiterinnen wie ausgeliefert, die sie überall hinzerrten. Sie war schüchtern, sie wusste gar nicht, wie sie es anfangen sollte. Und dann war er doch erst 18 Jahre alt. Sie schlängelten sich durch die Masse zur Bühne und kaum waren sie angekommen, erblickte Dan Erika und winkte ihr mitten im Song zu. Er sang weiter, hörte aber kurz auf zu spielen, weil er seine Hand nahm und auf sein Herz legte. Er sang gerade *Thank you Girl* von den Beatles, als wäre es nur für sie.

„Oh Erika, ist das süß. Der Typ ist toll und er mag dich! Oh wie romantisch, das war nur für dich!"

Erikas Herz schlug ihr bis zum Hals, ihr wurde schwindelig, sie hatte so etwas noch nie gefühlt. Sie wusste in diesem Moment, dass sie sich gerade in diesen Jungen verliebt hatte.

„Erika, jetzt warte doch!" Dan versuchte sie an ihrem Arm festzuhalten und daran zu hindern, aus der Tür zu gehen.

„Nein, Dan, es ist zuviel und ich will das nicht mehr, ich kann das nicht mehr!" Erika war verzweifelt, ihre Tränen liefen bereits ihren Hals hinunter und sie fühlte sich, als würde ihr Herz in tausend Stücke reißen.

„Erika... bitte..." Dan blickte sie ebenfalls tränenüberströmt an. Doch er wusste, dass das das Ende war.

Vier Jahre waren Erika und Dan nun ein Paar. Sie hatte Irland nicht wieder verlassen, damals, als die beiden sich verliebt hatten. Klar hatte sie ihre Eltern besucht, aber die Liebe zu Dan war so stark und so groß, dass sie sofort beschloss in Irland zu bleiben und fand auch flott einen Studienplatz. Ihre Schwester Lisa war ein Jahr später ebenfalls nach Galway gezogen, da sie sich beim Besuch bei Erika und Dan in einen Iren verliebt hatte. Die beiden bekamen sogar ein Baby.

Dan war heute so alt, wie Erika damals. Doch sie war nun sechsundzwanzig, fast fertig mit dem Studium und er war immer noch ein typischer Musiker, ohne Plan. Er tingelte durch die Bars und Clubs von Irland, war oft wochenlang nicht da. Wenn Erika sich beschwerte, dass er sie so oft alleine ließ, bot er ihr an mitzukommen. Oder erklärte ihr wieder einmal, dass er eben ein Musiker war und sie ihn nicht festbinden könne.

Sie wollte ihn nicht festbinden. Sie wollte, dass er es selbst wollte, dass er bereit war sesshaft zu werden, eine Familie zu gründen. Es gab einfach keine Entwicklung. Erikas Schwester erwartete ein Baby, hatte eine glückliche Beziehung und wohnte in einem kleinen süßen Haus in der Nachbarschaft. Selbst die wilde Magrit hatte seit einem Jahr einen festen Freund und die beiden redeten schon vom Heiraten.

„Dan, ich liebe dich. Doch ich kann das einfach nicht mehr. Ich bin so unglücklich, so oft alleine. Ich möchte Kinder, ich möchte eine Familie…" Dan unterbracht sie.

„Das weiß ich doch, aber warte doch noch ein paar Jahre, ich bin noch nicht bereit dazu, ich bin doch erst Anfang zwanzig!"

Das war der springende Punkt. Den Altersunterschied von vier Jahren hatte man nie viel gemerkt, doch während Erika erwachsen geworden war, blieb Dan immer noch der träumende Junge.

„In vier Jahren bin ich dreißig Dan, ich möchte dann nicht erst damit anfangen, wo andere schon fertig sind."

Die Trennung war schmerzhaft. Beide liebten sich sehr, doch diese Beziehung hatte keine Zukunft. Das wussten sie, doch Erika musste den Schlussstrich ziehen. Um das sehr deutlich zu tun, brachte sie viele Kilometer zwischen sich und Dan. Sie zog zurück nach Deutschland. Für eine kurze Zeit wohnte sie erst einmal bei ihren Eltern. Diese hatte sie gebeten auf Dans Anrufe nicht zu reagieren, seine Post wieder zurück zu schicken und ihr nie davon zu erzählen. Erika fand schnell einen Uniplatz, um ihr Studium zu Ende zu bringen und mietete sich in eine WG ein. Ablenkung war die beste Möglichkeit, um Dan zu vergessen.

Es dauerte zwei Jahre, bis sie ihre Schwester in Galway besuchen konnte. Nahezu jedem hatte sie verboten über Dan zu reden. Sie vermied es beim Besuch in Irland die gewohnten Orte zu besuchen. Sie ging möglichst nie vor die Tür, denn viele kannten sie ja noch. Die Erleichterung war jedes Mal groß, wenn sie danach wieder in Deutschland landete.

Dann traf sie Peter. Er war ein Dozent an ihrer Uni gewesen und er hatte Erika immer wieder umgarnt. Monatelang. Bis zu ihrem Abschluss hatte sie ihre Ablehnung immer damit begründet, dass sie nicht mit ihrem Lehrer ausgehen würde. Jetzt hatte sie keinen Grund mehr und Peter gab einfach nicht auf. Anfangs war er ihr zu alt, immerhin war er siebenunddreißig, also fast neun Jahre älter als sie. Doch er war vernünftig, er wollte Kinder, er wollte eine Familie gründen. Genau das, was auch Erika wollte. Je öfter die beiden miteinander ausgingen, desto mehr gewöhnte sie sich an den Gedanken, dass sie ihn lieben könnte. Dan saß noch tief in ihrem Herzen und sie konnte sich nicht vorstellen je einen Mann so zu lieben, wie Dan. Aber sollte sie auf Ewig alleine bleiben und sich ihren Traum *Mutter zu werden* nicht erfüllen? Peter gewann mit seiner Geduld ein großes Stück von Erikas Herz und die beiden bekamen nach wenigen Monaten ihr erstes Kind.

Erika hätte lügen müssen, wenn sie bei der Hochzeit nicht an Dan gedacht hätte. Eigentlich hätte er dort an Peters Stelle stehen müssen, denn er war ihre große Liebe. Allerdings trug sie Peters Kind unter dem Herzen und allein das war doch Beweis dafür, dass die Liebe hier wachsen kann und auch wird. Davon war Erika überzeugt.

An ihrem dreißigsten Geburtstag hatte sie alles, was sie sich gewünscht hatte. Einen treusorgenden Ehemann, ein wundervolles Kind und ein Weiteres trug sie gerade unter ihrem Herzen. Erika war glücklich und hätte sich kein schöneres Leben vorstellen können.

Wäre da nicht immer wieder der Schmerz beim Gedanken an Dan. Nach der Geburt ihrer zweiten Tochter dachte sie, dass es besser werden würde. Aber es wurde noch schlimmer.

Peter war sehr engstirnig geworden. Erika wollte bald wieder arbeiten, doch Peter war noch von der alten Schule und meinte, dass sie Hausfrau bleiben sollte. Es war Ende der achziger und die Emanzipation war noch nicht bis zu Peter durchgedrungen. Seit seinem vierzigsten Geburtstag benahm er sich wie ein alter Mann und Erika hatte das Gefühl, sie müsste zu einer alten Frau mutieren, um ihn glücklich zu machen. Doch so war sie nicht. Sie hatte nicht studiert, um zuhause rum zu sitzen.

Sie war keine Hausfrau. Sie war Mutter, Ehefrau, aber auch Kunsttherapeutin.

Als die älteste Tochter in die Schule kam und die Jüngste im Kindergarten versorgt werden konnte, suchte Erika sich eine Stelle als Aushilfslehrerin in einer Grundschule. Peter hatte nicht mit sich diskutieren lassen, er hatte einfach gedacht, er könne es ihr verbieten. Doch sie hatte es ignoriert und ihn vor vollendete Tatsachen gestellt.

Es war mehr ein Kampf, als eine liebevolle Ehe geworden. Peter stach den Dorn noch tiefer in ihr Herz, welches immer und immer wieder nach Dan zu schreien schien. Erika und Peter redeten kaum noch miteinander.

Als die zweite Tochter in die Schule kam, war es bereits zehn Jahre her, dass Dan und Erika sich getrennt hatten. So sehr sie auch gerne gewusst hätte, wie es ihm ging, war sie auch froh, dass sich alle an ihr Verbot hielten. Niemand redete all die Jahre auch nur ein Wort über Dan hörte oder fragte nach. Insgeheim hätte sie gehofft, er würde sie suchen, doch vielleicht hatte er das. Erika hatte immerhin alle Zelte abgebrochen und jede Verbindung verboten. Doch diesen Gedanken schüttelte sie ab.

Es war, wie es nun mal ist. Peter und Erika lebten schon seit zwei Jahren fast nur noch nebeneinander her. Mittlerweile unterrichtete sie auf einer Halbtagsstelle als Kunstlehrerin in einer Realschule und war sehr glücklich damit. Sie ahnte, dass Peter eine Affaire hatte, doch es war ihr fast egal. Sie wusste, dass es so nicht ewig weitergehen konnte. In ihr schien die Liebe mit der Trennung von Dan gestorben. Erika lebte nun für ihre Kinder und ihren Job.

„Ich habe gerade schon die Mitte dreißig überschritten, was soll da noch kommen?" Erika telefonierte mit ihrer Schwester wegen ihrer Situation und dem Frust mit Peter.

„Ach Herzchen, das ist furchtbar. Du bist doch keine alte Hexe und Mitte Dreißig ist doch nicht das Ende! Mensch, komm doch nach Galway, ein bisschen ausspannen mit den Kids!" Lisa versuchte ihre Schwester zu überzeugen, doch Erika war sich nicht so sicher, ob das eine gute Idee war.

Bis sie mit Yoga und Meditation begann. Es war mitten in einem Meditationskreis, den eine Freundin von Erika organisiert hatte, als sie eine Art *Erleuchtung* hatte. Erika war tiefenentspannt, als in ihrem Kopf ein Feuerwerk passierte, wie als wenn sie gerade aus einem Traum erwacht wäre.

„Ich will das nicht mehr!", rief sie aus und störte dabei die ganze Meditationsstimmung. „Es tut mir leid, es tut mir furchtbar leid." Erika sammelte schnell ihre Tasche und Jacke ein, entschuldigte sich noch ein paar Mal bei den erschrockenen und fast schon bösen Blicken der anderen Frauen und verließ das Haus ihrer Freundin.

Erika hatte so klar gesehen, dass sie sich von Peter trennen wollte.

All die Jahre war sie wie gefangen. Aus schlechtem Gewissen, weil sie sich für ihn entschieden hatte, weil er der Vater ihrer Kinder war. Erika war bei ihm geblieben aus Pflichtgefühl, aber sie wusste nun, dass es Zeit war zu gehen.

„Peter, ich weiß, das ist jetzt hart, aber ich werde mich von dir trennen. Es ist doch für uns beide nicht gut, wir sind beide nicht glücklich, sei doch ehrlich."

Erika wartete auf eine Antwort, ihr Mann schaute sie nur geschockt an. Und doch meinte sie eine Art Erleichterung und Zustimmung in seinen Augen zu sehen. Er schwieg.

„Nun gut. Ich werde für zwei Wochen mit den Kindern zu meiner Schwester nach Irland fliegen. Es sind Herbstferien und wir beide können uns danach unterhalten, was wir tun, okay?"

Peter schwieg weiterhin und blieb einfach nur sitzen. Erika wartete noch kurz, dachte er beginnt mit einem Protest, doch es schien, als hätte er kapituliert.

„Himmel, seid ihr zwei groß geworden! Ihr wart schon so lange nicht mehr bei uns und ich schaffe es nie nach Deutschland!", begrüßte Lisa ihre Familie überschwänglich. Erikas Kinder stürmten bereits in die Zimmer ihrer Cousinen. Sie selbst umarmte ihre Schwester innig und lange.

„Es tut so gut, dich zu sehen kleine Schwester!" Erika ließ ihren Tränen freien Lauf. Sie fühlte sich erleichtert diesen Schritt getan zu haben und endlich wieder hier zu sein. Irland war für sie mehr ihr zuhause, als es ihre Heimat Deutschland je gewesen war.

Die nächsten Tage waren sehr fröhlich. Erika besuchte alte Freunde und Bekannte, als hätte sie die Angst verloren, von Dan zu hören. Nach nun fast zwölf Jahren wollte vielleicht auch niemand mehr davon anfangen. Erika hätte es nie zugegeben, aber sie hatte Angst, dass ihr jemand erzählen würde, dass Dan geheiratet und sogar Kinder hatte.

Auch wenn sie selbst eine Familie hatte, es würde ihr das Herz zerreißen. Dabei wusste sie, dass sie sich für ihn freuen müsste, wenn es so wäre. Denn es wäre schön, wenn er glücklich wäre.

Sie schloss die Tür hinter sich, als sie von einer kleinen Shoppingtour zurück kam. Lisa kam aus der Küche gerannt und schien aufgeregt.
„Erika, auch wenn du es verboten hast, auch wenn du mich dafür hasst, ich konnte nicht anders, bitte sei mir nicht böse!" Lisa stand vor ihrer Schwester und hielt ihre Hände fest. Als hätte sie Angst, Erika würde sie gleich zur Strafe erwürgen.
„Was hast du getan?" Unsicher, aber auch völlig ohne Ahnung, von was Lisa da redete, blickte Erika erwartungsvoll und offen.
„Dan...", Erikas Herz zersprang fast, als Lisa den Namen aussprach: „Ich habe Dan getroffen, eben beim Einkaufen. Erika, er spielt heute Abend in der CraneBar, da wo ihr Euch verliebt habt. Ich habe ihm nicht erzählt, dass du da bist. Aber bitte, bitte lass uns hingehen. Würdest du ihn nicht gerne wiedersehen und..." Lisa sprudelte wie ein Wasserfall, doch Erika unterbrach sie grob.
„Nein!", sie riss sich los und wurde hart. Sie versorgte die Kinder und mit einem verhärtetem Gesicht. tat sie so, als wäre nichts passiert,

Lisa beobachtete ihre Schwester mit traurigem Blick. *‚Es würde ihr so gut tun, ihn zu sehen.'* dachte sie überzeugt. Sie hatte Erika belogen. Lisa hatte Dan getroffen, das stimmte. Die beiden hatten sich zuvor ebenfalls mehrere Jahre nicht mehr gesehen. Dan hatte sie ohne zu zögern in die Arme genommen: „Lisa, wie geht es Erika? Ist sie noch in Deutschland? Ist sie glücklich? Ist sie verheiratet? Oh mein Gott, ich hoffe sie ist glücklich!"
Lisa hatte ihn nicht belügen können, er sah so voller Liebe aus, als er nach Erika fragte: „Dan, sie ist sogar in

Galway und besucht mich mit ihren Kindern." Lisa hatte sofort gesehen, wie Schatten über Dans Augen zogen, als sie die Kinder erwähnt hatte.

„Oh also ist sie verheiratet." Dan sank regelrecht in sich zusammen. „Hauptsache sie ist glücklich."

„Dan, sie hat sich gerade von ihrem Ehemann getrennt. Sie ist nicht glücklich." Lisa streichelte Dan tröstend den Arm. „Ich wünschte sie würde erlauben, dass ihr Euch seht."

„Sie will immer noch nichts von mir wissen?"

„Nein, ich glaube nicht. Es tut mir so leid!"

Dan schien kurz nachzudenken und nahm einen tiefen Atemzug. „Okay Lisa, ich will sie nicht bedrängen. Ich würde sie gerne wiedersehen. Sagst du ihr das? Ich spiele heute Nacht in der CraneBar, vielleicht überredest du sie zu kommen? Oder erzählst ihr gar nicht, dass ich da bin?" Dan sah verzweifelt aus und blickte Lisa flehend an.

„Ich schau was ich machen kann, Dan, versprechen kann ich dir nichts!"

Und nun hatte sie es versucht und es war fehlgeschlagen. Vielleicht hätte sie auf ihn hören sollen und hätte Erika gar nichts von ihm erzählen sollen. Aber auch das hätte schief gehen können. Lisa seufzte.

Sie redeten kein Wort mehr darüber. Beim Abendessen blickte Erika ständig auf die Uhr. Lisa wünschte sich so sehr, dass Erika ihre Meinung ändern würde und doch in die Bar gehen wollte. Sie traute sich nicht noch einmal mit dem Thema anzufangen, aus Sorge ihrer Schwester noch mehr Schmerz zuzufügen.

Dan stand bis Mitternacht auf der Bühne, er war unkonzentriert und es lief nicht sonderlich gut. Der Auftritt war eher mittelmäßig, aber das war ihm egal. Je weiter die Uhr ihre Zeiger drehte, je später es wurde, desto schmerzhafter wurde die Gewissheit, dass Erika nicht kommen würde. Seine Bandkollegen fragten ihn nach der Show, wo er nur mit seinem Kopf gewesen sei. Er hätte am Liebsten geantwortet, dass er nicht nur mit dem Kopf, sondern auch mit dem Herz bei seiner großen Liebe hing. Dan ging an die Bar und wartete noch bis der Club um zwei Uhr schloss, bevor er ins Hotel ging. Er hatte die Hoffnung bis zuletzt nicht aufgegeben, dass Erika doch noch kommen würde. Aber sie kam nicht.

Erika lag die ganze Nacht wach. Ihre Jüngste lag mit ihr im Bett und hatte sich an sie gekuschelt. Erika hätte gerne geweint, aber sie versuchte die Tränen zu unterdrücken, damit ihre Kleine nicht wach wurde und sie weinen sah. Dennoch hatte sie nur mäßig Erfolg. Der Schmerz und die Trauer überwältigten sie fast. Ihr ganzes Leben lag in Scherben. Das Schlimmste gerade war, dass sie und ihre große Liebe nur ein paar Blocks voneinander entfernt in Galway schliefen. In der Stadt, in der sie sich kennen und lieben gelernt hatten. Und jetzt, zwölf Jahre nach der Trennung, waren sie wieder beide hier. Sie ärgerte sich, dass sie nicht zu seinem Auftritt gegangen war. Sie hatte zu große Angst vor dem Wiedersehen. Erika wusste nicht was passiert wäre, sie befürchtete sich zu verlieren. Ihn zu verlieren. Oder ihn wieder zu finden und dann?
Sie musste sich von ihrer kleinen Tochter lösen und ins Bad rennen. Das Schluchzen übermannte sie und ließ auch eine Stunde lang nicht da. Sie kauerte im Bad auf dem Boden und ließ es einfach laufen, bis sie sich wieder beruhigen konnte. Dan lag so schwer auf ihrem Herzen. Könnte sie es nur lösen...

„**M**om, es hat geklingelt." Eine von Lisas Töchtern rief nach oben, wo die Frauen am nächsten Tag Wäsche zusammen legten und über Kinderzeiten redeten.
„Schatz, dann kuck nach, wer da ist", rief Lisa nach unten.

„Na guuuut", widerwillig schien die Tochter sich vom Fernseher zu lösen.

Wenig später rief sie wieder nach oben. „Mom, da ist ein Mann, der will zu Tante Erika."

Die Schwestern blickten sich erstaunt an. Erikas Herz blieb stehen, Lisa war kurz bewegungslos. Beide dachten sofort an Dan.

„Ach Erika, der weiß doch gar nicht wo wir wohnen!", sie versuchte Erika zu beruhigen, die recht panisch aussah.

„Ich geh mal kucken." Lisa ließ ihre Schwester im Schlafzimmer stehen und ging nach unten.

Erika konnte sich kaum bewegen, außer sich hinzusetzen. Sie zitterte. Ihr war schwindelig und schlecht. Sie wünschte sich so sehr, dass es Dan sei und doch hatte sie so große Angst, dass sie hoffte, dass er es eben nicht sei.

„Erika..." Dan stand wenig später in der Schlafzimmertür. Erika schien wie eingefroren, sie traute sich nicht, sich zu bewegen. Sie hätte ihn fast wütend angeschrien, dass er gehen solle. Doch alles in ihr blockierte, sie war wie paralysiert.

Lisa erschien hinter Dan. „Erika, es tut mir leid, aber ich finde ihr solltet reden, er hat dich den ganzen Tag quer durch Galway gesucht, er wusste ja nicht wo wir wohnen und...", sprudelte Lisa entschuldigend los. Dan blickte sie beruhigend an und gab ihr zu verstehen, dass er gerne alleine mit Erika wäre. Lisa ging und scheuchte auch die Mädchen wieder nach unten, die sich aus Neugier nach oben gemogelt hatten, um zu verfolgen was da ein fremder Mann bei ihrer Mutter und Tante wollte.

Dan wartete noch einen Augenblick, bevor er sich vor Erika auf den Boden kniete. Direkt vor sie hin, leise flüsterte er ein hilfloses: „Erika...", bevor ihm die Stimme völlig versagte. Dan war völlig überrascht, als Erika plötzlich aus ihrer Starre erwachte und ihm um den Hals fiel.

Schluchzend hielt sie sich an ihm fest, als würde sie fallen. Dan drückte sie fest an sich, er würde sie nie wieder loslassen. Tränen rannen auch ihm über das Gesicht, vor Trauer, vor Erleichterung, vor Freude und voller Liebe.

„Das war meine Geschichte, liebe Kate. Mittlerweile sind fünfzehn Jahre vergangen, wir haben zwei gemeinsame Kinder bekommen, sind verheiratet und haben über zehn Jahre dort gewohnt, bevor wir vor drei Jahren hier nach Deutschland gekommen sind. Du siehst, wahre Liebe stirbt nie und selbst wenn man zwölf Jahre braucht, um wieder zueinander zu finden. Gib sie nie auf!"

This Lovestory was inspired by Ute & Guy <3
Die Liebe, die diese beiden ausstrahlen, ist gigantisch.

Just a few words more…

Meine Geschichten kommen direkt aus meinem Herzen, aus meinem Kopf und meinem Bauch. Mir ist nicht wichtig, ob dieses Buch *erfolgreich* wird. Ich würde mich freuen, wenn es bei einigen einfach gut ankommt und gefällt – thats it.

Schon als kleines Kind wollte ich Autorin werden. Mit acht Jahren schenkte mir meine Oma meine erste Schreibmaschine. Sie und meine Eltern drillten mich auf Rechtschreibung, was mich auch heute noch prägt. Auch wenn hier mit Sicherheit trotz dreitausendfachem Korrekturlesen noch Fehler zu finden sind. Man sieht einfach nach einer Weile den Wald vor lauter Zwergen nicht mehr. Meine Oma hat immer davon geredet ihre Memoiren zu schreiben, was sie nie getan hat und ich auch keine Aufzeichnungen mehr fand, um das für sie zu tun. Sie hat mir so viele Erlebnisse aus den Kriegszeiten erzählt, ich wünschte ich hätte es aufgeschrieben. Ich weiß gar nicht, wie viele Bücher ich schon angefangen habe zu schreiben – per Hand, auf Blöcke, in Tagebücher oder am PC – aber irgendwie hatte ich richtig Bock etwas fertig zu schreiben. Mittlerweile habe ich schon zwei Bücher von anderen Autoren Korrektur gelesen und lektoriert.

Jedes Mal dachte ich: Das will ich auch!

Ich kann es kaum glauben, dass ich jetzt nach vielen Stunden an den letzten Seiten arbeite. Für mich ist das Schreiben von Geschichten oder wahren Stories etwas Wundervolles. Es liegt mir in den Fingern. Was an meinem Buch hier so lange gedauert hat, war das Korrigieren und Umformulieren – das werde ich beim nächsten Buch in vertrauensvolle Hände geben ;)

Wunderschöne außergewöhnliche Liebesgeschichten gibt es überall. Manchmal ist es nur Fiktion, wie in dem Buch „Mary" von Ella Kensington – was ich unbedingt weiterempfehle.
Oder eine tiefe, wahre Liebe, die nie vergeht, auch wenn sich zwei Menschen zwanzig Jahre nicht sehen und auch nicht zusammen sind. Die russische Künstlerin Marina und ihr früherer Geliebter Ulay sehen sich zwanzig Jahre nach ihrer Trennung in einem magischen Moment wieder. Wer das mal bei Youtube eingibt, kann diese Begegnung erleben – wunderschön und speziell.

Heute sah ich im Fernsehen einen kleinen Bericht über Pekah, einen indischen Künstler, der als junger Mann auf eine schwedische junge Frau trifft, die beiden verlieben sich ineinander. Die Trennung blieb nicht aus, die Frau musste zurück nach Schweden, ein weiteres Ticket konnte sich keiner leisten. Internet und Co gab es damals noch nicht. Pekah kaufte sich ein Fahrrad und fuhr 7000 km quer durch die Welt von Indien nach Schweden, um sein Mädchen wieder zu sehen. Er überwand nicht nur diese wahnsinnige Entfernung, sondern auch Hunger und Kälte. Zwanzig Wochen lang radelte er und ist nun seit fünfunddreißig Jahren mit ihr verheiratet, sie haben zwei Kinder.

Und deswegen nominiere ich heute die LIEBE - die manchmal kompliziert, manchmal so leicht, manchmal so schmerzhaft, unendlich wechselhaft, so allumfassend, so rein und doch so anstrengend sein kann, Liebe kann verletzen, aber auch heilen, Liebe kann alles, sogar Berge versetzen, doch eins kann sie nicht: bezwungen oder erkauft werden. Manchmal liebt man einseitig, man liebt und wird nicht zurück geliebt. Liebe verwirrt, Liebe ist bunt.

Ich weiß heute, dass die Liebe so viele Arten hat, sich zu zeigen. Wenn wir sie einfangen wollen, entgleitet sie uns, wenn wir versuchen sie zu begreifen, verändert sie sich. Wenn du denkst, du weißt was Liebe ist, zeigt sie sich dir ganz anders. Und einen entscheidenden Satz sagte eine Freundin zu mir: "Ich war immer auf der Suche nach DER Liebe, nach DEM einen Mann... und dann wurde ich ungewollt schwanger... und als ich meinen Sohn das erste Mal im Arm hatte wusste ich: DAS ist die Liebe meines Lebens."
Da habe ich begriffen, dass sie Recht hat - ich habe die Liebe meines Lebens direkt vor mir - meine Mädchen! Aber das heißt nicht, dass sie meine einzige Liebe sind, Liebe verbraucht sich nicht an einem Menschen oder in der Vergangenheit.

Manchmal suchen wir sie an der falschen Stelle, manchmal steht sie direkt vor uns - als meine Kinder, meine Familie, meine Freunde, Begegnungen, im Yoga, im Spiegel... und die grundsätzlich wichtigste Liebe, ist die Liebe zu Dir selbst!

ALL YOU NEED IS (SELF)LOVE

Eure Kate

Ein besonderes Kapitel

Als mein Herz heilte

2015 Es ist einsam manchmal auf meiner Couch.

So viele Jahre war ich jetzt Mama, wir haben viel unternommen – sind in den Zoo gefahren, spazieren gegangen, Spiele gespielt, Filme geschaut... und als jetzt auch meine zweite Tochter langsam erwachsen wurde, lebt sie wie die Große auch: In ihrer eigenen Welt.

Mama ist nicht mehr interessant, was auch völlig okay ist – doch wenn man dazu noch Single ist, wie ich, wird es erstmal etwas schwierig.

Klar, anfangs genoss ich die Ruhe. Keiner nimmt mir meinen Platz am Sofa weg. Keine bettelt um Obstspiesse und Süßes, keine sagt: „Mama, machst du bitte..:" – es ist echt relaxend.

Eine Weile geht das gut – alleine sein. Wow, eine neue Erfahrung. Ist auch mal echt cool. Doch dann kommt die Zeit in der du merkst:

Alleine sein ist auch echt scheiße!

Meine Stärke ist, dass ich zu jedem Problem eine Lösung suche und finde. Also:

Was könnte ich als nächstes tun?

Einen Gassigängerführerschein im Tierheim! Ich dachte mir: *Nehm ich mir zum Spazieren gehen halt immer einen Hund aus dem Tierheim mit. Perfekter Plan!*

Wir suchen schon lange nach einem Hund, ich hätte gerne einen Yorkshire-Terrier. Eine meiner Freundinnen besitzt einen. Jack – so goldig. Als ich Anfang zwanzig war wohnte ich mit meinem damaligen Freund bei seinen Eltern, die Mutter züchtete die Yorkies und hatte dreizehn davon. Das war echt cool und ich liebe diese Hunderasse. Ich schaute immer wieder auf den Tierheimseiten, ob es einen zu adoptieren gab. Gab es leider nicht, dann sollte es wohl nicht so sein. Meine Überzeugung sagt immer: „Der Hund sucht sich das Herrchen aus, nicht umgekehrt!" Wenn also ein Hund für mich bzw. uns vorgesehen ist, wird er uns treffen.

Also startete ich den Versuch, den Tieren im Tierheim etwas Mensch-Zeit zu geben und mir einen Gefährten für Spaziergänge. Es ist nicht so einfach, wie man sich das vielleicht denkt – feste Öffnungszeiten sind vorgegeben, da muss man sich schon irgendwie anpassen, damit es passt. Dazu ist das Tierheim für mich auch locker mit 20-30 Minuten Anfahrt verbunden. Es passte also den ganzen Sommer über irgendwie nie, wir waren aber auch viel mit Freunden unterwegs. Erst im September startete ich an einem Sonntag den ersten Versuch, es drängte mich regelrecht innerlich.

Irgendwie hatte die Tierpflegerin, auf die ich traf, schlechte Laune, denn als ich sie begrüßte und nach einem Gassi-Hund fragte, raunzte sie mich an: „Ich hab keinen mehr, sind alle schon weg. Muss man halt früher kommen, nicht erst so spät!" Sie ließ mich stehen.

Es war 14:20 Uhr, Gassizeit war ab 14 Uhr. Es war mir nicht bewusst, dass 20 Minuten schon sooo spät waren. Ich war traurig und auch etwas muffig. Da fährt man fast 30 Minuten da hin und wird so abgefertigt. Ich beschloss mir einfach die Hunde in den Ausläufen anzuschauen und ging raus.

Im ersten Gehege waren mehrere Hunde, die sehr gepflegt aussahen. Vielleicht Hunde der Tierpflegerinnen oder Hunde in Pension. Jedenfalls sahen sie nicht aus, wie typische Tierheim-Hunde. Als ich am Zaun vorbei ging, kam direkt eine mittelgroße Bulldogge angelaufen und schnüffelte neugierig. Der Hund hatte ein grünes Halstuch an und sah echt cool aus. Kurz drauf drehte er sich von mir weg und wackelte wieder zurück zu den anderen Hunden, die mit im Auslauf waren. Ich blickte der Bulldogge hinterher, die lief, als wäre sie ein bisschen betrunken oder einfach total tapsig.

Nach einer Weile kam ich mir etwas verloren vor. Wäre am Liebsten in einen der Ausläufe gegangen und hätte die Hunde gestreichelt. Ich war enttäuscht. Mein Leben lief gerade nicht so toll, ich hätte die Aufmunterung mit einem Hund an diesem Tag echt gut gebrauchen können. Langsam ging ich wieder zurück und auch am ersten Auslauf vorbei. Die Bulldogge und der Stafford beobachteten mich, ich blieb noch einen Moment stehen. Keiner von beiden kam wieder an, sie schauten nur.

Ich verließ das Tierheim, mein Weg führte mich dann an den Rhein, wo ich immer spazieren ging. Die Stadt war jedoch völlig überfüllt und es war weit und breit kein Parkplatz zu finden. Da verging mir die Lust, überhaupt spazieren zu gehen – ich fühlte mich vom Universum beschissen: Kein Hund, kein Parkplatz, keine Frischluft. Frustriert landete ich auf dem Sofa.

Einen Tag später drängte es mich auf die Homepage des Tierheims, mich vielleicht vorher mal zu informieren, welchen Hund ich denn so ausführe. Aufgeben wollte ich nicht, nur weil es einmal nicht geklappt hatte.
Buffy, Bello, Ebinchen, Barney, Tyson... Tyson? Aaaach, die Bulldogge war also doch kein *vergebener* Hund. Irgendwie freute ich mich, obwohl ich mir das gar nicht erklären konnte. Ich war noch nie ein großer Bulldoggenfan. Wie gesagt eher Yorki oder Rottweiler und Schäferhund. Als ich die Bilder von Tyson sah, fand ich

ihn wunderhübsch und als ich seine Geschichte las, traf sie mitten in mein Herz.

Tyson war in einer Familie mit zwei Kindern aufgewachsen. Viele Jahre lang war er der Familienhund, bis die Eltern sich trennten und die Frau mit ihren Kindern auszog. Der Mann arbeitete wohl sehr lange, Tyson blieb oft über zwölf Stunden alleine. Das hat das Kerlchen zerbrochen und er hat sich die Vorderpfoten vor Einsamkeiten angeknabbert. Außerdem war er viel zu dick.

Ich las, dass er niemandem vertraute, sehr skeptisch gegenüber allem Neuen sei und er lernt eher sehr langsam. Außerdem sei er todtraurig.

Oh Mann, dieser kleine Kerl hatte es mir irgendwie angetan. Ich würde ihn mir gerne näher anschauen – denn irgendwie war er bei mir ja nicht so misstrauisch, sondern war direkt auf mich zugelaufen. Ich fahre am Donnerstag hin, da hab ich Zeit.

Einen weiteren Tag später postete das Tierheim eine „Helft-Tyson-Aktion" – erzählten seine Geschichte, posteten Bilder von ihm. Viele Menschen meldeten sich daraufhin in Kommentaren und teilten den Beitrag massenweise. Das war ein komisches Gefühl, bestätigte mich aber, mir Tyson unbedingt näher anschauen zu wollen.

Donnerstag, kurz vor meinem Feierabend, las ich einen weiteren Facebookpost vom Tierheim. Tyson war vermittelt. An eine neue Familie mit Hund. Ich war wie versteinert. Müsste ich mich nicht freuen für Tyson? War doch super!? Ich freute mich aber nicht. Ein bisschen vielleicht. Aber das andere große Bisschen war ich traurig.

Ich hatte die nächsten Tage keine Lust ins Tierheim zu fahren, um mit einem anderen Hund Gassi zu gehen. Das war blöd von mir, fand ich selbst. In meinem Kopf war ein kleines Kind, welches mir wütend mitteilte:

„Ich wollte aber doch Tyson haben!"

Ich versuchte es zu beruhigen: „Aber er ist doch vermittelt und bestimmt total glücklich dort!" und das Kind antwortete trotzig: „Nein!"

Dienstag in der folgenden Woche wieder ein Facebookpost des Tierheims, wegen Tyson. Er war wieder zurück. Die Familie kam mit ihm nicht zurecht. Er hatte deren Besuch wohl zwar rein, aber nicht mehr hinaus gelassen.
Die Familie traute sich nicht, den Kerl in seine Schranken zu weisen. Ich war verwirrt. Nach drei Tagen? So kurz gibt man einem Tier nur die Chance, sich einzuleben? Was war da passiert.
Allerdings war da auch ein anderes Gefühl in mir und wieder das kleine Kind: „Hab ich doch gesagt! Los, hin, er braucht dich!"
Und ich musste zugeben: Als ich letztens mit meinem inneren Kind diskutiert hatte, war da bereits das starke Gefühl, dass Tyson wieder zurück kommen würde.

Am nächsten Tag fuhr ich nach der Arbeit direkt ins Tierheim. Im zweiten Zimmer lag Tyson und ich blickte in die traurigsten Augen, die ich je gesehen habe. Zumindest bei einem Tier. Ich war erfüllt von lauter Mitgefühl und hätte ihn so gerne getröstet. Mit in seinem Raum war wieder der Stafford, sie war offener und kam direkt ans Gitter zu mir. Tyson blickte jedoch nur traurig und total hoffnungslos.
Ich sprach die Tierpflegerin an, die zum Glück nicht die Unfreundliche vom letzten Mal war. Frau M. klärte mich auf, dass sie noch niemanden zu Tyson lassen würde. Der arme Kerl hatte alle Hoffnung verloren, dazu eine Augenentzündung. Egal was nun war, irgendwas in mir redete mir ein, dass ich den Auftrag hatte, Tyson wieder Hoffnung zu geben.
Ich erinnerte mich daran, dass ich selbst vor einer Woche an diesem Punkt gewesen war, alle Hoffnung zu verlieren. An diesem Tag hatte sich meine beste Freun-

din Ilona so mitfühlend um mich gekümmert – sie war einfach da. Ab jetzt wollte ich das für Tyson sein. Da gab es für mich überhaupt keinen Zweifel.

Eine Weile stellte ich mich an das Gitterfenster von Tysons Zimmer. Ich legte meine Arme auf dem Fensterbrett ab und beobachtete Tyson und Lucy. Immerhin kannte ich jetzt auch ihren Namen. Tyson blickte immer mal wieder hoch, schaute mich an, so als wollte er sagen: „Was kuckst du?" oder „Was? Du bist immer noch da?"

Nach einer halben Stunde fragte ich Frau M. ob denn einer der anderen Hunde Auslauf brauchen würde und so ging ich eine Runde mit Frodo. Leider begann es nach 10 Minuten Strecke so doll zu schütten, dass wir umkehren mussten. Ich hatte irgendwie echt kein Glück mit dem Gassi gehen. Frodo und ich schmusten etwas, während ich ihn im Hundehaus wieder trocken rubbelte. Nachdem ich den braven Kerl wieder abgegeben hatte, beobachtete ich wieder Tyson durchs Gitter. Seine Blicke wie immer verwirrt: „Du bist ja schon wieder da?" und ich antwortete immer: „Klar und wenn du willst komm ich so oft wie möglich und glotze dich an!" Nach 2 Stunden ging ich dann nach Hause.

Tyson ging mir nicht mehr aus dem Kopf. Zwei Tage später fuhr ich wieder zu ihm. Ich habe zwei Jobs und außerdem noch Termine, ich konnte nicht jeden Tag da sein, aber ich nahm mir vor, jeden zweiten hin zu fahren.

Als ich im Tierheim ankam, brachte Frau M. Tyson und Lucy in einen der Ausläufe draußen, ich durfte mit rein. Ich wanderte eine Stunde lang im Gehege herum, spielte mit Lucy, die total zutraulich und manchmal sogar viel zu wild war. Tyson beobachtete uns manchmal von weiter Entfernung, meistens jedoch stand er einfach nur bewegungslos da und blickte bohrend auf die Tür zum Hundehaus. Er sah so traurig aus und ich wusste nicht, ob das gut war, was ich tat oder ob ich hier zuviel Mühe in etwas

Aussichtsloses steckte. Ich fragte mich selbst, warum ich das überhaupt tat. Doch ich hatte dafür keine Antwort – ich stellte mich selbst in Frage. Noch nie hatte ich solche Gefühle für einen Hund und noch nie so einen Ansporn gehabt das hier zu tun, wie ich es gerade für Tyson machte. Dass er mich kaum beachtete war da nicht sehr hilfreich, ich kam mir total nutzlos vor. Nach einer Stunde fuhr ich wieder nach Hause.

Zwei Tage später fuhr ich erneut hin. Wieder brachte Frau M. Tyson, Lucy und auch mich ins Außengehege. Wieder tollte ich mit Lucy, fror mir den Arsch ab, weil es sehr kalt war und etwas nieselte. Aber ich konnte nicht aufhören – Tyson ignorierte mich völlig, warum tat ich das. Da war es wieder, mein inneres Kind: „Weil du es kannst!"

Ich hatte meinen Kindern von der traurigen Bulldogge erzählt und Sheila wollte mich Freitags begleiten. Tyson war mit Lucy schon im Außengehege, als wir ankamen. Wir durften beide mit rein. Tyson kam mir offener vor, als sonst. Er blickte Sheila und mich neugierig an und wedelte zwischendurch sogar kurz mit dem Schwanz. Dennoch blickte er die meiste Zeit starr stehend zur Eingangstür vom Hundehaus. Wir tollten mit Lucy herum und setzten uns dann auf eine Bank. Tyson beobachtete uns und begann einen Bogen an uns vorbei zu laufen, statt weit um uns herum, wie er es sonst immer bei mir getan hatte. Er warf sich ins Gras und hatte sogar richtig Spaß sich hin- und herzuschieben. Seine Augenentzündung war schlimmer geworden, es nervte ihn bestimmt ziemlich. Kenn ich ja, wenn ich so etwas habe.

Als ich mit Lucy wieder im Gehege rumsprang, schien es, als wenn Tyson neugieriger wurde und uns in großem Abstand folgte. Manchmal hatte ich das Gefühl er beobachtete uns skeptisch und wenn ich dann stehen blieb, lief er einen Bogen an mir vorbei, als würde er sagen:

„Mehr Nähe kriegst du nicht, aber ja, ich bin neugierig warum du ständig glotzt!"

Am Sonntag, also zwei Tage danach, fuhr ich wieder hin. Ich sah Tyson draußen im Auslauf, er hatte eine Art aufblasbare Halskrause an. Es sah aus wie ein Schwimmring, nur eben um den Hals herum. Die Tierheimleiterin war bei ihm und versuchte ihm vergeblich Augensalbe zu verpassen. Er war sogar richtig sauer auf sie. Ich hatte der Tierheimleiterin eine Email geschrieben, nachdem ich das erste Mal bei Tyson gewesen war. Hatte mich angeboten, dass ich mich gerne um Tyson kümmern würde – ihm Hoffnung und Vertrauen zurück geben möchte. Ich fands so wundervoll, dass sie Tyson und mir diese Chance gaben und ich mich so oft zu ihm setzen konnte. Auch wenn ich mir manchmal so dumm vorkam und es so sinnlos schien.
Tyson sah schlecht aus. Sein Auge war total vereitert. Er brauchte die Halskrause, weil er sich sonst ständig daran rumkratzte mit seiner Pfote. Die Sonne schien draußen ziemlich, so dass wir Tyson rein brachten in seinen Raum und ich durfte mit. Tyson legte sich in sicherer Entfernung auf die Couch. Er beobachtete das Schauspiel manchmal und immer wieder blickte er mich an, wer ich bin und was ich da zu suchen hatte. Er blickte nicht freundlich, aber auch nicht böse. Ich hatte ihn bis jetzt noch nie berührt, ich hatte klar ein bisschen Schiss vor ihm, aber auch Respekt. Respekt vor seiner Abwehrhaltung und auch seiner Art. Gebissen werden will keiner.
Ich sprach manchmal mit Besuchern, die am Zwinger vorbei kamen und manchmal beobachtete ich Tyson. Irgendwie blickte er mich nach einer Weile dauerhaft an, sein Blick hatte sich verändert. Als wenn er mich einladen würde näher zu kommen. Doch ich traute mich nicht. Was, wenn ich das fehlinterpretiere und alles kaputt mache, was ich jetzt schon aufgebaut hatte?

Nach 2 Stunden wollte ich eigentlich gehen, da kam ein Tierpfleger, der sich Tyson einmal ankucken wollte. Er streichelte ihn behutsam und ich bekam das erste Mal mit, wie liebevoll Tyson sich das gefallen ließ. „An den Kopf darf man nicht, das kann er gar nicht leiden und schon gar nicht jetzt, wo er solche Schmerzen hat." er streichelte Tyson und der kleine Kerl genoss es sichtlich. Dann hatte ich einen Impuls und setzte mich direkt vor Tyson hin. Der Tierpfleger mahnte mich zur Vorsicht, doch ich wollte ja nicht unvorsichtig sein, aber ich hatte das Gefühl, es wird Zeit, dass wir Körperkontakt aufnehmen – Tyson und ich.
Und ich streichelte ihn zum ersten Mal. Tyson blickte skeptisch, aber auch offen und ich hätte gar nicht mehr aufhören wollen. Irgendwann kommt aber jeden Tag der Moment, wo ich nach Hause muss und möchte.

Montag war mir alles zuviel, auch wenn ich dauernd an Tyson dachte, ich musste länger arbeiten und war tierisch ausgelaugt. Ich machte mir aber Sorgen um den kleinen Kerl und fuhr am nächsten Tag direkt wieder hin.

Dienstag. Erst war keine Pflegerin im Hundehaus, auch Tyson nicht. Ich schaute draußen im Auslauf, doch auch da fand ich ihn nicht. Mein Herz klopfte. Hundert Gedanken schossen mir durch den Kopf. Sein Herrchen hatte ihn geholt, oder er war in der Tierklinik wegen dem Auge oder oder oder... ich wurde etwas panisch. Es waren mehrere Gassigänger da und warteten. Die Leiterin kam erst nach 20 Minuten, ich war wirklich total nervös und erwartete Schlimmes, denn sie beachtete mich nicht und fertigte erstmal die anderen zwei Gassigänger ab, ohne mich auch nur zu grüßen. Irgendetwas stimmte da nicht. Es kam mir vor wie eine unendlich lange Qual.
Dann kam sie zu mir und blickte mich mit traurigen Augen an: „Ich habe keine gute Nachricht für Sie!" Mir gefror das Blut in den Adern.

„Was ist passiert?", fragte ich mit einem Kloß im Hals.
Die Leiterin nahm mich am Arm und ich folgte ihr, während sie mir erklärte was passiert war.
„Wir mussten Tyson heute morgen das Auge entfernen!"

Mir kamen die Tränen: „Der arme Kerl, ach Mann..." Allerdings hatte ich schon damit gerechnet, dass was noch Schlimmeres passier war und sogar eingeschläfert werden musste. Ich war also auch ein bisschen erleichtert. Ich folgte ihr in einen Bereich, in dem ich bis dahin noch nie gewesen war. „Wir haben ihn in der Karantäne untergebracht. So blöd, mit nur einem Auge wird er noch schwieriger eine Familie finden!"
„Was? Der braucht keine Familie finden, was meinen Sie denn warum ich mich ständig um ihn kümmere. Nicht, um irgendwann damit wieder aufzuhören! Ich liebe ihn auch mit nur einem Auge, er ist deshalb doch nicht weniger wert!"
Die Leiterin lächelte und führte mich in einen der Karantäneräume.
Da lag er. Tyson. Unter einer Wärmelampe. Sein gesundes Auge blickte mich traurig und doch wiedererkennend an. Wie ein geprügelter Hund lag er da. Das entfernte Auge war überdeckt mit einer großen Narbe, aus denen noch die Fäden herausragten und eine silberne Salbe bedeckte die ganze Fläche wie eine Piratenaugenklappe. Er trug einen riesigen Plastiktrichter zum Schutz vor Kratzversuchen. Ich trat direkt zu ihm und kniete mich vor ihn hin, ich hatte keine Scheu mehr, ich sprach mit ihm in ruhiger Stimme: „Du armer Schatz, ich bin für dich da. Du hast aber auch ein Pech."
Dieser Blick. Unbeschreiblich. In diesem Moment geschah das Unglaubliche – ich spürte die Liebe zwischen uns hin- und herfließen. Ich hob vorsichtig meine Hand zu seinem Kopf, er blickte offen, nicht ablehnend. Ich fuhr mit meinen Fingern an sein Ohr der gesunden Seite und

Tyson legte seinen Kopf auf meine Hand. Die Leiterin ließ uns alleine und ich legte mich zu Tyson, er schmiegte sich mit seinem ganzen Körper an mich und ich begann ihn zu kraulen. Die vollkommene Dankbarkeit dieses Tieres hat mich so erfüllt. Dankbar, dass ich da war. Froh, dass ich auch heute wieder gekommen war. Er hatte seine Skepsis mir gegenüber abgelegt. Tyson war noch benommen von der Narkose am Morgen, aber wach genug, um mich anzuschauen und sich kraulen zu lassen. Er schnarchte, allerdings war er wach und ich begriff, dass er schnurrte wie eine Katze. Er fühlte sich wohl.

Nach einer Stunde kam die Tierleiterin und war begeistert, wie vertraut wir waren. Ich durfte Tyson einen Zwieback füttern. Mein Respekt vor diesem Tier mit diesem riesigen Maul war immer noch sehr groß, ich nahm an, dass er gierig danach schnappen könnte, war also sehr vorsichtig. Doch Tyson überraschte mich auch jetzt. Er nahm das Stück Zwieback so zaghaft, so sanft. Jedes Einzelne nahm er vorsichtig aus meinen Fingern. Ich verlor jegliche Angst vor diesem Tier, ich wusste, dass er mir vertraute und ich vertraute ihm.

Nach einer weiteren Schmusestunde, in der ich auf seinem Sofa lag und er an mein Bein geschmiegt sich von mir kraulen ließ, bat mich die Tierheimleiterin, ob ich mit ihm eine Runde raus gehen könnte. Ich war aufgeregt, ob er mitgehen würde. Er war sehr tapsig. Eben noch etwas benommen. Ich mein, man hat ihm morgens ein Auge entfernt – das muss ein Körper und die Psyche alles erstmal verarbeiten. Er wurde aber von Minute zu Minute fitter und wir verbrachten 15 Minuten draußen auf der Tierheimwiese. Dieser hoffnungsvolle Blick in meine Richtung zwischendurch immer wieder war wundervoll.

Seit diesem Tag fahre ich täglich zu Tyson und verbringe mit ihm eine Stunde, wenn es geht sogar zwei. Die Operation ist nun 5 Tage her. Tyson hat sich gut arrangiert mit der „Tröte" um seinen Hals, auch wenn sie natürlich echt riesig und hinderlich ist. Ihm geht es von Tag zu Tag besser und der „dicke" Kerl hat schon über 2 Kilo abgenommen. Jeden Tag wird unsere Runde Gassi etwas länger und er legt immer mal so einen Zahn zu, dass ich immer wieder ins Joggen komme, um mithalten zu können. Immer, wenn ich zu ihm komme und seine Tür aufmache, liegt er da und entweder er kuckt mich erwartungsvoll an oder legt sich direkt kraulbereit auf sein Sofa und wartet, dass ich endlich ankomme zum Schmusen. Einmal hat er sogar gebellt, vor Freude mich zu sehen – das sind Momente, die man kaum beschreiben kann. Als meine große Tochter Cheyenne am Donnerstag mit zu Tyson kam, war er direkt so zutraulich mit ihr, wie mit mir. Er scheint zu spüren, dass wir zusammen gehören und alle sehr liebevolle Mädels sind, die sich um ihn kümmern wollen.

Als Cheyenne sah, wie Tyson mit mir schmust und seinen Kopf in meine Hand legt, wie er vertrauensvoll sich an uns schmiegt und so sanft ist trotz seiner Kraft, war sie berührt: „Mama, der liebt dich ja total!"

…und ich ihn!

Ich bin dankbar, dass es ihm so gut geht. Ich bin dankbar, dass das Tierheim mir die Möglichkeit gibt mich so eng um Tyson zu kümmern und auch wenn ich täglich nur 2 Stunden Zeit mit ihm verbringe, hat sich eine tiefe Freundschaft zwischen uns entwickelt und für meine Kinder und mich ist klar: Es ist unser Hund und sobald seine Wunden gut verheilt und die Tröte ab ist, holen wir ihn in sein neues zuhause.

Natürlich wird das eine Umstellung für uns und natürlich hab ich etwas Angst, dass ich es nicht packe und Sorge, ob ich alles richtig mache. Es wird eine große Portion Verantwortung und sowohl Tyson als auch wir müssen noch einiges lernen.

Das Spazierengehen heute mit Tyson hat mir gezeigt, dass er ständig den Augenkontakt mit mir sucht und mich akzeptiert hat. Dass er und ich gerade lernen, zu kommunizieren. Dass er beleidigt war, als ich ihn nicht zu seinen Freundinnen hab spielen gehen lassen. Dass er beim Gassigehen verstanden hat, keine Angst vor Stroh zu haben. Dass ich mit ihm übers Feld springe, aber wenn er bockt, ich auch nicht immer gleich nachgebe.
Ich bin jeden Tag traurig, wenn ich gehen muss. Auch Tysons Blick ist jeden Tag traurig beim Abschied. Als er gestern sogar etwas winselte, als ich mich verabschiedet habe, hat es mir fast das Herz zerrissen. Aber ich weiß: Unsere Zeit kommt bald!

Diese „Liebesgeschichte" in mein Buch zu übernehmen war vielleicht eine komische Entscheidung. Ich bin fast am Ende mit allen Geschichten, habe lange nicht mehr so tief geliebt, wie gerade. Tyson hat mein Herz erobert und geöffnet, wie ich es schon lange nicht mehr kannte. Ich hätte nie gedacht, dass ein Tier sich derart ins Herz nisten kann. Ich bin überzeugt, dass hier ein Hundeengel mit meinem Schutzengel einen Deal geschlossen hat, denn das fühlt sich an, wie nicht von dieser Welt.

Was ich dadurch gelernt habe ist etwas, was meine Tochter mir noch vor Kurzem sagte:

„Mama, du weißt doch, die Liebe kommt immer dann, wenn man sie nicht erwartet und dann vielleicht auch in jemanden, wo man es nie gedacht hätte."

Was mich Tyson gelehrt hat:
Das Leben tritt dich manchmal nach ganz unten, und wenn du denkst es kann nicht schlimmer kommen, kann es das durchaus doch noch. Du verlierst vielleicht alles und dann auch noch ein Auge. Auch wenn du dann vollends alle Hoffnung verloren hast, wirst du stets geliebt und irgendwann kommt jemand, der dir den Lebensmut zurück gibt – der dich liebt und nimmt, so wie du bist.

Oktober 2015

Mittlerweile haben wir fast Juni 2016. Tyson ist seit dem 01.11.2015 ein fester Bestandteil unserer Familie. Unser „Dicker" liebt Menschen und Hunde, allerdings gibt es Ausnahmen – da müssen wir ein bisschen aufpassen – aber das geht schon. Tyson ist eine „Schnappschildkröte", wenn es um´s Zubeißen geht. Doch wir haben auch schon erlebt, wie er zupackt, wenn ihm ein anderer Hund mächtig auf den Zeiger geht. Er braucht meistens keine Leine – weil er sehr brav ist. Obwohl er auch ein frecher Schelm sein und ganz schön schnell rennen kann zwischendurch. Er ist tapsig, er hat viel gelitten. Tyson hat nur ein Auge, er hat kein Trommelfell mehr, er ist schwerhörig. Tyson hat einige Wunden und Narben, seine Knochen und Muskeln sind nicht immer schmerzfrei. Tyson liebt Fressen, Tyson liebt Müll. Tyson hasst unseren Staubsauger und der ist auch der einzige Grund, warum er bellt. Tyson schnarrcht unendlich laut, wenn er schläft, aber er schnarcht auch leise, wenn er mit uns schmust. Tyson vergisst manchmal, dass er kein Schosshund ist und lässt sich auf unsere Beine fallen, wenn man am Boden sitzt. Tyson ist verschmust und voller Liebe – und voller Hoffnung.

Tyson geht's gut – er hat schlechte und gute Tage, doch die guten sind die, die er am meisten genießt ☺

Es ist niemals mehr einsam auf meiner Couch!

This Love is dedicated to TYSON <3

Update September 2017
Tyson hatte glückliche 2 Jahre bei uns, doch sein kranker Körper wurde immer schwächer. Nach unserer abenteuerlichen wundervollen Zeit zusammen, haben wir ihn in den Hundehimmel begleitet. <3
Wir vermissen Dich!

Thank You

Ich danke Euch…

Eine Danksagung zu schreiben, ist vielleicht schwerer, als eine Geschichte. Man möchte niemanden vergessen, man möchte wirklich wertschätzend alle Menschen benennen, die einem wichtig sind. Aber ich habe ja noch ein paar Bücher vor mir, so dass ich hier die Menschen wähle, die mit diesem Buch am Meisten zu tun haben/hatten…

DANKE meinen Kindern Cheyenne & Sheila. Ihr seid aus Liebe entstanden, auch wenn diese Liebe nicht gehalten hat – so gab es sie einmal. Und wenn aus Liebe zwischen zwei Menschen zwei wundervolle neue Erdenbürger entstehen, dann ist es immer etwas Besonderes. Danke, dass ihr mich mit Tyson so unterstützt und er ein Teil unserer Familie ist. Ich wünsche Euch für Euer Leben soviel Liebe, wie ich erdenken kann. Tragt sie immer in Eurem Herzen und begegnet ihr in jedem Menschen.

DANKE an Ilona und Chris. Ihr seid so zwei wichtige Menschen in meinem Leben geworden. Ich habe noch nie solche Freunde gekannt, die immer alles erstmal als Richtig empfinden, was ich tue, sage oder anstelle. Ihr stärkt mich, ihr tragt mich und ihr baut mich auf. Eure Unterstützung ist in den letzten zwei Jahren meine wichtigste Säule geworden. Ihr fangt mich auf, wenn ich falle. Ihr tragt mich, wenn ich nicht mehr laufen kann. Ihr tretet mich in den Hintern, wenn ich nicht mehr aufstehen will. Ihr lacht mit mir, ihr feiert mit mir – ich liebe Eure Ideen, Eure Art und Eure Nähe.

DANKE dass ihr dieses Buch mit mir in vielen versoffenen Stunden immer wieder Korrektur gelesen und diskutiert habt. Wir waren uns nicht immer einig, aber die „schriftstellerische Freiheit" war meine liebste Ausrede ☺

DANKE an Valp & Nagash, die für mich ein unvergleichliches Beispiel an super großem Teamwork in einer Beziehung und Ehe sind. Eure Hochzeit werde ich nie vergessen, denn es war die schönste und lustigste auf der ich je war. Danke für Eure jahrelange Freundschaft.

Ich danke allen Menschen, die mit mir über die Liebe, über das Verliebtsein, über Beziehungen und Trennungen gesprochen haben. Danke an alle Freunde, die für mich da waren, wenn ich Herzschmerz hatte. Ich weiß, ich bin eine temperamentvolle Energiekanone und bewundere alle Freunde, die das aushalten ;)

DANKE an Cheyenne & Skoddi – das sind die beiden „Künstler", deren Zeichnungen sich auf der ein- oder anderen Seite wiederfinden. Diese haben die beiden einfach mal so auf Schmierzettel dahingekritzelt, als sie nachgedacht oder telefoniert haben. Ich wollte sie nicht einfach im Mülleimer landen lassen ;)

DANKE jetzt schon mal an alle Freunde und Bekannten für das Liefern neuer Geschichten, denn während ich in der Endkorrektur von AYNIL war, gab es schon viele neue Ideen in meinem Kopf, inspiriert durch wahre Gegebenheiten und tollen Liebesgeschichten. Allerdings weiß ich noch nicht, ob ich nicht das Buch über misslungene Dates zu erst schreiben soll... Egal wie: wenn ihr lustige, spannende, romantische, bekloppte, tolle Geschichten habt über die Liebe oder Dates – ich freu mich drauf, sie für das nächste Buch auszuarbeiten.

Kapitel Sinnlos & Korrektur

Begriffserklärungsfußnotenseiten

Ja, also - Ilona, Chris und ich waren uns nicht immer einig, was das korrekte Schreiben von Wörtern, Sätzen und Bezeichnungen betrifft. Ilona mit ihrem Bonner Hochdeutsch, Chris mit seinem Sächsisch und Käthe mit ihrem Hessisch-Rheinländischem Wortschatz gepaart mit meinem Dickkopf – brachte einige Unsicherheiten mit sich. Dennoch poche ich immer mal auf künstlerische Freiheit – so gibt es Wörter, die für mich auf korrekte Deutsche Schreibweise total bescheuert aussehen, also schreibe ich sie so, wie ich das gerne möchte. Manchmal klingt die Deutsche Grammatik total behindert, deshalb muss man dann auf *wöllte könnte dürfte wenn dann aber ja auch* zurück greifen.

Ich danke Ilona für Ihre Geduld, denn sie war/ist meine größte Kritikerin. Was ich aber auch sehr schätze – denn dadurch überdachte ich einige Sätze noch einmal. Manchmal ergab ein Abschnitt auch keinen Sinn – also keiner wusste, was ich damit sagen wollte – inklusive mir, hihi. Beim nächsten Buch werde ich die letzte Korrektur in vertrauensvolle Hände abgeben, da ich meine eigenen Geschichten nach gefühlten 700 mal lesen nicht mehr gut fand und ich glaube, wenn ich es noch 150mal lese, finde ich noch mal 333 Fehler. Deshalb ist heute Schluss – ich lade das Buch hoch, wer Fehler findet, darf sie behalten, anstreichen oder mich auslachen. Es soll keiner mehr Korrektur lesen, sondern das Lesen genießen.

Ja, ich schreibe k̲ucken – nicht gucken ;)

*Seite 60 Kehrschippe – dies ist wohl ein hessisches Wort, denn Ilona mochte es nicht und laut Ilon'sches Wörterbuch, gab es das auch gar nicht. Gut, dass sich Sachsen und Hessen hier wieder einig waren :D
Anmerkung von Cheyenne: Das heißt Kehrblech.

*Seite 95 „wöllte" – Eigentlich hatte der Satz gelautet: …selbst wenn er hätte mitquatschen wollen… dies ist, wie Kate Bono meint, ein völlig perfekter grammatikalisch richtiger Satz.
Einwand von Ilona: „Nö, niemals!"
Und als wir Chris anschauten, wurde uns klar: Da muss ein sächsisches WÖLLTE hin – gesagt, getan ;)

*Seite 95 „Nachhauseweg" – Ilonas Einwand: „Gibt´s das überhaupt?" Dudens Antwort Herzchen: >> Dieses Wort stand 1961 erstmals im Rechtschreibduden.<< :D

*Seite 96 – „bis über beide Backen strahlen" – das ist HESSISCH für „Wangen" – hier berufe ich mich auf meine künstlerische Freiheit und meine hessischen Wurzeln! ;) Chris unterstützte mich mit dem Satz: „Es heisst ja auch Back-Pfeife!" :D

*Seite 99 – diese Seite ist ja nun mal von einem Ossi geschrieben und um ein paar witzige Wörter mal etwas näher zu erklären, weil eine Rheinländerin wie Ilona damit etwas Probleme hat, die Worte stehen zu lassen :P
Ossisch-Deutsch/ Deutsch-Ossisch
„schnupperte" – riechen, duften
„Plaste" – Plastik, Kunststoff
„in der Mache" – kann damit umgehen
„Männertag" – Erfindung der Ossi-Männer – es bezeichnet den Vatertag – den es ja nicht gibt und das ist u.a. ein persönliches Hass-Ding von Ilona „Arroganz der Männer ist das! Gibt keinen Männertag!"

*Seite 101 – „vom Schritt aus kribbelte"
Ja, die künstlerische Freiheit eines Mannes gibt es hier auch ;) wir hatten geplant, es in „pulsierte" umzuschreiben, aber bei meiner Endkorrektur, dachte ich mir: nö, hat er geschrieben, kriegt er :D

*132 – gefaked = gefakedes – blödes Wort, ich wollte es aber unbedingt da stehen haben :D

*171 Die „Münchner Schlange" ist – Oton Ilona – „Vielleicht Deine Kreation einer neuen Spezies" :D

Zum Schluss noch ein Hinweis:

Alle Namen und Personen in diesem Buch sind frei erfunden und haben nur annähernd Ähnlichkeit mit tatsächlich lebenden Personen. Alle Geschichten sind frei erzählt und nur angelehnt an die wahren Begebenheiten oder sogar frei erfunden.

Die Vervielfältigung/ Veröffentlichung/ Vorlesung/ Präsentation dieses Buches AYNIL ist nur mit ausdrücklicher Genehmigung der Autorin Kate Bono erlaubt. Zuwiderhandlung wird bestraft. Vielleicht mit Liebesentzug ;)